四部要籍選刊·集部

文選

二

浙江大學出版社

本册目録（二）

文選卷第五

梁昭明太子撰

文林郎守太子右内率府録事參軍事崇賢館直學士臣李善注上

京都下

左太沖吴都賦一首　劉淵林注

吴都賦吴都者蘇州是也後漢末孫權乃都於建業亦號吴

東吴王孫囅然而咍囅大笑貌莊周云齊桓公囅然而笑楚人謂相笑爲咍楚辭曰衆兆所咍善曰囅敕忍切咍呼來切曰夫上圖景宿辨於天文者也下料聊物土析於地理者也謂天垂其象而分野形地以别土而區域殊料度也善曰文子曰天道爲文地道爲理古先帝代曾覽八紘之洪緒一六合而光宅翔集

遐宇鳥策篆素玉牒石記鳥閒梁岷有陟方之館行宮之基歟淮南子曰九州外有八澤方千里八澤之外有八紘亦方千里蓋八索也一六合而光宅者并有天下而一家也說文曰牒札也石記刻石書傳記也烏安也梁梁州也岷岷山皆蜀地也書云舜陟方謂南巡守也光武紀云濟陽有武帝行過宮善曰呂氏春秋曰神通乎六合高誘曰四方上下爲六合尚書序曰光宅天下鳥策鳥書於策也春秋運斗樞曰黃龍負圖出置帝前鳥文漢書音義曰大篆蟲書鳥書是也鄭玄禮記注曰筴簡也篆素篆書於素也楊雄書曰齎油素四尺東觀漢記曰封禪其玉牒文秘天子事也說文曰諜記也牒與諜同孝經鉤命訣曰封禪刻石紀號也天子行所立名曰行宮陟升也方道也巡狩謂舜也而吾子言蜀都之富禺同之有瑋其區域美其林藪矜巴漢之阻則以爲襲險之右徇蹲鴟之沃則以爲世濟陽九齷齪而筭顧亦曲士之所歎也旁魄而論都抑非大人之壯觀也吾子謂西蜀公子言蜀地富饒

及禹同之所有也瑋美也蜀都賦云左綿巴中百濮所充緣以劒閣阻以蜀門矜夸其險也徇營也士身從物曰徇夸物示人亦曰徇卓王孫曰吾聞岷山之野下有蹲鴟至死不飢三年不収其形如蹲鴟故號也越嶲郡蜻蛉縣禺山有金馬碧雞之神巴漢之阻巴郡之扞關也漢中廣漢其路由於劒閣褒斜也易無妄曰災氣有九陽阨陰阨四合爲九一元之中四千六百一十七歳各以數至陽阨故云百六之會王孫言公子徇其土地自生蹲鴟可以救代飢儉度陽九之厄漢書律歷志具有其事齷齪好苛局小之貌曲謂僻也言筭量蜀地亦是曲僻之士旁魄取寛大之意王孫謂寛大之意論西都也善曰楊雄城門校尉箴曰盤石唐芸襲險重固漢書酈食其曰其將齷齪好苛禮齱楚角切文子曰曲士不可言至道莊子曰將旁礴萬物以爲一司馬彪曰旁礴猶混同也礴與魄同鵩鳥賦曰大人不曲

何則土壤不足以攝生山川不足以周衛公孫國之而破諸葛家之而滅茲乃喪亂之丘墟顛覆之軌轍安可以儷戾王公而著風烈也攝持也老子曰善攝生漢書公孫述王莽末時王蜀爲光武將吴漢破之魏志曰漢末諸葛亮輔劉備而爲臣都於蜀終於魏將鄧艾所平麗著也凡天下存亡唯繫乎人然強弱有常勢利害有常地必有不可守之土不

大ヌ六十四　文五　二　翁尔

可與之國矣易曰六五之吉麗王公也善曰漢武栢梁臺衛尉詩曰周衛交戟禁不時毛詩曰喪亂引多呂氏春秋燭過曰子胥諫而不聽故吳爲丘墟毛詩序曰閔周室之顛覆奢靡非也尚書周公曰獘化奢麗風烈已見南都賦

翫其磧礫而不窺玉淵者未知驪龍之所蟠也習其獘邑而不覩上邦者未知英雄之所躔也磧礫淺水見沙石之貌玉淵水深之處美玉所出也尸子曰龍淵生玉英莊子曰千金之珠在九重之淵驪龍頷下故曰不窺玉淵者不知驪龍之蟠也善曰上林賦曰下磧礫之坻說文曰磧水渚有石也且歷切驪音離左氏傳曰衛州吁曰獘邑與陳蔡從上邦猶上國也方言曰躔歷行也

子獨未聞大吳之巨麗乎且有吳之開國也造自太伯宣於延陵蓋端委之所彰高節之所興建至德以剏洪業世無得而顯稱由克讓以立風俗輕脫躧於千乘若率土而論都則非列國之所觖望也戰國策曰黑齒彫題大吳之國也昔周太伯三以天下讓延陵季子辭國而不處遂化荊蠻之方與華夏同風二人所與左氏傳曰太伯端委以治端委禮衣委貌謂冠袖長而裳齊委

至地也孔子曰太伯三以天下讓人無得而稱焉善曰端委至德大伯也高節克讓延陵也左傳曰吳子諸樊既除喪將立季札札曰聖達節次守節下失節爲君非吾節也遂讓不受史記曰壽夢欲立季札讓不可乃立諸樊也漢書武帝曰吾去妻子如脫躧耳聲類曰躧或爲䩮說文曰䩮鞮屬也亦所解切諸侯故言千乘之國論語曰道千乘之國漢書曰上欲王盧綰爲群臣觖望臣瓚曰觖謂相觖而怨望也觖音決

故其經略上當星紀拓音託土畫疆卓犖呂角兼并包括干越跨躡蠻荆左傳曰天子經略土地定城國制諸侯略分界也一曰遠界爲經略也爾雅曰星紀斗牽牛吳分野斗者日月五星之所經始故謂之星紀意者斗爲星紀則其分域亦所以能爲綱維故曰卓犖兼并也越今之蒼梧鬱林合浦交阯九眞南海日南皆越地吳之所并也荆蠻吳所得荆州四郡零陵桂陽長沙武陵善曰漢書曰戎狄之與干越不相入也音義曰干南方越名也春秋曰干越入吳杜預注曰干越人發語聲詩曰蠢爾蠻荆

婺女寄其曜翼軫寓其精指衡岳以鎮野目龍川而帶坰婺女越分翼軫楚分非吳分故言寄曜寓精也善曰漢書曰越地婺女之分野楚地翼軫之分野周禮曰正南曰荆州其鎮衡山漢書南海有龍川縣南越志縣北有龍穴山舜時

有五色龍乘雲出入此穴爾雅曰林外謂之坰爾其山澤則嵬嶷嶢屼巊冥鬱岪潰渱泮汗滇㴔淼漫或涌川而開瀆或吞江而納漢磈磈巍巍滮滮涆涆磁碒乎數州之間灌注乎天下之半山之大者衡嶽澤之大者彭蠡地理志曰彭蠡澤在豫章彭澤西會稽餘姚縣蕭山瀵水所出嵬嶷高大皃巊冥鬱岪山氣暗昧之狀潰渱泮汗謂直望無崖也滇㴔淼漫山水闊遠無崖之狀錢塘縣武林水所出龍川故曰涌川九江經廬山而東故曰開瀆禹貢曰三江既入震澤底定故曰吞江又曰漢水東爲滄浪南入于江故曰納漢磈磈石在山中之貌涆涆水流行聲勢也磁碒山深險連延之狀荊揚交廣數州之閒土地闊遠故曰天下之半善曰嶷魚力切字指曰屼秃山也五骨切埤蒼曰岪鬱山皃扶勿切渱胡東切滇通見切㴔莫見切淼水皃音眇磈胡罪切巍力罪切涆古旦切百川派別歸海而會控清引濁混濤并瀨濆薄沸騰寂寥長邁淖焉洶呼恭切洶隱焉礚礚字說曰水別流爲派濤大波也瀨急湍也長邁不回之意礚苦蓋切善曰尚書大傳曰百

川趨于海洶洶礚礚皆水聲也出乎大荒之中行乎東極之外經扶桑之中林包湯谷之滂沛潮波汩起迴復萬里歊霧蓬浡雲蒸昏昧大荒謂海外也爾雅曰孤竹北戶西王母日下謂之四荒孤竹在北北戶在南日下在東西王母在西皆四方荒昏之國也又曰東至大遠西至邠國南至濮鈆北至祝栗謂之四極謂四方之極極遠也言大荒東極扶桑湯谷者謂海外彌廣無所不連也潮波汩起言水彌廣汩急疾无所不至歊霧水霧霧之氣似雲蒸昏暗不明也善曰扶桑湯谷已見上文逢薄工切浡蒲昧切泓澄奫潫澒溶沆戶朗瀁余兩莫測其深莫究其廣澶湉漠而無涯惣有流而爲長瓌異之所叢育鱗甲之所集往善曰說文曰泓下深大也澄湛也奫潫迴復之貌皆水深廣闊也奫於旻切潫於權切澒胡孔切溶余腫切澶湉安流貌澶音纏湉音恬瓌異龜魚皆在水中生長於是乎長鯨吞航修鯢吐浪躍龍騰蛇鮫鯔琵琶王鮪偉鯸鮐鮣印龜鱕鯌烏賊擁劍

鼅古侯鼊辟鯖鰐涵泳乎其中航舡之別名異物志云鯨魚長者數十里小者數十丈雄曰鯨雌曰鯢或死於沙上得之者皆無目俗言其目化爲明月珠鄧析子曰釣鯢者不於清池一説曰鯨猶言鳳鯢猶言皇也異物志曰朱厓有水蛇鮫魚出合浦長二三尺背上有甲珠文堅強可以飾刀口可以爲鑢鰡魚形如鯢長七尺吳會稽臨海皆有之琵琶魚無鱗其形似琵琶東海有之鯸鮐魚狀如科斗大者尺餘腹下白背上青黑有黃文性有毒雖小獺及大魚不敢餤之蒸煮餤之肥美豫章人珍之鯽魚長三尺許無鱗身中正四方如印扶南俗云諸大魚欲死鯽魚皆先封之鱕鯌有橫骨在鼻前如斤斧形東人謂斧斤之斤爲鱕故謂之鱕鯌鱕魚二十餘種此其尤異者此魚所擊無不中斷也有出入鯌子朝出求食暮還入母腹中皆出臨海烏賊魚腹中有藥擁劍蟹屬也從廣二尺許有爪其螯偏大大者如人大指長二寸餘色不與體同特正黃而生光明常忌護之如珍寶矣利如劍故曰擁劍其一螯尤細主取食出南海交趾鼅鼊龜屬也其形如笠四足縵胡無指其甲有黑珠文采如瑇瑁可以飾物肉如龜肉肥美可食鯖魚出交趾合浦諸郡鰐魚長二丈餘有四足似鼉喙長三尺甚利齒虎及大鹿渡水鰐擊之皆中斷生則出在沙上乳卵卵如鴨子

亦有黃白可食其頭琢去齒旬日間更生廣州有之涵沉也揚雄方言曰南楚謂沉爲涵泳潛行也見爾雅言已上魚龍潛没泳其中善曰莊子曰吞舟之魚蕩而失水周易曰見龍在田或躍在淵楚辭曰騰蛇兮後從文子曰騰蛇無足而騰鯔音菑鮐音夷鰡甫表切䱜甫亦切鰐五洛切涵音含

葺七入鱗鏤甲詭類舛錯泝素洄順流噞喁沈浮葺累也甲謂龜甲也楚辭曰魚葺鱗以自別噞喁魚在水中羣出動口貌善曰毛詩曰泝洄從之道阻且長淮南子曰水濁則魚噞喁噞牛撿切喁魚凶切

鳥則鵾鷄鸀燭鳿玉鸘霜鵠鷺鴻鶢爰鶋居避風候鴈造七報江鸂鶒鷛鸂鶄鸛鶖鸛鷗鷁七激鸕氾濫乎其上鵾鷄鳥也好鳴鸀鳿水鳥也鸘如鷺而大長頸赤目其毛辟水毒丹陽鄱陽皆有之鶢鶋鳥也似鳳左傳曰海鳥爰居止魯東門外三日臧文仲使國人祭之不知其鳥以爲神也鸂鶒水鳥也色黃赤有斑文食短狐蟲在水中無毒江東諸郡皆有之鸕鶿似鴨而鷄足鶄鶴出南海桂陽諸郡善曰候鴈已見南都賦毛詩曰有鶖在梁毛萇詩傳曰秃鶖也蒼頡篇曰鷗大如鳩郭璞山海

經注曰鷗水鷄也鸕音鷛鷞音渠鶖音秋湛淡羽儀隨波參差理翮整翰容與自翫彫啄蔓藻刷盪漪瀾湛淡迅疾皃漪瀾水波也彫啄鳥食貌蔓藻海藻之屬也善曰說文曰刷刮也漪蓋語辭也毛詩曰河水清且漣漪爾雅曰大波爲瀾魚鳥聱耴萬物蠢昌允生芸芸𪑹𪑹慌呼廣罔奄欻許勿神化翕忽函幽育明窮性極形盈虛自然蚌蛤珠胎與月虧全巨鼇贔備屭許器首冠靈山大鵬繽翻翼若垂天振盪汪流雷抃重淵駭上聲動宇宙胡可勝原蠢動也𪑹𪑹絕遠貌奄欻去來不定之意翕忽疾貌函幽育明皆謂珠玉光耀之狀也窮性極形物皆極之也呂氏春秋曰月望則蚌蛤實月晦則蚌蛤虛列仙傳曰鼇龜負蓬萊山而抃滄海之中贔屭用力壯貌莊子曰北溟有魚名鵾化爲鵬怒而飛翼若垂天之雲鵬之將徙於南溟水擊三千里摶扶搖而上九萬里示振盪之狀也汪流水深貌其聲勢之不可勝盡也淮南子曰虛廓生宇宙宇宙生天地者也善曰聱耴衆聲也埤蒼云聱

不聽也魚幽切耴牛乙切杜篤論都賦曰蠢生萬類黕黕不明貌許既切春秋保乾圖曰日以圓照月以虧全宋均曰全十五日時也列子夏革曰渤海之東曰歸墟其中有五山焉帝命禺強使巨鼇鼇十五舉首而戴五山峙而不動玄中記曰鼇巨龜也西京賦曰巨靈贔屓王逸楚辭注曰擊手曰抃音卞島嶼序緜邈洲渚馮平隆崇曠瞻迢遞迥眺冥蒙珍怪麗奇隟充徑路絕風雲通洪桃屈盤丹桂灌叢瓊枝抗莖而敷蘂珊瑚幽茂而玲瓏島海中山也嶼海中洲上有山石魏武蒼海賦曰覽島嶼之所有緜邈廣遠貌水中可居曰洲小洲曰渚曠瞻迢遞謂島嶼也馮隆高貌迢遞遠貌迥眺冥蒙謂洲渚深奥之貌言珍怪之物麗於島嶼之中徑路絕者人道斷絕風雲通者唯風雲能交通也意者謂奇怪之徒因風雲以交通水經曰東海中有山焉名曰度索上有大桃屈盤三千里桂生蒼梧交阯合浦以南山中所在叢聚無他雜木也其枝葉皆辛木叢生曰灌瓊樹生其華蘂仙人所食令人長生楚辭曰精瓊蘂以爲糧蓬萊三山神仙所居故宜有焉漢書歌曰上蓬萊咀瓊英珊瑚樹赤色有枝無華扶南傳曰張海中有盤石珊瑚生其上玲瓏明貌善曰後

漢黎陽山碑曰山河馮隆有精英兮朱稱鬱金賦曰丹桂植其東莊子曰南方積石千里名瓊叟枝高百二十仞增岡重阻列真之宇玉堂對霤石室相距藹藹翠幄嫋嫋素女江斐於是往來海童於是宴語斯實神妙之響象嗟難得而覼縷玉堂石室仙人居也海童海神童也吳歌曲曰仙人齎持何等前謁海童爾雅曰嗟楚人發語端也善曰馮衍爵銘曰富如江海壽配列真道書曰上曰神次曰仙人下曰真人楚辭曰紫貝闕兮玉堂鄭玄禮記注曰堂前有承霤列仙傳曰赤松子常止西王母石室中藹藹盛貌徐幹齊都賦曰翠幄浮游埤蒼曰嫋嫋美也奴鳥切史記曰泰帝使素女鼓五十絃瑟神異經曰西海有神童乘白馬出則天下大水王延壽王孫賦曰嗟難得而覼縷覼力戈切爾乃地勢坱圠卉木䖍蔓遭藪爲圃值林爲苑異荂蓲蘛育夏曄于輒冬蒨方志所辨中州所羨坱圠莽沕也高下不平貌也卉百草揔名楚人語也有木曰苑有草曰圃言林藪非一所在皆爲苑圃有國有家者因天地之自然不復假人功爲園圃也爾雅曰荂榮也蓲華也敷蘛華開貌南土草

木通　冬生故曰蒨善曰鵬鳥賦曰坱圠無垠坱烏郎切圠烏八切廣雅曰趺長也烏老切荂枯瓜切爾雅曰蕍榮也郭璞曰蕍猶敷蕍亦草之貌也

草則藿蒳豆蔻

蘤與蕍同庾俱切藘與敷同無俱切

薑彙非一江蘺之屬海苔之類綸組紫絳食葛香茅莫侯**石帆水松東風扶留**

異物志曰藿香交趾有之豆蔻生交趾其根似薑而大從根中生形似益智皮殼小厚核如石榴辛且香蒳草樹也葉如栟櫚而小三月採其葉細破陰乾之味近苦而有甘并雞舌香食之益美薑彙大如累氣猛近於臭南土人擣之以爲虀菱一名廉薑生沙石中薑類也其累大辛而香削皮以黑梅并鹽汁漬之則成也始安有之彙類也易曰拔茅連茹以其彙征吉所謂薑彙非一也江蘺香草也楚辭曰扈江蘺海苔生海水中正青狀如亂髮乾之亦鹽藏有汁名曰濡苔臨海出之爾雅曰綸似綸組似組東海有之紫紫菜也生海水中正青附石生取乾之則紫色臨海常獻之絳絳草也出臨賀郡可以染食葛蔓生與山葛同根特大美於芋也豫章間種之香茅生零陵石帆生海嶼石上草類也無葉高尺許其華離婁相貫

連雖無所用然異物也死則浮水中人於海邊得之希有見其生者水松藥草生水中出南海交趾東風亦草也出九真扶留藤也緣木而生味辛可食檳榔者斷破之長寸許以合石賁灰與檳榔并咀之口中赤如血始興以南皆有之善曰蒳音納蔻火豆切稾音謂綸古頑切**布濩臯澤蟬聯陵丘亹緣山嶽之岊冪歷江海之流扤白蔕銜朱蕤鬱兮茷茂曄兮菲菲光色炥晃芬馥肸蠁職貢納其包匭離騷詠其宿莽**布濩遍滿貌蟬聯不絶貌亹緣布藤上貌冪歷分布覆被貌許氏記字曰岊陬隅而山之節也扤搖也蔕花本也菲菲花美貌也方言曰凡草生而初達謂之茷芬馥色盛香散狀包裹也匭猶結也尚書禹貢曰包匭菁茅菁茅生桂陽可以縮酒給宗廟異物也重之是故既包裹而又纏結之一曰匭柙也爾雅曰卷葹草拔其心不死江淮閒謂之宿莽屈原嘉之以其志故離騷曰夕攬洲之宿莽善曰毛萇詩傳曰扤動也淮南子曰草木之勾萌銜蕤載實說文曰蕤草木華垂貌肸蠁已見蜀都賦亹緣出也岊音節茷以稅切蕤汝誰切**木則楓柙**甲**櫲樟栟櫚枸**古侯**桹緜杬杶櫨文欀楨**

橿薑平仲桾櫏松梓古度楠榴之木相思之樹楓柙皆香木名也櫲樟木也異物志曰栟櫚椶也皮可作索枸桹樹也直而高其用與栟櫚同栟櫚出武陵山枸桹出廣州木緜樹高大其實如酒杯皮薄中有如絲綿者色正白破一實得數斤廣州日南交趾合浦皆有之杬大樹也其皮厚味近苦澀剥乾之正赤煎訖以藏衆果使不爛敗以增其味豫章有之杶櫨二木名文文木也材密緻無理色黒如水牛角日南有之欀木樹皮中有如白米屑者乾擣之以水淋之可作餅似麵交趾盧亭有之楨櫨二木名劉成曰平仲之木實白如銀君遷之樹子如瓠形松梓二木名古度樹也不華而實子皆從皮中出大如安石榴正赤初時可煑食也廣州有之南榴木之盤結者其盤節文尤好可以作器建安所出最大長也相思大樹也材理堅邪斫之則文可作器其實如珊瑚歷年不變東冶有之善曰桹音郎杬音元杶勑倫切欀音襄楨音貞宗生高岡族茂幽阜擢本千尋垂蔭萬畝攢柯挐莖重葩殗葉輪囷虯蟠埢𡓛鱗接榮色雜糅綢繆縟繡霄露霮徒感䨴徒外旭日晻烏感㫲與風颻搖颺様

飂瀏颼飀鳴條律暢飛音響亮蓋象琴筑竹并奏笙竽俱唱宗生宗類而生於高山之脊故名宗生族茂言種族繁多也擢本高聳皃八尺曰尋言婆娑覆萬畝之地莊子曰匠石見樹百圍其臨千仞而後有枝此大樹之屬也善曰許慎淮南子注曰拏亂也女居切殗重也葉重疊貌於劫切鄒陽上書曰輪囷離奇輪囷謂屈曲貌虯蟠謂樹如龍蛇之盤屈相糾也埤堄枝柯相重疊貌埤楚立切堄除立切縟繡言草木花光似繡文綢繆花采密貌霮䨴露垂貌毛詩曰旭曰始旦旴亦闇也房妹切飂瀏風聲也飂於酉切瀏力久切颼所求切飀音留律謂籟也郟仲文所謂幽律是也言木枝葉與風摇蕩作聲如律吕之暢說文曰筑似箏五絃之樂也世本曰隨作竽鄭玄周禮注曰三十六簧也

其上則猨父哀吟貚子長嘯狖鼯五吾猓古火然騰趠飛超争接懸垂競游遠枝驚透沸亂牢落翬散吴越春秋曰越有處女出於南林之中越王使使聘問以劒戟之事處女將北見於越王道逢老翁自稱袁公問處女吾聞子善爲劒術願一觀之女曰妾不敢有所隱唯公試之於是袁公即跳於林竹槁折墮地處女即接末袁公操本以刺處女女應節入三入因舉枝擊之袁公即飛上樹化爲白猿遂引去貚子猿類猿身人面見人嘯異

物志曰狖猿類露鼻尾長四五尺居樹上雨則以尾塞鼻建安臨海北有之飃大如猿肉翼若蝙蝠其飛善從高集下食火煙聲如人號一名飛生飛生子故也東吾諸郡皆有之猓然猿狖之類居樹色青赤有文日南九真有之楊雄方言曰透驚也善曰山海經曰獄法之山有獸狀如犬人面見人則笑名𤟤𤟤胡奔切枚乘兎園賦曰上涌雲亂葉暈散狖余幼切趠吐教切超士弔切**其下則有梟羊麡**儕**狼猰貐貙**勑俱**象烏菟之族犀兕之黨鉤爪鋸牙自成鋒穎精若爠星聲若震霆名載於山經形鏤於夏鼎**爾雅曰梟羊一名萬如人面長脣黑身有毛反踵見人則笑左手操管海南經所云也異物志云麡狼大如麋角前向有枝下出反向上長者四五尺廣州有之常居平地不得入山林山海經曰南海之外有猰貐狀如貙龍首食人貙虎屬也或曰能化爲人也象生九真日南山中大者其牙鼻長一丈於菟虎也江淮閒謂虎爲於菟犀狀如水牛頭似猪四足類象倉黑色一角當額上鼻上角亦墯也又有小角長五寸不墯性好食棘口中灑血武陵巴南山

中有之兕獸也似牛左傳曰昔夏之方有德也遠方圖物貢金九牧鑄鼎象物而爲之備使人知神姦故人入山澤林藪不逢不若魑魅魍魎莫能逢之故曰形鏤於夏鼎善曰麡在西切猰於入切㺄以主切淮南子曰勾爪鋸牙於是摯矣禮記曰刀却刃授穎鄭玄曰穎鋒也摯伯陵荅司馬遷書曰有能見鋒穎之狀

其竹則篔簹箖箊於桂箭射筒柚由梧有篁篻篣有叢皆竹名也

異物志曰篔簹生水邊長數丈圍一尺五六寸一節相去六七尺或相去一丈廬陵界有之始興以南又多小桂夷人績以爲布葛箖箊是袁公所與越女試劒竹者也桂竹生於始興小桂縣大者圍二尺長四五丈箭竹細小而勁實可以爲箭通竿無節江東諸郡皆有之射筒竹細小通長長丈餘亦無節可以爲射筒筒及由梧竹皆出交趾九眞篻竹大如戟槿實中勁強交趾人銳以爲矛甚利篣竹有毒夷人以爲觚刺獸中之則必死篔于君切篻芳眇切篣音勞

苞筍抽節往往縈結綠葉翠莖冒霜停雪橚矗蓄森萃蓊茸而勇蕭瑟檀欒蟬蜎玉潤碧鮮梢雲

無以踰嶰谷弗能連鸑鷟食其實鵷鶵擾其間苞筍冬筍也出合浦其味美於春夏時筍也見馬援傳漢書天文志曰見梢雲其説梢如樹也嶰谷崑崙北谷也漢書律歷志黃帝詔伶倫爲音律伶倫乃之崑崙山之陰嶰谷之中取竹斬之以其厚均者吹之以爲黃鍾之管鸑鷟鳳鶵也鵷鶵周本紀曰鳳類也非梧桐不棲非竹實不食黃帝時鳳集東園食帝竹實終身不去馴擾善也善曰橚矗長直貌蓊茸茂盛貌蕭瑟聲也冐犯也嬋娟言竹妍雅也橚所六切矗丑六切枚乘兎園賦曰脩竹檀欒夾水碧鮮言竹似之也梢雲山名出竹

其果則丹橘餘甘荔枝之林檳榔無柯椰葉無陰龍眼橄欖棎榴禦霜結根比景之陰列挺衡山之陽薛瑩荆揚巳南異物志曰餘甘如梅李核有刺初食之味苦後口中更甘高涼建安皆有之荔枝樹生山中葉緑色實赤肉正白味大甘美檳榔樹高六七丈正直無枝葉從心生大如楯其實作房從心中出一房數百實實如鷄子皆有殼肉蒲殼中正白味苦澀得扶留藤與古賁灰合食之則柔滑而美交趾日南九眞皆有之椰樹似檳榔無枝條高十餘尋葉在其末如束蒲實大如瓠繫在樹頭如掛物

也實外有皮如胡桃核裏有膚膚白如雪厚半寸如豬膏味美
如胡桃膚裏有汁升餘清如水美如蜜飲之可以愈渴核作
飲器也龍眼如荔枝而小圓如彈丸味甘勝荔枝蒼梧交趾
南海合浦皆獻之山中人家亦種之橄欖生山中實如雞子
正青甘美味成時食之益善始興以南皆有之南海常獻之
探探子樹也生山中實似梨冬熟味酸丹陽諸郡皆有之榴
榴子樹也出山中實亦如梨核堅味酸美交趾獻之善曰橄
音敢欖音覽探市瞻切漢書音義如淳曰比景日中於頭上
景在己下故名之比景比方利切一作北景云漢武時日南
郡置北景縣言在日之南向北看日故名宋玉笛賦曰余嘗
觀於衡山之陽素華斐丹秀芳臨青壁系紫房鷓鴣南翥而中
留孔雀綷羽以翱翔山雞歸飛而來棲翡翠列巢以重行
鷓鴣如雞黑色其鳴自呼或言此鳥常南飛不北豫章已南
諸郡處處有之孔雀尾長六七尺綠色有華彩朱崖交趾皆
有之在山草中山雞如雞而黑色樹棲晨鳴今所謂山雞者
鷩蛦也合浦有之翡翠巢於樹顛生子夷人稍徙下其巢子
大未飛便取之皆出於交趾鬱林郡其琛賂則琨瑶之阜銅鍇之垠火齊之

寶駭雞之珍頳丹明璣金華銀樸紫貝流黃縹碧素玉隱賑崴裹雜插幽屏必井精曜潛頴硩陊直氏山谷碕岸爲之不枯林木爲之潤黷隋侯於是鄙其夜光宋王於是陋其結緑琛寶也賂貨也詩曰來獻其琛大賂南金琨瑤皆美石也鍇金屬也禹貢揚州貢金三品謂金銀銅也異物志曰火齊如雲母重沓而可開色黃赤似金出日南頳赤也丹丹砂也出山中有穴禹貢荊州貢丹璣珠屬也朱崖出珠金華采者銀朴銀之在石者紫貝以色言之流黃土精也淮南子曰夏至而流黃澤縹碧素玉者亦以色言也硩者言其如硩擿而陊落山谷者淮南子曰積疊琁玉以純脩碕張衡南都賦曰隋珠夜光張祿先生曰宋有結緑隋侯宋王於此各鄙其寶也善曰尚書曰瑤琨篠蕩孝經援神契曰神靈滋液則犀駭雞宋衷曰角有光鷄見而駭驚也劉欣期交州記曰金華出珠崖謂金有華采者埤蒼曰崴裹不平也又重累貌崴烏乖切裹故乖切幽屏謂生處也潛頴謂潛深而有光頴說文硩擿空青珊瑚墮墜之珠玉潛伏土石間隨四時長故硩毀陊落

山谷之土石也潤膩也黷黑茂貌晳若黝列切孫卿子曰言無小而不聲行無隱而不形玉在山而木潤淵生珠而崖不枯許慎淮南子注曰碕長邊也巨依切其荒陬子侯譎決詭則有龍穴内蒸雲雨所儲陵鯉若獸浮石若桴雙則比目片則王餘窮陸飲木極沈水居泉室潛織而卷綃淵客慷慨而泣珠開北户以向日齊南冥於幽都陬四隅謂邊遠也湘東新平縣有龍穴穴中黑土天旱人人便共以水沾穴則暴雨應之常以此請雨也陵鯉有四足狀如獺鱗甲似鯉居土穴中性好食蟻楚辭曰陵魚曷止王逸曰陵魚陵鯉也浮石體虛輕浮在海中南海有之桴舟也比目魚東海所出王餘魚其身半也俗云越王鱠魚未盡因以殘半棄水中爲魚遂無其一面故曰王餘也朱崖海中有渚東西五百里南北千里無水泉有大木斬之以盆甕承其汁而飲之水居鮫人水底居也俗傳鮫人從水中出曾寄寓人家積日賣綃綃者竹孚俞也鮫人臨去從主人索器泣而出珠滿盤以與主人日南人北户猶日北人南户也善曰尚書曰宅朔方曰幽都謂日既在北則南冥與幽都

同王餘泉客皆見博物志窮陸見後漢書史記曰秦始皇地南至北向户北據河爲塞其四野則畛畷無數膏腴兼倍原隰殊品窊隆異等象耕鳥耘此之自與穱捉秀菰孤穗詞翠切於是乎在畛畷謂地廣道多也舊井田閒有徑有畛善曰鄭玄毛詩箋曰畛舊田有徑路也之引切說文曰畷兩陌閒道也知衛切又陟劣切說文曰窊汙邪下也於瓜切越絕書曰舜葬蒼梧象爲之耕禹葬會稽鳥爲之耘左傳曰生人之道於是乎在煮海爲鹽採山鑄錢國稅再熟之稻鄉貢八蠶之緜善曰史記曰吴有豫章郡銅山吴王濞則招致天下亡命者盜鑄錢煮海爲鹽國用富饒異物志交趾稻夏熟農者一歲再種劉欣期交州記曰一歲八蠶繭出日南也徒觀其郊隧之內奧都邑之綱紀霸王之所根柢帝開國之所基趾郛郭周匝重城結隅通門二八水道陸衢所以經始用累千祀憲紫宫以營室廓廣庭之漫漫

寒暑隔閡五蓋於邃宇虹蜺回帶於雲館所以跨跱煥炳
萬里也爾雅曰柢本也吴與周並世世稱王自泰伯至闔閭二
十五世矣夫差益強大得爲盟主故曰霸王之所根柢
也越絶書曰吴郭周匝六十八里六十步大城周匝四十七里
二百一十步水門八陸門八其二有樓名門者車船並入昌門
今見在銅柱石填地大城中有小城周十二里亦有水陸門皆
闔閭宫在高平里言經營造作之始使子孫累代保居也漫漫
長遠貌寒暑所閡謂冬温夏涼善
曰西都賦曰虹蜺迴帶於棼楣　造姑蘇之高臺臨四遠
而特建帶朝夕之濬池佩長洲之茂苑窺東山之府則
瓌寶溢目覼海陵之倉則紅粟流衍姑蘇吴臺名也善曰越絶書曰
吴王夫差起姑胥之臺五年乃成高見三百里史記曰越伐
吴敗之姑蘇漢書伍被曰子胥云見麋鹿遊姑蘇之臺然姑
胥即姑蘇也漢書枚乘上書曰夫漢諸侯方輸　錯出其珍
怪不如東山之府轉粟西向不如海陵之倉修治上林圈守
禽獸不如長洲之苑遊曲臺臨上路不如朝夕之池蔡邕月
令章句穀藏曰倉蒼頡篇曰覼索視之貌師蟻切漢書太倉

之栗紅腐而不可食起寢廟於武昌作離宮於建業闡闔閭之所營采夫差之遺法抗神龍之華殿施榮楯而捷獵崇臨海之崔巍飾赤烏之韡曄吳志曰前吳都武昌在豫章後都建業在丹陽孫權自會稽徙治丹陽建業人皆不樂徙故爲歌曰寧飲建業水不向武昌居言離宮者明非吳舊都也神龍建業正殿名臨海赤烏皆建業吳大帝所太初宮殿名也捷獵髙顯貌越絶書曰昔越王勾踐欲伐吳大夫種對以九術於是作榮楯嬰以白壁鏤以黃金狀類龍蛇以獻吳王夫差夫差大悦子胥諫曰王勿受也王不聽遂受之以飾殿也闔閭造吳城郭宮室其子夫差嗣增崇侈靡孫權移都建業皆學之故曰闡闔閭之所營采夫差之遺法而施榮楯也春秋左氏傳曰夫差次有臺榭陂池焉玩好必從歡樂是務東西膠葛南北崢嶸房櫳對櫎晃連閣相經閽闥譎詭異出奇名左稱彎碕右號臨硎善曰膠葛長遠貌崢嶸深邃貌魯靈光殿賦曰洞膠葛其無垠説文曰櫳房室之疏也又曰櫎帷屏屬然則門櫎之廡通名櫎櫎音榥音義同彎碕臨硎閽闥名也吳後主起昭明宮於太初之東開彎碕臨硎二門彎碕宮東門臨硎宮西門碕巨依切硎口耕切彫欒鏤楶青瑣丹楹圖以

雲氣畫以仙靈雖兹宅之夸麗曾未足以少寧思比屋於傾宮畢結瑶而構瓊梁楯也瑣戸兩邊以青畫爲瑣文楹柱也汲郡地中古文冊書曰桀築傾宮飾瑶臺紂作瓊室立玉門言其夸麗善曰鄭玄禮記注曰楯謂之楶音節左氏傳曰丹桓宮楹杜預曰楹柱也高闈有閌洞門方軌朱闕雙立馳道如砥樹以青槐亘以綠水玄蔭眈眈清流亹亹善曰李尤德陽殿賦曰朱闕巖巖漢書音義應劭曰馳道天子之道毛詩曰周道如砥言其平直也漢書賈山上書曰秦爲馳道樹以青松然古之表道或松或槐也亘引也眈眈樹陰重貌韓詩曰亹水流進貌列寺七里俠棟陽路屯營櫛比解署棊布橫塘查下邑屋隆夸長干延屬飛甍舛互吳自宮門南出苑路府寺相屬俠道七里也解猶署也吳有司徒大監諸署非一也橫塘在淮水南近家渚緣江築長堤謂之橫塘北接柵塘查下查浦在橫塘西隔內江自山頭南上十里至查浦建業南五里有山崗其間平地吏民雜居東長干中有大長干小長干皆相連大長干在越城東小長干在越城西地有長短故號大小相干韓詩曰考盤在干地下而黃曰干櫛比喻其多也藏官物曰公廨醫巫所居曰署飛甍舛互言室屋之多相連下

之皃善曰應劭風俗通曰今尚書御史謁者所止皆曰寺俠棟棟相俠也古洽切陽路路陽也毛詩曰其崇如墉其比如櫛 其居則高門鼎貴魁岸豪傑虞魏之昆顧陸之裔岐嶷繼體老成弈世躍馬疊跡朱輪累轍陳兵而歸蘭錡内設冠蓋雲蔭閭閻闐噎魁岸大度也漢書曰江充爲人魁岸又于公高門以待封又賈捐之傳曰石顯方鼎貴應劭曰鼎始也乃祖乃父已來皆貴故曰鼎貴也虞虞文秀魏魏周顧顧榮陸陸遜隆吳之舊貴也昆裔皆後世也岐嶷謂有識知也老成德之人養之乞言躍馬騰躍之謂言富貴也蔡澤傳曰躍馬肉食西京賦曰武庫禁兵設在蘭錡閭閻闐噎言人物遍滿之皃善曰毛詩曰克岐克嶷又曰雖無老成人謝承後漢書曰王公位二千石弈世相襲楊惲書曰方家隆盛時乘朱輪者十人 其鄰則有任俠之靡輕訬之客締交翩翩儐從弈弈出躡珠履動以千百里讌巷飲飛觴舉白翹關扛鼎拚射壺博鄱陽暴謔中酒而作靡菲美也楊子法言曰聶政荆軻刺客之靡菲締結也賈誼過秦論曰締交白罰爵名也漢書曰引滿舉白鄱陽人俗性暴急何晏云鄱陽惡

戲難與曹也鄱陽本豫章縣善曰漢書曰季布爲任俠如淳曰
相與信爲任同是非爲俠漢書述曰江都輕訬謂輕薄爲訬也締
結也翩翩往來貌弈弈輕靡之貌高誘淮南子注曰訬輕利急疾
也訬音眇史記曰趙平原君使人於楚楚相春申君處趙使欲夸
楚爲玳瑁簪刀劒室皆以珠飾之請春申君春申君客三千餘人其上
客皆躡珠履而迎之趙使大慙翹關扛鼎皆逞壯力之勁能招門關
也列子曰孔子勁能招國門之關而不肯以力聞招與翹同扛舉
也漢書曰項羽力能扛鼎又漢書贊曰元帝時覽拚射孟康曰手
搏爲拚壷投壷也禮有投
壷論語曰不有博弈者乎
於是樂只衎而歡飫無匱都輦殷而四奧來暨水浮陸行方舟結駟唱櫂轉轂昧旦永日
昧旦清晨也左傳曰昧旦丕顯　善曰毛詩曰其樂只且又曰
嘉賓式宴以衎飫已見上文輦王者所乘故京邑之地通曰
輦焉漢書曰殺身靡骨死事輦轂下四隩來暨言四方之人皆來
唱櫂轉轂言遠人唱歌擿船乘車轉轂以向吳都楚辭曰青驪結
駟齊千乘漢書曰轉轂百數毛詩
曰且以永日衎苦旦切飫一據切
開市朝而並納橫闤闠而流溢混品物而同廛并都鄙而爲一士女佇眙商賈駢坒紵衣

絺服雜沓從萃輕輿按轡以經隧樓船舉颿（帆）而過肆果布輻湊而常然致遠流離與珂（苦何）珬（混同也佇眙立視也今市聚人謂之立眙南方多絺葛故曰紵衣絺服也樓船船有樓也颿者船帳也地理志曰越多犀象玳瑁珠璣銅銀果布之湊黃支國多異物入海市明珠流離果橘柚之屬布箋紵之屬近海多寶物湊會處也珬老鵰化西海爲珬已裁割若馬勒者謂之珂珬者珂之本璞也曰南郡出珂珬善曰楚辭曰覽涕而佇眙許慎淮南子注曰坒相連也扶必切羽獵賦曰萃從沇溶埤蒼曰從走貌先鞏切隧向市路肆市路也漢書有樓船將軍珬音戌）繈賄紛紜器用萬端金鎰磊砢（力可）珠琲（步對）闌干桃笙象簟韜於筒中蕉葛升越弱於羅紈（繈蠻夷貨名也扶南傳曰繈貨布帛曰賄金二十四兩爲鎰史記曰趙孝成王一見虞卿賜黃金百鎰磊砢衆多貌琲貫也珠十貫爲一琲闌干猶縱横也桃笙桃枝簟也吳人謂簟爲笙又折象牙以爲簟也蕉葛葛之細者升越越之細者繈音捷）𠐊譶衆猥交貿相競諠譁喤呷芬

葩蔭映揮袖風飄而紅塵晝昏流汗霡脉霂沐而中逵泥濘善曰儑所立切蒼頡篇曰譶不止也佇立切澩獿衆相交錯之貌澩胡巧切方言曰獿猥也奴巧切方言曰諻呼橫切諻通也說文曰呷吸也呼甲切紛葩謂紛張貨物使覆映史記蘇秦說齊王舉袂成帳揮汗成雨毛萇詩傳曰小雨謂之霡霂杜預左氏傳注曰濘泥也奴定切富中之甿貨殖之選乘時射利財豐巨萬競其區宇則并疆兼巷矜其宴居則珠服玉饌越絕書曰富中大唐中也勾踐治以爲田肥饒故謂之富中珠服珠襦之屬以珠飾之也玉饌者尚書曰惟辟玉食言富中之食貨殖之選者各利所以能豐其財也并疆踰田畝也兼巷踰里閭也言農人之富自相夸競善曰說文曰甿田人也孔安國尚書曰自賢曰矜射賓亦切趫起喬材悍壯此焉比廬捷若慶忌勇若專諸危冠而出竦劒而趨巵帶鮫函扶揄屬鏤力駒切秦零陵令上書曰荆軻挾匕首卒刺陛下陛下以神武扶揄長劒以自救胡非子曰解其長劒免其危冠離騷曰巵江離楚人謂

被爲邑鮫函鮫魚甲可爲鎧淮南子曰鮫革犀兕爲甲冑也周禮曰燕無函孟子曰矢人豈不仁於函人哉左傳曰吳賜子胥屬鏤以死凡此皆其器用之事義亦其土俗所能出有嘉服用也善曰成公綏洛禊賦曰趫才逸態習水善浮呂氏春秋曰吳王欲殺王子慶忌謂要離曰吾常以馬逐之江上而不能及射之矢左右滿抱而不能中高誘曰慶忌吳王僚之子也走追奔獸接及飛鳥左傳曰吳公子光享王鱄諸寘劒於全魚中以進抽劒刺王遂殺闔閭

藏鍦於人去戭自閭家有鶴膝戶有犀渠軍容蓄用器械兼儲吳鉤越棘純鈞湛盧戎車盈於石城戈船掩乎江湖

鍦矛也楊雄方言曰吳越以矛爲鍦戭楯也鶴膝矛也矛骹如鶴脛上大下小謂之鶴膝犀渠楯也犀皮爲之國語曰奉父犀渠軍容軍之容表言矛劒等也司馬法曰古者軍容不入國國容不入軍軍容入國則人德麄國容入軍則人德弱越絕書曰闔閭既重莫耶乃復命國中作金鉤有人貪王賞之重殺其兩兒以血釁鉤遂成二鉤獻之闔閭詣宮求賞王曰爲鉤者衆多而子獨求賞何以異於衆人之鉤乎曰我之作鉤也殺二子成兩鉤王曰

舉鉤以示之何者是也於是鉤師向鉤而哭呼其兩子之名吴鴻扈稽曰我在此王不知汝之神也聲未絶於口兩鉤俱飛著於父之背吴王大驚曰嗟乎寡人誠負子迺賞之百金遂服其鉤爾雅曰棘戟也純鉤湛盧劒名也越絶書曰昔越王勾踐有寶劒五聞於天下客有能相劒者名薛燭王召而問之對曰歐冶子因天地之精悉其伎巧一曰純鉤二曰湛盧三曰莫耶四曰豪曹五曰巨闕石城石頭隝也在建業西臨江其中有庫藏軍儲戈船下有戈也江湖二水名也善曰禮記曰越棘大弓天子之戎器也鄭玄曰越國名也考工記曰越鐵利可以爲戟環濟吴紀曰建安十七年城石頭越絶書伍子胥船有戈露往霜來日月其除草木節解鳥獸腯膚觀鷹隼誡征夫坐組甲建祀姑命官帥而擁鐸將校獵乎具區詩曰今我不樂日月其除國語曰本見而草木節解本氐也謂霜降之後生氣既衰草木枝葉皆節理解落也腯肥也左氏傳曰肥腯謂畜之碩大蕃滋也漢書曰鷹隼未擊矰弋不施於蹊隧於此時也可以戒戎夫左氏傳曰裹糧坐甲又曰組甲三千馬融曰組甲以組爲甲祀姑幡名麾旗之

屬也國語曰吳王夫差出軍與晉爭長昏乃戒夜中令服
兵擐甲陳王卒官帥擁鐸建祀姑此吳軍容之舊制也鐸
施號令而振之也周禮校人中大夫掌王田獵之馬一校
千二百九十六匹具區澤名也在吳之西善曰爾雅曰吳
越之間有具區烏滸忽古狼𦟜呼光夫南西屠儋都含耳黑齒之酋自由金
鄰象郡之渠驫駥飍矞靸霅警捷先驅前塗異物志曰烏滸南夷別名
也其落在深山之中其種族爲人所殺則居其死所且伺殺
主若有過之者是與非則仇而食之狼𦟜人夜䑕金知其良
不夫南特有才巧不與衆夷同西屠以草染齒染白作黑儋
耳人鏤其耳匡夫南之外有金鄰國去夫南可二千餘里土
地出銀人衆多好獵大象生得其死則取其牙酋渠皆豪帥
也象郡今日南郡也又有象林郡善曰驫駥飍矞衆馬走皃
驫必幽切駥呼橘切飍香幽切矞以出切靸霅走疾皃靸素合切霅徒合切俞騎騁路指南司
方出車檻檻被練鏘鏘吳王乃巾玉輅軺翊焦驌驦旂魚須
常重光攝烏頰烏號佩干將羽旄揚蕤雄戟耀芒貝冑象弭

織文鳥章六軍袀翊遵服四騏龍驤管子曰桓公北征孤竹見人長尺而人物具焉冠而右祛衣走馬管仲曰登山之神有俞兒者長尺人物具焉霸王之君興登山之神見且走馬前導也祛衣示前有水也右祛衣從右方涉也至甲耳之溪有贊水者從左方涉其深及冠從右方涉其深至膝已涉大濟也指南指南車也鬼谷子曰鄭人取玉必載司南之車爲其不惑也鏘鏘行步貌也左傳曰被練三千馬融曰被練爲甲者所服也玉輅以玉飾車也驌驦馬也左氏傳曰唐成公如楚有兩驌驦馬子常欲之不與三年止之唐人竊馬而獻子常子常歸唐侯馬融曰驌驦鳥也馬似之旂旌旗之屬周禮有巾車官又交龍爲旂以魚須爲柄也日月爲常重光謂日月畫於旂上也攝持也烏號柘名以爲弓淮南子曰烏號之弓不能無弦而射列女傳曰柘枝體動烏集其上被即舉彈烏乃哀號故號之干將劒名胄兜鍪以貝飾之弭弓末以象飾之鳥章染絲織鳥畫爲文章置於旌旗也左氏傳曰袀服振振袀同也騏馬名善曰毛詩曰大車檻檻子虚賦曰靡魚須之撓旃史記趙良曰屈盧之勁矛干將之雄戟又曰胄貝朱綅又曰象弭魚服又曰織文鳥章又曰乘其四騏南都賦曰馬鹿超而龍驤峭格周施罿罻普張

畢罕瑣結罠蹏連網陸以九疑禦以沅湘輶軒蓼擾㲉
騎煒煌莊子曰峭格羅絡謂張網周徧罿罻畢罕皆鳥網也瑣結似瑣連結也連網言不絕也罠麋網
蹏兔網周易曰蹄所以在兔得兔而忘蹄陸闌也因山谷以遮獸也禦禁也謂因沅湘爲藩落也楊雄羽獵賦曰禦自汧
渭九疑山名沅湘水名輶輕也詩云輶車鸞鑣㲉騎張弓弩之騎也峭七肖切罿音衝罻音尉畢音畢罠無貧切陸音祛禦
音語㲉古候切袒裼徒搏拔距投石之部猿臂骿脅狂趭獷猤鷹瞵
鶚視趛䞴翋𦑣若離若合者相與騰躍乎莽𦊓之野爾雅曰袒
裼肉袒也詩云袒裼暴虎扳距謂兩人以手相案能扳引之也超踰躍也投石以投摘也王翦傳曰投石拔距猿臂通肩
也漢書李廣猿臂爲武騎常侍骿脅合駢幹也骿駢通史記商君傳趙良謂鞅曰君之出多力而駢脅者參乘左傳曰晉文公
駢脅趭走也鷹瞵鶚視言勇士似之也善曰司馬相如大人賦曰騰而狂趭子召切說文曰犬獷不可附也子猛切猤壯勇之
貌其翠切說文曰瞵目精也力辰切趛䞴翋𦑣相隨驅逐衆多貌趛七感切翋力荅切𦑣徒合切莽𦊓廣大貌莽莫浪切𦊓良音

浪干鹵殳鋋暘以良切夷勃盧之旅長殺短兵直髮馳騁儇
許緣佻坌並銜枚無聲悠悠旆旌者相與聊浪郎乎昧莫之
坰干鹵皆楯也越絶書曰越王身披暘夷之甲扶勃盧之矛短
兵刀劒也尚書曰稱爾干過秦論曰流血漂鹵廣雅曰殺矛
也呼狄切楚辭曰車錯轂兮短兵接史記曰荆軻怒髮直衝冠
方言曰儇佻疾也佻他弔切漢書曰相如弔二世曰坌入曾宮
之差峩音義曰坋並也步寸切周禮銜枚氏下士鄭玄曰止言
語囂讙也枚大如箸横銜之毛詩曰有聞無聲又曰蕭蕭馬鳴
悠悠旆旌悠悠流貌昧
莫廣大貌聊浪放曠貌鉦征鼓疊山火烈熛林飛爓浮煙
載霞載陰菈擸雷硠崩巒弛直氏岑鳥不擇木獸不擇
音疊振疊也熛火爓也左傳曰鳥則擇木又曰鹿死不擇音
鹿得美草呦呦而鳴至於困迫將死不暇復擇出音急之
至也凡閑暇而有好聲逼急不擇音獸皆然非唯鹿也莊子
亦曰獸死不擇音以雷硠之至故云鳥不擇木獸不擇音善
曰說文曰鉦鐃也菈擸雷硠崩弛之聲菈朗苔切
擸音獵硠音郎爾雅曰巒山墮山小而高曰岑虣甝虪

頳麋麖驀六駮追飛生彈鸞鶁射猱挺白雉落黑鴆零陵絶嶛寮嶕茲遙聿越巉鋤咸險跇踰竹栢獼猨杞柟封狶葹神螭掩剛鏃祖祿潤霜刃染頳絆前兩足也莊子曰連之羈頳音聳麖大麋也桂林有麋山海經曰駮如馬白身黑尾一角鋸牙虎爪音如鼓能食虎也詩曰隰有六駮飛生鼺也師曠曰南方有鳥曰羌鶁黃頭赤目五色備也猱似猨奴刀切挺音亭鴆鳥一名雲白黑色長頸赤喙食蝮蛇體有毒古人謂之鴆毒江東諸大山中皆有之左氏傳曰叔牙飲酖酒而死聿越豹走貌霜刃言其殺利也善曰毛詩曰不敢暴虎毛萇曰暴虎空手以搏也甝與暴同爾雅曰甝白虎明甘切虪黑虎音叔說文曰驀上馬也鶁音京史記曰跇萬里如淳曰跇超踰也跇丑曳切埤蒼曰獼猨逃也獼丑珎切猨耻傳切淮南子申包胥曰吳爲封狶脩蛇方言曰南楚人謂豬爲狶虛豈切葹狶聲呼學切於是弭節頓轡齊鑣駐蹕徘徊倘佯寓目幽蔚覽將帥之拳勇與士卒之抑揚羽族以觜距爲刀鈹披毛羣以齒角爲矛鋏古業皆

體著著池而應卒倉忽所以挂扢而爲創瘡痏衝蹤而
斷筋骨莫不𠡠銳挫芒拉捭摧藏雖有石林之岝
嘖崿請攘臂而靡之雖有雄虺之九首將抗足而
跐之離騷曰抑志弭節蹕止行者也王者出入警蹕徜徉猶翱翔言吳之將帥皆有拳勇羽族鳥屬也毛群獸屬也鈹
兩刃小刀也鋏刀身劒鋒有長鋏短鋏體著者著體而生也楚辭天問篇曰鳥有石林此本南方楚圖畫而屈原難問之
於義則石林當在南也楚辭招魂曰南方不可以止雄虺九首往來儵忽雖有石林雖有雄虺者蓋張誕之云非必臨時所遇
善曰左氏傳曰得臣寓目焉毛詩曰無拳無勇拳與權同楚辭曰帶長鋏之陸離廣雅曰扢摩也公紇切蒼頡篇曰痏毆傷也爲軌
切說文曰蹤觸也材律切𠡠折傷也女六切拉頓折也捭兩手擊絕也布買切靡碎也廣雅曰跐蹋也且爾切顛覆
巢居剖破窟宅仰攀鵷鶵俯蹴七六豺獏刲剖几熊
羆之室剽掠虎豹之落猩猩啼而就禽萬萬笑而

被格屠巴蛇出象骼斬鵬翼掩廣澤山海經曰猩猩豕身人面異物志曰出交趾封溪有猩猩夜聞其聲如小兒啼也禺禺梟羊也已解上章矣梟羊善食人大口其初得人喜而笑却脣上覆額移時而後食之人因爲筒貫於臂上待執人人即抽手從筒中出鑿其脣於額而得禽之張衡𠔃圖曰梟羊喜獲先笑後愁山海經曰巴蛇食象三歲而出其骨骼骨也其爲蛇青黃赤黒鵬翼大垂天也善曰許愼淮南子注曰鵔鸃鷩雉也鵔思俊切鸃音儀爾雅曰貘白豹音陌剖亦刲也廣雅曰落居也禺扶沸切骼音格輕禽狡獸周章夷猶狼跋乎紭横中忘其所以睒睗失其所以去就魂褫氣懾之葉而自踢䠶者應弦飲羽形僨景僵者累積而增益雜襲錯繆傾藪薄倒岬岫巖穴無豜豵翳薈無麢鷚思假道於豐隆披重霄而髙狩籠烏兎於日月窮飛走之棲宿周章謂章皇周流也楚辭曰君不行兮夷猶王逸曰夷猶猶豫也紭

網網也踶跋促遽見踢跌皆頓伏也飲羽謂所射箭沒其箭羽也闞子曰宋景公以弓人之弓升虎圈之臺東向而射箭集彭城之東其餘力逸勁猶飲羽於石梁雜襲重疊也錯繆聊乱貌薄不入之叢藪澤別名言欲假道豐隆非實事也然欲窮高極遠究變化備幽明之故設此云善曰毛詩曰狼跋其胡說文曰睒䁯視也式冉切睗疾視也式亦切褫奪也直示切聲類曰踢跌也徒郎切漢書音義曰䠣崩也蒲北切爾雅曰儐僵也方問切許慎淮南子注曰岬山旁古押切爾雅曰山有穴曰岫毛萇詩傳曰獸三歲曰豣公妍切爾雅曰豕生三子曰豵子公切說文曰䴨麛也音須又曰鷚鳥大鶵也力幼切楚辭曰吾令豐隆乘雲兮王逸曰豐隆雲師也春秋元命苞曰日月兩設以蟾蠩與兎者陰雙居月中有兎巳見

蜀都賦

嶰澗閴岡岵㠉罾罘滿效獲衆迴靶乎行邪睨觀閴空也易曰閴其無人爾雅曰魚乎三江汎舟航於彭蠡渾萬艘而既同山多草木曰岵岡山脊也童無草木也若童無角靶轡革也彭蠡澤名善曰爾雅曰小山別大山曰嶰山夾水曰澗毛萇詩傳曰太平山不童澤不竭聖主得賢臣頌曰王良執靶左氏傳曰公觀魚于棠尚書曰三江既入震澤底定彭蠡既豬說文

曰艘船揔名衆一作潀潀水會也𦪇古買切航船别名引舸連舳巨艦接艫飛雲蓋海

制非常模疊華樓而島跱時髣髴於方壺比鷁首而有

裕邁餘皇於往初楊雄方言曰江湖凡大船曰舸舳船前也艫船後也船上下四方施板者曰艦也飛雲蓋海吴樓船之有名者皆彫鏤采畫有軒檻華艦之船也島峙謂似方壺蓬萊二山有宮闕左氏傳曰楚敗吴師獲其乘舟餘皇吴子光請於衆曰喪先君之乘舟豈唯光罪衆亦有焉善曰釋名曰上下重牀曰艦江表傳曰孫權乘飛雲大船吴志曰賀齊所乘船彫刻丹鏤望之若山方壺已見上文張組幃構流蘇開軒幌鏡水

區檣工檝師選自閩禺習御長風狎翫靈胥責千里於寸

陰聊先期而須臾流蘇謂翦繒綵垂於彫文之樓也水區河中也言開文軒光輝如鏡照川也閩越名也秦并天下以其地爲閩中郡班固述兩越傳曰悠悠外宇閩越東甌禺番禺也其彼地人便水方言云刺船曰檣檝橈也淮南子曰來溪谷之流以象禺長風遠風也靈胥伍子胥神也昔吴王殺子胥於江沈其尸於江後爲神江海之間莫不尊畏

子胥將濟者皆敬祠其靈以爲性命舟檝之師獨能狎翫之也千里路之長也寸陰晷之短也言水靈輯睦浪濤弭息取長路於短景獨能先期而到故有須臾之暇也善曰西京賦曰長風激於别島越絶書曰子胥死王使捐於大江口乃發憤馳騰氣若奔馬乃歸神大海蓋子胥水仙也櫂謳唱簫籟鳴洪流響渚禽驚弋磻波放稽鶬鵬虞機發留鵁鶄弋繳射也鶬鵬鳥也楚辭曰從弋鶴與鶬鵬尚書曰若虞機張鄭氏注曰虞主田獵之地者也機弩牙也鵁鶄鳥也似鳧頭上揔毛羽善曰櫂謳已見西都賦說文曰籟三孔籥也磻已見西京賦鉤餌縱橫網罟接緒術兼詹公巧傾任父筌䱴亘鱣鱺鰽魦罩勑教兩鮒罺側梢鰝鰕乘鱟胡豆黿鼉同罛共羅維沈虎潛鹿馽縶徿僒束徽鯨輩中於羣犗攙搶暴出而相屬雖復臨河而釣鯉無異射鮒附於井谷易曰結繩而爲網罟以畋以漁詹公詹何也任父任公子也莊周曰

任公子爲大鈎巨緇五十犗牛以爲餌蹲會稽投竿東海巳而大魚食巨鈎鈎没而下騖揚奮鬐白波若山海水震蕩任公子得若魚離餌之制河以東蒼梧以西莫不猒此魚者筌捕魚器今之斗囬也筌所以得魚也莊子曰得魚而忘筌罩篧也編竹籠魚者也詩云南有嘉魚烝然罩罩魪左右魪一目所謂比目魚也云須兩魚並合乃能游若單行落魄著物爲人所得故曰兩魪丹陽吴會有之罺抑魚之器也鱟形如惠文冠青黑色十二足似蟹足悉在腹下長五六寸雌常負雄行漁者取之必得其雙故曰乘鱟南海朱崖合浦諸郡皆有之罛魚網也詩云施罛濊濊虎魚頭身似虎或云變而成虎鹿頭魚有角似鹿同罛共羅言皆爲網罟所制獲也縶龓僒束者陷網罟之中見僒束也徽鯨魚之有力者也魚大者莫若鯨也故曰徽鯨也攙搶星也淮南子曰鯨魚死而彗星出易井卦曰九二井谷射鮒鄭玄云九二坎爻也坎爲水上直魚生一艮爻也艮爲山山下有井必因谷水所生魚無大魚但多鮒魚耳言微小也夫感動天地此魚之至大射鮒井谷此魚之至小故以相況善曰列子曰詹何楚人也以獨繭絲爲綸芒針爲鈎荆篠爲竿剖粒爲餌引盈車之魚於百仞之淵鮔鱛鮪也鮔古贈切鱛鯵巳見西京賦魪音介爾雅曰鰝大魚

鰕音遐鱟音候鬲巳見西京賦又曰龐兼有也力公切鵩鳥賦曰僒若囚拘求殞切徽音輝說文曰犗騬牛也犗古邁切騬以陵切結輕舟而競逐迎潮水而振緡密巾想萍實之復形訪靈夔於鮫人精衛銜石而遇繳文鰩夜飛而觸綸北山亡其翔翼西海失其遊鱗繳弋綸也緡綸皆釣繳也詩曰其釣惟何惟絲伊緡善曰家語曰楚昭王渡江得物如斗入王舟中王怪之使問孔子孔子曰此爲萍實可剖而食之其甘如蜜唯王者能獲此吉祥也云先時童謡曰楚王渡江得萍實大如斗赤如日剖而食之甘如蜜引此事言今乘江流想復遇斯事也山海經曰東海中有獸如牛蒼身無角一足入水則風其聲如雷以其皮冒鼓聞五百里名曰夔鮫人居水中故訪之北山經曰發鳩之山有鳥狀如烏而文首白喙赤足名精衛其鳴自呼赤帝之女姓姜遊於東海溺而死不反常取西山木石以填東海西山經曰秦器之山濩水出焉是多鰩魚狀如鯉魚身而鳥翼蒼文而白首赤喙常行西海而遊於東海夜飛而行言吴之綸繳得此鳥魚故西海北山失其鱗翼

也戰國策曰夏水浮輕舟楊雄蜀都賦曰行舟競雕題之士鏤身之卒比飾虬龍蛟螭與對簡其華質則亄費錦繢會料遼其虓勇則鵰悍狼戾善曰水經云雕題國在鬱林水南漢書曰昔少康之庶子封於會稽文身斷髮以避蛟龍之害蛟螭龍子也亄費錦文貌於既切詩曰闞如虓虎火交切戰國策曰趙王狼戾無親戾力計切相與昧潛險搜瓌奇摸蟕蠵捫觜蠵剖巨蚌於回淵濯明月於漣漪昧冒也巨蚌育明珠者列仙傳曰高后時會稽朱仲獻三寸四寸珠此非回淵巨蚌不出之也風行水成文曰漣漪詩曰河水清且漣漪明月珠珠之至光者清且漣漪者水極麗也濯光珠於麗水蓋美之善曰回淵水也觜蠵子規切蠵呼圭切大龜也言天下川澤魚鳥虫獸瑰奇之物隱翳之處搜索使盡也說文曰眛目不明也門撥切謂之潜隱之穴也畢天下之至異訖無索而不臻谿壑爲之一罄川瀆爲之中去聲貧哂澹臺之見謀聊襲海而徇珍載漢女於後

舟追晉賈而同塵徇求也襲入也干寶搜神記曰澹臺子羽齎璧渡河風波忽起兩龍夾舟子羽奮劒斬龍波乃止登岸投璧於河河伯三歸之子羽毀璧而去漢女賈大夫已見西京賦老子曰和其光同其塵汨乘流以砰宕翼颸風之飀飀直衝濤而上瀨常沛沛以悠悠汔可休而凱歸揖天吳與陽侯汨疾也砰宕舟擊水貌颸颸風初貌颸疾風瀨水大波沛沛行貌悠悠亦行貌離騷曰溢颸風兮上征班固曰颸疾也凱樂也左氏傳曰振旅凱入于晉山海經曰朝陽之谷神爲天吳是水伯揖之者辭水靈而歸善曰詩曰汔可小康鄭玄曰汔幾也虛乞切陽侯見南都賦指包山而爲期集洞庭而淹留數軍實乎桂林之苑饗戎旅乎落星之樓置酒若淮泗積肴若山丘飛輕軒而酌綠酃方雙轡而賦珍羞班固曰洞庭澤名王逸曰太湖在秣陵東湖中有包山山中有如石室俗謂洞庭吳有桂林苑落星樓樓在建鄴東北十里左傳曰以數軍實外傳曰射不過講軍實鄭氏曰軍所以討獲曰實善

曰周處風土記曰陽羨太湖中有包山左傳晉穆子曰有酒如淮有肉如坻史記云紂爲肉山也湘州記曰湘州臨水縣有酃湖取水爲酒名曰酃酒車騎行酒肉巳見西京賦飲烽起釂鼓震眞士遺倦衆懷欣幸平館娃烏佳之宮張女樂而娛群臣羅金石與絲竹若鈞天之下陳吳俗謂好女爲娃楊雄方言曰吳有館娃宮善曰飲烽釂鼓鈞天並見西京賦左傳曰女樂二八登東歌操南音胤陽阿詠韎莫介任荊豔楚舞吳愉越吟翕習容裔靡靡愔愔晏子春秋曰桀作東歌南音徵引也南國之音也左氏傳曰鍾儀在晉使與之琴操南音商角徵羽各有引鍾儀楚人思在楚故操南音呂氏春秋曰禹行水見塗山之女未之遇而南省南土塗山之女乃令其妾往候禹于塗山之陽女乃作歌曰候人猗實始作爲南音周公召公取風焉胤繼也呂氏春秋曰陽阿古樂曲周禮曰韎東樂名任南樂名豔楚歌也漢書四面楚歌也愉吳歌也楚辭曰吳歈蔡謳翕習容裔音樂之狀靡靡愔愔言樂容與閑麗也善曰韎任巳見東都賦曹植妾薄相行曰齊謳楚舞紛紛登樓賦曰莊舄顯而越吟史記曰紂作靡靡之樂左傳曰楚右尹子革曰祈招之

詩曰祈招之愔愔若此者與夫唱和之隆響動鍾鼓之鏗耾橫有殷坻丁禮頹於前曲度難勝皆與謠俗汁協律呂相應其奏樂也則木石潤色其吐哀也則淒風暴興或超延露而駕辯或踰綠水而采菱軍馬弭髦而仰秣淵魚竦鱗而上升詩曰唱予和女解嘲曰聲若坻頹坻頹崩聲也天水之大名曰隴坻因爲隴坻之曲楚辭曰伏羲駕辯伏羲作琴始造此曲淮南子曰瓠巴鼓琴鱏魚出聽伯牙鼓琴駟馬仰秣善曰戰國策司馬喜曰臣觀人萌謠俗列子曰鄭師文鼓琴當春而叩商弦以召南呂涼風至草木實及秋叩角絃以激夾鍾溫風徐迴草木發榮銜子曰皆與謠俗協言雖遐方異樂皆上合律呂下應謠俗故能奏和樂之音則木石潤色也淮南子曰夫歌采菱發陽阿鄙人聽之不若延露以和高誘曰延露鄙曲也淮南子曰互會綠水之趣高誘曰綠水古詩也趣節也鏗耾大聲汁猶愜也酣湑思與半八音并歡情留良辰征魯陽揮戈而高麾迴

曜靈於太清將轉西日而再中齊既往之精誠酣酒洽也湑樂也辰時也爾雅曰不辰不時也楚辭曰日吉兮辰良淮南子曰魯陽公楚將也與韓搆戰酣日暮援戈而麾之日爲之反三舍太清謂天也此言酣飲與音樂蓋是其中半并會之際歡情之所以留連良辰之所以覺也故追述魯陽迴日之意而將轉西日於中盛之時以適己之盛觀也昔光武合呼沱水鄒衍有隕霜之應精誠之感通天地人神以相應魯陽公麾日抑亦此之謂也苟日可麾而迴則精誠可庶而幾故曰齊精誠於既往蓋是酣樂之至逼時之晏者所以慷慨髣髴是故引而況焉善曰曜靈已見蜀都賦鶡冠子曰上及太清下及太寧也昔者夏后氏朝羣臣於茲土而執玉帛者以萬國蓋亦先王之所高會而四方之所軌則春秋之際要盟之主闔閭信其威夫差窮其武內果伍員之謀外騁孫子之奇勝彊楚於栢舉棲勁越於會稽闕掘溝乎商魯爭長於黃池左傳曰禹會諸侯於塗山執玉帛而朝者萬國先王謂舜等也信讀爲申國語曰吳

王夫差起軍與齊晉爭衡晉文踐土之盟齊桓邵陵之會奮其威強未能過也伍貟楚大夫出仕於吴吴王因其謀伐楚孫武吴人善用兵作書號孫子兵書北征闕池爲深溝於商魯之閒北屬之濟以會晉定公於黄池吴晉爭長吴先歃晉惡之善曰左傳曰楚師陳于柏舉闔閭之弟夫槩王先擊楚子常楚師大敗國語曰越王勾踐棲於會稽之上難蜀父老曰南馳使以誚勁越

徒以江湖嶮陂物産夥充繞霤李救未足言其固鄭白未足語其豐士有陷堅之鋭俗有節概蓋之風睚五賣眦助賣則挺劒喑廕嗚烏故則彎弓漢書王莽策命前將軍曰繞霤之固南當荆楚鄭白二渠名意者謂吴江湖之阻洞庭之嶮土地之沃物産之豐雖關中所謂繞霤之固鄭白之豐未足以爲言也凡天下言豐者皆多稱關中故引焉韓信曰項羽喑嗚叱咤善曰太公陰符經曰無堅不陷也楊惲曰西河魏土禀然皆有節槩睚眥已見西京賦家語孔子曰公良儒者有勇力挺劒而令衆也孟子曰越人彎弓而射我擁之者龍騰據之者虎視麾城若振槁搴旗若顧指雖帶

甲一朝而元功遠致雖累葉百疊而富彊相繼樂湑衎苦旱

其方城列仙集其土地桂父練形而易色赤須蟬蛻稅而附麗賈誼傳曰權制天下頤指如意叔孫通列傳曰斬將搴旗之士頤指諭疾且易也葉猶世也列仙傳曰桂父象林人也常服桂葉以龜腦和之顏色如童時黑時白時赤南海人尊事之累世赤須子豐人也豐中傳世見之秦穆公之主魚吏也數道豐界災異水旱十不失一食柏實石脂絕穀齒落更生細髮復出後去之吳山言此人等仙如蟬之脫殼爾雅曰麗附也莊子曰附離不以膠漆赤須子本非吳人故言附麗也夫土地險固以致彊豐沃以致盛而天下之美皆歸焉霸王之功皆存焉故賦者既舉其富彊之業而載其神仙之事善曰長楊賦曰麾城撕邑商君曰秦師至鄢郢舉若振槁槁葉落漢書曰吳晉爭長吳爲帶甲三萬史記曰維祖元功輔臣股肱新序曰齊侯相管仲國既富強楚辭曰濟江海兮蟬蛻淮南子曰蟬飲而不食三十日而蛻

中夏比焉畢世而罕見丹青圖其珍瑋貴其寶利也舜禹遊焉沒齒而忘歸精

靈留其山阿翫其奇麗也中夏貴其珍寶而不能見徒以丹青畫其象類也楚辭九歌曰
九疑繽兮並迎謂舜神在九疑山也言聖帝明王存亡而
淹留於是者貴其奇麗也書曰舜南巡狩陟方死山海經
曰南方蒼梧之丘有九疑山焉舜之所葬吴越春秋禹老
嘆曰吾年壽將盡止死斯乎乃命羣臣葬我於會稽之山
論語曰管仲奪伯氏駢邑沒齒無怨言也剖判庶士商搉角萬俗國有鬱鞅而
顯敞邦有湫子小阨烏介而踡拳跼伊茲都之函引傾神州而
韞櫝仰南斗以斟酌兼二儀之優渥湫下也阨小也函引寬大也左氏傳齊景
公欲更晏子之宅曰子宅湫隘不可以居禹所受地說書
曰崑崙東南方五千里名曰神州帝王居之楚辭曰八柱
何以東南傾吴國在地勢所傾寫故曰傾神州而韞櫝也
論語曰韞櫝而藏諸廣雅曰商度也搉粗略也言商度其
粗畧天官星占曰南斗主爵禄其宿六星春秋說題辭曰南斗爲吴詩曰既優既渥縣此而揆之西
蜀之於東吴小大之相絕也亦猶棘林螢燿而與夫檮

木龍燭也否泰之相背也亦猶帝之懸解而與桎梏疏屬也庸可共世而論巨細同年而議豐确胡角乎崔寔政論云使賢不肖相去如日月之與螢火雖頑嚚之人猶察山海經曰梼木長千里又曰鍾山之神名曰燭龍視爲晝瞑爲夜莊子曰老子死秦失弔之三號而出弟子曰非子之交耶曰然然弔若是可乎曰始也吾以其人也而今非也適爲夫子時也適去夫子順也安時而處順憂樂不能入也古者謂是帝之懸解莊子曰有繫謂之懸無謂之解郭璞曰懸絶曰解山海經曰二負殺猰貐帝乃梏之疏屬之山桎其右足反縛兩手漢宣帝時擊磻石於上郡陷得石室其中有反縛械人劉向曰此二負之臣也帝曰何以知之以山海經對帝天也人生稟命於天受拘俗之性憂虞終身不解此乃自然執縛爲天所繫夫安時處順憂樂不能入此自然放肆爲天所解也天在上者故曰帝之懸解性之永放者也桎梏疏屬形之永拘者也相背之甚故以相況焉凡物安於所守思不易方處窮塞而不識天下之通塗亦如此也善曰棘聚而成林郭象𠀤莊子注曰生曰懸死曰解過秦論曰不可同年而語矣确薄也暨其

幽遐獨邃，寥廓閑奧，耳目之所不該，足趾之所不蹈，倜儻之極異，譎君屈詭之殊事，藏理於終古，而未寤於前覺也。若吾子之所傳，孟浪之遺言，略舉其梗概，而未得其要妙也。倜儻譎詭，皆謂非常詭異之事。終古，猶永古也。周禮考工記曰：輪已崇，則人不能登也；輪已庳，則終古登阤。離騷曰：吾焉能忍此終古。孟子曰：伊尹云：天之生斯人也，使先知覺後知，先覺覺後覺也。予，天民之先覺者也。孟浪，猶莫絡也，不委細之意。莊子曰：夫子以爲孟浪之言，我以爲妙道之行。善曰：司馬彪莊子注曰：孟浪，鄙野之語。東京賦曰：粗謂賓言其梗槩。梗槩，粗言也。

文選卷第五終

賜進士出身通奉大夫江南蘇松常鎮太等處承宣布政使司布政使胡克家重校刊

文選卷第六

梁昭明太子撰

文林郎守太子右內率府録事叅軍事崇賢館直學士臣李善注上

京都下

魏都賦一首

魏曹操都鄴相州是也太沖賦三都以吴蜀遮相頓折以魏都依制度

左太沖

魏國先生有睟其容乃盱衡而誥曰异乎交益之士孟子曰君子所性仁義禮智根於心其生色睟然見於面不言而喻趙歧曰睟潤澤貌也眉上曰衡盱舉眉大視也异異也尚書堯典四岳曰异哉善曰漢書曰武帝置交州又改梁曰益有益州又曰公盱衡厲色振揚武怒音義曰眉上曰衡謂舉眉揚目也字林曰盱張目也爾雅曰誥告也蓋音有楚夏者土風之乖也善曰孫卿子曰人居楚而楚居夏而

夏非天性也積靡使然也史記曰淮北沛陳汝南南郡此西楚也潁川南陽夏人之居故至今謂之夏人情有險易者習俗之殊也論語曰性相近習相遠也善曰周易曰辭有險易春秋說題辭曰中國之性習俗常操雖則生常固非自得之謂也傳曰習實生常善曰孟子曰使自得之趙岐曰使自得其本善性也昔市南宜僚弄丸而兩家之難解聊爲吾子復翫德音以釋二客競于辯囿者也莊子曰市南宜僚弄丸而兩家之難解又曰公孫龍辯者之徒飾人之心易人之意能勝人之口不能服人之心辯者之囿也善曰毛詩曰德音孔昭夫泰極剖判造化權輿善曰周易曰易有太極是生兩儀史記曰鄒衍稱引天地剖判以來淮南子曰大丈夫無爲與造化逍遥爾雅曰權輿始也劇秦美新序曰權輿天地未祛也班固漢書述曰彰其剖判體兼晝夜理包清濁善曰列子曰昏明之分察故一晝一夜又曰夫有形者生於無形清輕者上爲天濁重者下爲地流而爲江海結而爲山嶽善曰班固終南山賦曰流澤遂而成水停積結而爲山列宿分其野荒裔帶其

隅巖岡潭淵限蠻隔夷峻危之竅也潭淵也屈平卜居曰横江潭而漁善曰漢書曰秦地於天官東井輿鬼之分野楊雄交州箴曰交州荒裔水與天際方言曰竅穴空也蠻陬子侯夷落譯導而通鳥獸之氓也陬落蠻夷之居處名也一名聚居為陬善曰廣雅曰落居也杜篤通邊論曰親録譯導緩步四來論衡曰四夷入諸夏因譯而通說文曰譯傳四夷之語者漢書賈捐之上書曰駱越之人與禽獸無異毛萇詩傳曰氓民也正位居體者以中夏為喉不以邊垂為襟也易曰正位居體美在其中而暢於四支善曰喉衿以身及衣為喻也戰國策頓子曰韓天下之喉咽也魏天下之胷腹也李尤函谷關銘曰衿帶咽喉聲類曰衿衣交領也長世字甿者以道德為藩不以襲險為屏也善曰左氏傳北宮文子曰有其國家令問長世周書成王曰朕不知字民之道敬問伯父說文曰甿田民也東方朔集曰文帝以道德為籬以仁義為藩毛萇詩傳曰藩屏也楊雄城門校尉箴曰盤石唐芒襲險重固毛萇詩傳曰屏蔽也而子大夫之賢者尚弗曾庶翼

等威附麗皇極思稟正朔樂率貢職善曰言不曾與衆庶翼戴上者等其威儀而附著於大中之道也國語越王勾踐曰苟聞子大夫之言賈逵曰親而近之故曰子大夫尚書曰庶明厲翼孔安國曰衆庶皆明其教而自勉厲翼戴上命左氏傳曰士會曰貴有常尊賤有等威莊子曰附麗不以膠漆王弼周易注曰麗著也尚書曰皇極皇建其有極孔安國曰皇大極中也謂大中之道也又曰稟受也論語比考讖曰正朔所加莫不歸義又撰考讖曰穿胷儋耳莫不貢職漢書曰單于非正朔所加東觀漢記曰百蠻貢職而徒務於詭隨匪人宴安於絕域榮其文身驕其險棘善曰詭隨匪人言詭善隨惡同於匪人又自宴安於其絕域也毛詩曰無縱詭隨以謹無良毛萇曰詭隨詭人之善隨民之惡毛詩曰獨爲匪民左氏傳管仲曰宴安酖毒不可懷也李陵書曰出征絕域漢書曰少康之庶子封於會稽文身斷髮蔡雍樊陵碑曰進路孔夷人情險棘毛萇詩傳曰棘急也繆默語之常倫牽膠言而踰侈飾華離以矜然假僪渠屈彊巨兩而攘臂非醇粹之方壯謀

踳舛駮於王義孰愈尋靡荓於中逵造沐猴於棘刺

李剋書曰言語辯聰之說而不度於義者謂之膠言周官曰形方氏掌制邦國之地域而正其封彊無華離之地班固云不變曰醇不雜曰粹莊子曰惠施多方其書五車其道踳駮言惡也楚辭天問曰靡荓九逵枲華安居韓子曰燕王好微巧衛人曰臣能以棘刺之端爲母猴王悅之養以五乘之奉王曰吾請觀客爲棘刺之母猴衛人曰臣爲棘刺之母猴也人主欲觀之必半歲不入宮不飲酒食肉雨霽日出視之晏陰之間而棘刺之母猴乃可見燕王因養衛人而不能觀母猴鄭人有臺下之冶者謂王曰臣爲削者諸微巧必以削削之所削必大於削今棘刺之端不容削王試觀客之削則能與不能可知也王曰客爲棘刺之母猴何以理之曰以削王曰吾欲觀客之削也客曰臣請取之因逃冶人謂王曰上之無度量言談之士多棘刺之說也善曰周易曰君子或默或語廣雅曰膠欺也鄭玄禮記注曰矜謂自尊大也毛萇詩傳曰然是也漢書伍被曰偪彊江淮閒孟子曰馮婦善搏虎攘臂下車衆皆悅之楚辭曰王色頩以開顏精純粹而始壯華口哇反司馬彪莊子注曰踳讀曰舛舛乖也駮色雜不

同也瓶普丁反王逸楚辭注曰寧有荓草蔓衍於九逵之道靡蔓也劒閣雖嶕嶢憑之者蹶非所以深根固蔕也善曰劒閣蜀境也酈元水經注曰小劒戍去大劒飛閣通衢故謂之劒閣廣雅曰嶕嶢高也力彫反又曰蹶敗也善曰老子曰有國之母可以長久是謂深根固蔕長生久視之道聲類曰蔕果鼻也洞庭雖濬負之者北非所以愛人治國也善曰洞庭吳境也史記吳起曰三苗氏左洞庭而右彭蠡恃此險也禹滅之毛萇詩傳曰濬深也鄭玄周禮注曰負性恃也漢書音義服虔曰師敗曰北南北之北老子曰愛人治國能無知乎彼桑榆之末光踰長庚之初輝善曰東觀漢記光武曰失之東隅收之桑榆毛詩曰東有啓明西有長庚況河冀之爽塏苦改與江介之湫子小湄善曰左氏傳齊景公欲更晏子之宅曰子之宅湫隘囂塵請更諸爽塏楚辭曰長江介之遺風薛君韓詩章句曰介界也毛萇詩傳曰水草交曰湄故將語子以神州之略赤縣之畿魏都之卓犖吕角六合之樞

機鄒衍以爲儒者所謂中國者於天下八十一分居一耳中國名赤縣神州赤縣神州內自有九州禹之所叙九州也是以不得爲州數中國外若赤縣神州者九所謂九州者也范睢說秦王曰魏韓中國處而天下之樞也善曰河圖括地象曰崑崙謂東南地方五千里名曰神州帝王居之小雅曰略界也周禮曰方千里曰王畿西都賦曰卓躒諸夏卓犖與卓躒音義同呂氏春秋曰神通乎六合于時運距陽九漢綱絶維姦回內鼂䵷備兵纏紫微翼翼京室眈眈眈眈帝宇巢焚原燎變爲煨燼故荆棘旅庭也殷殷寰內繩繩八區鋒鏑縱橫化爲戰場故麋鹿寓城也不飮酒而怒曰鼂䵷詩曰內鼂䵷于中國漢室之亂起於閹官故曰內鼂䵷也紫微宮在南城下于時兵所圍繞光熹元年四月靈帝崩八月大將軍何進入省見太后黃門張讓郭進等斬進進部曲將兵突入尚書閣閉虎賁中郎將袁術等攻閣日暮術等起火燒閣初平元年十二月董卓遷都長安其夜燒洛陽南北宮昜曰鳥焚其巢尚書曰若火之燎于原春秋穀梁傳曰寰內諸侯

非天子之命不得出會尹更始曰天子以千里爲寰伍被謂淮南王曰昔伍子胥諫吳王吳王不用乃曰臣今見麋鹿遊姑蘇臺也臣今見宮中荆棘露沾衣也善曰春秋保乾圖曰五運七變各以類驚宋衷曰五運五行用事之運也孔安國尚書傳曰距至也漢書陽九厄曰初入百六陽九音義曰易傳所謂陽九之厄漢書曰漢興禁網疎闊管子曰國有四維四維不張則滅王逸楚辭注曰維絃也尚書曰崇信姦回毛詩曰商邑翼翼漢書客謂陳涉曰夥涉之爲王沈沈者應劭曰沈沈宮室深邃之貌沈長含切與耽音義同謝承後漢書曰陽球爲司隸校尉虎視帝宇廣雅曰煨燼也烏瓌反廣雅曰煨煙也杜預左氏傳注曰燼火之餘木也似進反毛萇詩曰殷衆也毛詩曰子孫繩繩兮長楊賦曰洋溢八區言廣大也說文曰鋒兵端也又曰矢鋒也戰國策曰綴甲厲兵效勝於戰場

伊洛榛曠崤函荒蕪善曰服虔漢書注曰榛木叢生也賈逵國語注曰蕪穢也臨菑牢落鄢郢丘墟善曰漢書齊郡有臨菑縣牢落猶遼落也洞簫賦曰翩連綿以牢落東觀漢記曰第五倫自度仕宦牢落漢書南郡有故鄢縣呂氏春秋燭過曰子胥諫而不聽故吳爲丘墟而是有魏開國之

曰締構之初萬邑譬焉亦猶犨昌由麋之與子都培塿之與方壺也善曰周易曰開國承家廣雅曰締結也犨麋古之醜人也呂氏春秋曰陳有惡人焉曰敦洽犨麋椎顙廣額色如漆赭陳侯悅之毛詩曰不見子都子都美丈夫也左氏傳曰太叔曰培塿無松栢培步苟反塿路苟反方壺二山名已見上文且魏地者畢昴之所應虞夏之餘人先王之桑梓列聖之遺塵考之四隈則八埏延之中測之寒暑則霜露所均卜偃前識而賞其隆吳札聽歌而美其風雖則衰世而盛德形於管絃雖踰千祀而懷舊蘊於遐年詩譜云魏地畢昴之分野虞舜及禹所都之地在禹貢冀州雷首之北析城之西周以封同姓其後晉獻公滅魏以封大夫畢萬在晉之南河曲故其詩云彼汾一曲寘之河之干隈猶隅也鄒衍曰四隈不靜司馬相如封禪文曰下泝八埏國語曰卜偃云魏大名也以是始賞天啓之矣左傳曰吳公子札來聘使工爲之歌魏曰美

哉大而婉儉而易行以德輔此則爲明主也善曰毛詩曰惟桑與梓必恭敬止王逸楚辭注曰考校也周禮曰以土圭測日影以求地中日南多暑日北多寒禮記曰日月所照霜露所墜左氏傳史趙曰盛德必百世祀吴越春秋樂師曰君王之德可記之於管紘毛詩序曰懷其舊俗方言曰蘊積也爾其疆域則旁極齊秦結湊冀道開胷殷衛跨躡燕趙山林幽峽烏朗切川澤迴繚恒碣碪碍於青霄河汾浩涆而皓溔南瞻淇澳於六則綠竹純茂北臨漳滏父則冬夏異沼神鉦迢遞於高巒靈響時驚於四表溫泉毖秘涌而自浪華清蕩邪而難老善曰史記蘇秦說魏襄王曰南有鴻溝東有淮潁西有長城北有河外地理志曰魏觜觽參之分野也自高陵以東河東河内南有陳及汝南之邵陵隱強新汲西華長平潁川舞陽郾許鄢樊陵河南之開封中牟陽武酸棗卷皆魏分也思武皇帝初封魏公南得河内魏郡北得趙國中山常鉅鹿

安平甘陵東得平原西得東平凡十郡以此爲魏之本國蓋冀州之地恒山北岳也碣石山名也詩云瞻彼淇澳綠竹猗猗漢書溝洫志曰下淇園之竹漳滏二水名經鄴西北滏水熱故曰滏口水有寒有温故曰冬夏異沼也冀州圖鄴西北鼓山山上有石鼓之形俗言時自鳴劉邵趙都賦曰神鉦發聲俗云石鼓鳴則天下有兵革之事詩云毖彼泉水温水在廣平都易縣俗以治疾洗百病華清井華水也善曰王逸楚辭注曰湊聚也冀道亦二國名也爾雅曰兩河閒曰冀州左氏傳曰江黃道栢方睦於齊杜預曰道國在汝南胷猶前也南都賦曰淯水蕩其胷漢書地理志曰河内本殷舊都周分爲鄁鄘衛碪碍高貌碪五感反鄭玄周禮注曰汾水出汾陽縣浩古老切涆古旦反上林賦曰滉瀁潢漾廣雅曰浩瀁大也皓故老反瀁餘眇反山海經曰少山清漳水出焉郭璞曰至武安南入濁漳山海經曰神囷山滏水出焉郭璞曰經鄴西北入漳說文曰泌水駃流也泌與毖同音秘魚豢典略曰浪井者弗鑿而成毛詩曰永錫難老

墨井鹽池玄滋素液厥田惟中厥壤惟白原隰畇畇墳衍斥斥或嵬壘力罪而複

陸或黋苦光朗而拓落乾坤交泰而絪緼嘉祥徽顯而豫作是以兆朕振古萌柢疇昔藏氣讖緯閟象竹帛迴時世而淵默應期運而光赫暨聖武之龍飛肇受命而光宅鄴西高陵西伯陽城西有石墨井井深八丈河東猗氏南有鹽池東西六十四里南北七十里尚書禹貢冀州厥土惟白壤厥田惟中中閟閉也詩云閟宮有洫善曰周禮曰辨其墳衍原隰之名鄭玄曰水厓曰墳下平曰衍毛詩曰畇畇原隰以純反斥斥廣大之貌也蒼頡篇曰斥大也嵬壘不平之貌嵬烏罪切黋朗光明之貌拓落廣大之貌周易曰天地交泰又曰天地絪緼西京賦曰備致嘉祥文帝荅曹植詔曰所獻詩二篇徽顯成章兆猶機事之先見者也淮南子曰欲與物接而未成朕兆者也許慎曰朕兆也直軫反毛詩曰振古如茲毛萇曰振自也廣雅曰萌始也爾雅曰柢本也丁計反禮記曰余疇昔之夜夢鄭玄曰疇發語聲也說文曰讖驗也河洛所出書曰讖毛萇詩傳曰閟閉也墨子曰以其所書於竹帛傳於後代子孫春秋說題辭曰尚書者所以推期運明命授之際魏志曰太祖武皇帝姓曹諱操爲丞相封魏王文帝

受禪追尊曰武皇帝東京賦曰世祖乃龍飛白水毛詩序曰文王受命作周也鄭玄曰受天命而王天下也東京賦曰漢初弗之宅爰初自臻言占其良謀龜謀筮亦既允臧修其郛郭繕其城隍經始之制牢籠百王畫雍豫之居寫八都之宇鑒茅茨於陶唐察卑宮於夏禹古公草創而高門有閌苦浪宣王中興而築室百堵兼聖哲之軌并文質之狀商豐約而折中准當年而爲量思重爻摹大壯覽荀卿采蕭相傍拱木於林衡授全模於梓匠謀龜謀筮猶周公之卜都洛邑也毛詩云爰契我龜又曰卜云其吉終然允臧重爻易爻也大壯易卦名也易曰上古穴居而野處後世聖人易之以宮室上棟下宇以禦風雨盖取諸大壯謂壯觀也荀卿曰宮室臺榭以避燥濕養德別輕重也非爲夸泰將以明人之大通仁順也春秋左傳曰山林之木衡鹿守之治木器曰梓尚書有梓材之篇也善

曰尚書曰謀及卜筮淮南子曰太一者牢籠天地雍西京也豫東京也西京賦曰取殊裁於八都墨子曰堯舜茅茨不翦論語子曰禹卑宮室毛詩美古公亶父曰高門有閌又美宣王曰築室百堵說文曰僝具也饌勉反又曰僝取也子軟切孟子曰梓匠輪輿能與人規矩不能使人巧趙岐曰梓匠木工也

遐邇悅豫而子來工徒擬議而騁巧闡鉤繩之筌緒承二分之正要揆日晷考星耀建社稷作清廟築曾宮以迴匝比岡隒魚檢而無陂造文昌之廣殿極棟宇之弘規巋若崇山崫起以崔嵬髣徒感若玄雲舒蜺以高垂

二分春秋之中者也詩定之方中作爲楚宮揆之以日作爲楚室定營室星營室中可以興土功也陂傾也易曰無平不陂文昌正殿名也蜺龍形而五色善曰難蜀父老曰遐邇一躰豫或爲務西都賦序曰衆庶悅豫毛詩曰庶人子來周易曰擬之而後言議之而後動擬議以成其變化甘泉賦曰王爾投其鉤繩杜預左傳注銓次也與筌同周禮曰匠人建國晝叅

諸日中之景夜考之極星以正朝夕鄭玄曰極星北辰也周禮曰左宗廟右社稷說文曰隒崖也鄭玄禮記注
曰陂傾也周易曰上棟下宇以避風雨劉高貌也景福殿賦曰若仰崇山而戴垂雲髧垂貌也淮南子曰玄雲
素朝瓌材巨世埔楚洽㙯除立參差枌音汾橑音老複結欒櫨疊施丹
梁虹申以並亘朱桷森布而支離綺井列疏以懸蔕華蓮
重葩而倒披齊龍首而涌霤時梗概於滮被尤池爾雅曰桷謂之榱善曰西
都賦曰因瓌材而究奇抗應龍之虹梁廣雅曰曲枅謂之欒說文曰欂櫨柱枅也然欒櫨一也有曲直之殊耳西京賦蔕倒茄
於藻井披紅葩之狎獵又曰疏龍首以抗殿齊龍首而涌霤謂畫爲龍首於椽承檐四隅而以寫霤也說文曰霤屋水流
也東京賦曰其梗概如此毛詩曰滮池北流也旅楹閑列暉鑒抰烏浪振榱題黮
𪒠階陏嶙峋長庭砥平鍾簴夾陳風無纖埃雨無微津
詩云旅楹有閑抰中央也振屋宇檼也文昌殿前有鍾簴其銘曰惟魏四年歲在丙申龍次大火五月丙寅作

蕤賓鍾又作無射鍾建安二十一年七月始設鍾虡於文昌殿前所以朝會四方也善曰鄭玄毛詩箋曰旅楹衆也薛君韓詩章句曰閑大也謂閑然大也暉鑒言楹柱光輝遠照抰振也廣雅曰鑒照也聲類曰黮深黑色也直感反黮亦黑也徒對反應劭上林賦注曰楯闌橫也西京賦曰抵鍔嶙峋埤蒼曰嶙峋山崖之貌也毛詩曰風雨攸除墨子曰聖王作爲宮室邊足以御風寒上足以待露

巖巖北闕南端逌遵竦峭雙碣方駕比輪西闢延秋東啓長春用覲羣后觀享頤賓文昌殿前值端門端門之前南當南止車門又有東西止車門端門之外東有長春門西有延秋門文昌殿所以朝會賓客享四方善曰德陽殿賦曰朱闕巖巖凡南方正門皆謂之端春秋説題辭曰血書魯端門西京賦曰圓闕竦以造天若雙闕之相望毛萇詩傳曰覲見也尚書曰肆覲羣后周易曰觀頤觀其所養也頤養亦享也故曰觀享頤賓許兩切

左則中朝有赩聽政作寢匪樸匪斲去泰去甚木無彫鎪所留土無綈題錦玄化所甄國風所稟中朝內朝也漢氏大司馬侍中散騎

諸吏爲中朝丞相六百石以下爲外朝也文昌殿東有聽政殿内朝所在也墨子曰堯之爲君采椽不斵晏子春秋曰明堂之制下之濕潤不能及也上之寒暑不能入也土事不文木事不鏤示民知節也老子曰去甚去泰爾雅曰鏤鍥也善曰毛萇詩傳曰赩赤貌也尚書曰既勤樸斵孔安國曰樸治斵削也西京賦曰木衣綈錦説文曰綈厚繒也蔡雍陳留太守頌曰亐化洽矣黔首用寧漢書音義如淳曰陶人作瓦器謂之甄吉然反毛詩序曰一國之事繫一人之本謂之風

於前則宣明顯陽順德崇禮重闈洞出鏘鏘濟濟珍樹猗猗奇卉萋萋蕙風如薰甘露如醴

聽政殿聽政殿門聽政門前升賢門升賢門左崇禮門崇禮門右順德門三門並南向升賢門前宣明門宣明門前顯陽門顯陽門前有司馬門閤守門也周官閽人守王門爾雅曰宮中之門謂之闈洞達也南北外内東西左右掖門皆洞達相通善曰禮記曰大夫濟濟庶士鏘鏘毛萇詩傳曰猗猗萋萋茂盛貌也音此禮切叶韻東京賦曰惠風横被邊譲帝臺賦曰惠風如春施家語舜曰南風之薰兮王肅曰薰風至之貌也論衡曰甘露味如飴蜜王者太平則降鄭亐

周禮注曰醴今甜酒禁臺省中連闥對廊直事所繇典刑所藏藹藹列侍金蜩齊光詰朝陪幄納言有章亞以柱後執法內侍符節謁者典璽儲吏膳夫有官藥劑有司肴醳亦順時腠理則治升賢門內聽政闥向外東入有納言闥尚書臺宣明門內升賢門升賢門外東入有內竪署顯陽門內宣明門外東入最南有謁者臺閤次中央符節臺閤最北御史臺閤三臺並别西向符節臺東有丞相諸曹善曰魏武集荀欣等曰漢制王所居曰禁中諸公所居曰省中淮南子曰連闥通房人所安也直事若今之當直也蔡邕獨斷曰直事尚書一人典刑周禮六典八刑也建安十八年始置侍中中尚書御史符節謁者金蜩金蟬蔡邕獨斷曰侍中常侍皆冠惠文加貂附蟬左氏傳曰詰朝將見杜預曰詰朝平旦也周禮曰幕人掌幄帟鄭玄曰王所居之帳也尚書舜典曰龍命汝作納言應劭漢書注曰納言如今尚書官王之喉舌也毛詩曰出言有章漢書音義曰柱後以鐵爲柱今法冠是如淳曰御史冠也符節掌璽故云典璽漢有尚符璽謁者受事故曰儲

吏漢書謁者掌讚受事周禮膳夫上士又曰醫師掌毒藥共醫事鄭玄周禮注曰劑和也又禮記注曰舊醳之酒謂昔酒也吕氏春秋伊尹曰用新去陳腠理遂通高誘曰腠理肌脉也於後則椒鶴文石永巷壼術楸梓木蘭次舍甲乙西南其戶成之匪日丹青煥炳特有温室儀形宇宙歷像賢聖圖以百瑞綷以藻詠芒芒終古此焉則鏡有虞作繪兹亦等競近世王者後宮以椒房爲通稱聽政殿後有鳴鶴堂楸梓坊木蘭坊文石室後宮所止也壼宮中巷也術道也鳴鶴堂之前次聽政殿之後東西二坊之中央有温室中有畫像讚尚書咎繇薦舜曰予欲觀古人之象日月星辰山龍華蟲作繪粉米永巷掖庭之別名善曰列女傳曰姜后待罪永巷周禮曰正宮掌宮中次舍甲乙謂次舍之名以甲乙紀之也毛詩曰築室百堵西南其戶又曰不日成之藻詠文藻頌詠也綷子對切芒芒遠貌也楚辭曰長無絶兮終古廣雅曰鑒謂之鏡照也鄭玄論語注曰繪畫也右則踈圃曲池下畹高堂蘭渚莓莓石瀨湯

湯弱葼係實輕葉振芳奔龜躍魚有睽呂梁馳道周屈於果下延閣胤宇以經營飛陛方輦而徑西三臺列峙以崢嶸亢陽臺於陰基擬華山之削成上累棟而重霤下冰室而沍冥文昌殿西有銅爵園園中有魚池堂皇班固曰晼三十畝也離騷曰既滋蘭之九晼石瀨湍也水激石間則怒成湍葼木之細枝者也楊雄方言曰青齊兖豫之間謂之葼故傳曰慈母怒子折葼而笞之其惠存焉子紅切係古計切莊子曰呂梁懸水三十仞流沫三十里黿鼉魚鼈之所不能遊也漢廄舊有樂浪所獻果下馬高三尺以駕輦車銅爵園西有三臺中央有銅爵臺南則金虎臺北則冰井臺有屋一百一間金虎臺有屋一百九間冰井臺有屋百四十五間上有冰室三臺與法殿皆閣道相通直行爲徑周行爲營建安十五年作銅雀臺山海經曰太華之山削成四方沍堅也春秋左氏傳曰固陰沍寒善曰楚辭曰坐堂伏檻臨曲池曹植責躬詩曰夕宿蘭渚左氏傳曰原田莓莓杜預曰若原田之草莓莓然莓莫來反楚辭曰石瀨兮戔戔說文曰睽察也千例

反漢書曰太子不敢絶馳道應劭曰天子道也若今之中道延相連延也淮南子曰延樓棧道魯靈光殿賦注飛陛揭孽方輦言廣也甘泉賦曰似紫宮之崢嶸魯靈光殿賦曰榭而高大謂之陽基在小故曰陰基

周軒中天丹墀臨猋增搆峩峩清塵彯彯雲雀踶甍而矯首壯翼摛鏤於青霄雷雨窈冥而未半皦日籠光於綺寮習步頓以升降御春服而逍遙八極可圍於寸眸萬物可齊於一朝

丹墀以丹與蔣離合用塗地也爾雅曰扶搖謂之猋猋上也風從下升也班固西都賦說鳳闕曰上觚稜而棲金雀凡鳥之棲也羽翼戢弭以今揆古言棲非所覿之形也張衡西京賦曰鳳翥鶱於甍標感愬風而欲翔此鳳之有定有住尚向風而無一方則不宜言愬風也但鳥跱則形定翼住飛則斂足絶據踶則舉羽翮用勢若將飛而尚住故言雲雀踶甍而矯首也踶音提王吉傳曰進退步趨以實下言人不行則膝脛以下虛弱不實也眸眸子也王褒甘泉賦曰十分未升其一增惶懼而目眆若播岸而臨坑登木末以闚泉楊雄甘泉賦說臺曰鬼魅

不能自逮半長途而下顛班固西都賦說臺曰攀井幹而未半目眴轉而意迷舍靈檻而却倚若顛墜而復稽張衡西京賦說臺曰將乍往而未半怵悼慄而竦矜非都盧之輕蹻孰能超而究升此四賢所以說臺榭之體皆危峴㥉懼雖輕捷與鬼神由莫得而自逮也非夫王公大人聊以雍容升高彌望得意之謂也異乎老子曰若春升臺之爲樂焉故引習步頓以實下稱入方之究遠適可以圍於徑寸之眸子言其理曠而當情也莊子有齊物之論善曰軒長廊之有牕也列子曰周穆王築臺號中天臺漢典職儀曰以丹漆地故稱丹墀西都賦曰正殿崔嵬魯構七發曰蒙清塵毛萇詩傳曰壯徒也擿鏤擿布其彫鏤也說文曰窈窕深遠也冥幽昧也毛詩曰有如皦日西京賦曰交綺豁以疏寮論語曾點曰春服既成毛詩曰於焉逍遥淮南子曰八紘之外乃有八極趙岐孟子章句曰眸目童子也

長塗牟首豪徼古弔互經晷漏肅唱明宵有程附以蘭錡魚九宿以禁兵司衛閑邪鉤陳罔驚牟者閤道有說者也霍光傳說昌邑王輦道牟首鼓吹歌舞豪徼道也晷漏漏刻也善曰說文曰晷景故曰晷漏漢書房中歌曰肅倡和聲字書倡亦唱

字也充向反程猶限也程與呈通西京賦曰武庫禁兵設在蘭錡建安二十二年初置衛尉漢書曰衛尉掌宮門衛屯兵周易曰閑邪存其誠樂汁圖曰鉤陳後宮也服虔甘泉注曰紫宮外營鉤陳星於是崇墉濬洫嬰堞帶涘四門轘轘魚竭隆厦重起憑太清以混成越埃壒烏害而資始藐藐標危亭亭峻趾臨焦原而不恌誰勁捷而无愢與岡岑而永固非有期乎世祀陽靈停曜於其表陰祇濛霧於其裏墉城也濬深也洫城溝也張衡西京賦曰經城洫堞城上女墻也賈誼曰翟伐衛寇俠城堞涘厓也毛詩云夏屋渠渠又曰既成藐藐尸子曰莒國有石焦原者廣尋長五十步臨百仭之谿莒國莫敢近也有勇以見莒子者獨却行齊踵焉所以服莒國也善曰薛綜西京賦注曰轘轘高貌也鶡冠子曰上及太清下及太寧老子曰有物混成先天地生西都賦曰軼埃壒之混濁周易曰萬物資始王逸楚辭注曰藐藐遠也説文曰標末也鄭玄禮記注曰危棟上也西京賦曰狀亭亭以

苕苕說文曰阯基也論語曰愼而无禮則葸猥與葸同思子反陽靈天神也甘泉賦曰齊乎陽靈之宫周禮曰掌地祇之禮也苑以玄武陪以幽林繚了垣開囿觀宇相臨碩果灌叢圍木竦尋篁蓧懷風蒲陶結陰回淵漼積水深蒹葭贙藋胡官蒻弱森丹藕凌波而的皪緑芰泛濤而浸七心潭以心羽翮頡頏鱗介浮沈栖者擇木雊者擇音若咆步交渤澥與姑餘常鳴鶴而在陰表清籞勤虞箴思國卹忘從禽樵蘇往而無忌即鹿縱而匪禁玄武苑在鄴城西苑中有魚梁釣臺竹園蒲陶諸果詩曰集于灌木春秋左氏傳曰鳥則擇木又曰鹿死不擇音皆自得之謂也雊者舉雉兎之類不傷其時況其巨者乎楊雄曰勃澥之鳥淮南子曰軼鶡雞於姑餘易曰鳴鶴在陰其子和之張衡東京賦曰江池清籞虞虞人之箴也事見春秋其辭曰芒芒禹跡畫爲九州經啓九道人有寢廟

獸有茂草各有攸處德用不擾在帝夷羿冒于原獸忘其
國恤思其麀牡武不可重是用不恢于夏家獸臣司原敢
告僕夫周易曰即鹿無虞往從禽也孟子齊宣王問曰文
王之囿方七十里有諸孟子對曰於傳有之曰若是其大
乎荅曰民猶以爲小也曰寡人之囿方四十里民猶以爲
大何也荅曰文王之囿方七十里蒭蕘者往焉雉兎者往
焉與民同之民以爲小不亦宜乎臣始至於境問國之大
禁然後敢入臣聞郊關之内有囿方四十里殺其麋鹿者
如殺人之罪則是四十里爲阱於國中民以爲大不亦宜
乎言樵蘇往而無忌即鹿縱而匪禁者蓋同乎周文之德
異乎齊宣之意善曰西都賦曰幽林穹谷西京賦曰繚垣
緜連周易曰碩果不食莊子曰見巨木其絜百圍孫子曰
水深則回說文曰淵回水也毛詩曰有漼者泉文子曰積
水成海說文曰釁分別也胡犬反本草曰藕一名水芝爾
雅曰荷芙蕖其根藕此文云凌波而的皪即藕爲偏名非唯
根矣的皪光明也上林賦曰的皪江靡鄭玄周禮注曰陵芰
也說文曰白濤大波也浸潭漸漬也隨波之貌洞簫賦曰玉
液浸潭而承其根毛萇詩傳曰飛而上曰頡飛而下曰頏周
禮曰川澤宜鱗物墳衍宜介物鄭玄曰鱗魚龍之屬介龜鼉
之屬水居陸生者也漢書音義晉灼曰樵取薪也蘇取草也

膴膴坰野奕奕菑畒甘荼伊蠢芸種斯阜西門溉其前史起灌其後墱流十二同源異口畜爲屯雲泄爲行雨水澍稉稌古衡徒五陸蒔稷黍黝黝桑柘油油麻紵均田畫疇蕃廬錯列薑芋充茂桃李蔭翳音咽叶韻家安其所而服美自悅邑屋相望武方而隔踰奕世膴膴美也詩云周原膴膴菫荼如飴爾雅曰田一歳曰菑詩云薄言采芑于此菑畒周官曰澤草所生種之芒種鄭司農曰芒種稻麥也今鄴下有十二墱天井優在城西南分爲十二墱丁鄧切微子麥秀之歌曰黍苗油油漢制列侯公主田無過三十頃者其餘各以官次哀帝時董賢賜田猥多王嘉上疏均田之制從此墮壞疇者界也埒畔際也詩云中田有廬孟子曰五畒之宅樹之以桑故曰蕃廬錯列老子曰甘其食美其服樂其俗安其居鄰里相望雞犬之聲相聞人至老死不相與往來善曰韓詩曰周原膴膴莫來反毛詩曰奕奕梁山維禹甸之賈逵國語曰阜長也

河渠書曰西門豹引漳水溉鄴以富魏之河内漢書曰史起爲鄴令遂引漳水溉鄴人歌之曰鄴有賢令兮爲史公決漳水兮灌鄴旁終古潟鹵兮生稻粱水陸謂高下之田也二渠之利下則澍生稉稌高則植立稷黍也說文曰澍時雨所以澍生萬物者也之樹反方言曰蒔更也郭璞曰謂更種也時吏切爾雅曰黑謂之黝郭璞曰黝黑貌也聲類曰油油麻肥也莊子曰治邑屋曷嘗不法聖人哉謝承後漢書曰王翁位二千石奕世相襲内則街衝輻輳朱闕結隅石杠飛梁出控漳渠疏通溝以濱路羅青槐以蔭塗比滄浪平而可濯方步櫩以占而有踰習習冠蓋莘莘所巾蒸徒斑白不提行旅讓衢設官分職營處署居夾之以府寺班之以里閭鄴城内諸街有赤闕黑闕正當東西南北城門最是其通街也石竇橋在宮東其水流入南北里爾雅曰石杠謂之倚郭璞曰石橋音江疏通也魏武帝時堰漳水在鄴西十里名曰漳渠堰東入鄴城經官中東出南北二溝夾道東行出城所經石竇者也楚辭曰滄浪之水清可以濯

吾纓善曰杜預左氏傳注曰衝交道也齒容反文子曰群臣輻湊李尤德陽殿賦曰朱闕巖巖晉灼漢書注曰飛梁浮道之橋小雅曰控引也步櫩長廊也楚辭曰曲屋步櫩宜擾畜上林賦曰步櫩周流長途中宿蔡雍胡僮碑曰祁祁我君習習冠蓋毛萇詩傳曰莘莘衆多也禮記曰斑白者不提挈鄭玄曰雜色曰斑家語曰虞芮二國爭田入文王境行者讓路周禮曰設官分職以爲民極小雅曰班次也

其府寺則位副三事官踰六卿奉常之號大理之名厦屋一揆華屛齊榮肅肅階闥重門再扃師尹爰止毗代作楨當司馬門南出道西最北東向相國府第二南行御史大夫府第三少府卿寺道東最北奉常寺次南大農寺出東掖門正東道南西頭太僕卿寺次中尉寺出東掖門宮東北行北城下東入大理寺宮內大社西郎中令府城南有五營魏武帝爲魏王時太常號奉常廷尉號大理建安十八年始置侍中尚書御史符節謁者郎中令太僕大理大農少府中尉二十一年大理鍾繇爲相國始置太常宗正二十二年以軍師華歆爲御史大夫初置衛尉時武帝爲魏王置相國御史大夫故云位副三事

置卿近九故曰官踰六卿善曰毛詩曰三事大夫莫肯夙夜夏屋已見上注鄭玄禮記注曰畫華也爾雅曰屏謂之樹鄭玄禮記注曰榮屋翼也爾雅曰兩階間曰鄉許亮反周易曰重門擊柝說文曰扃門之關也毛詩曰赫赫師尹毛萇曰太師周之三公也尹氏爲太師毛詩曰天子是毗又曰王國克生維周之楨毛萇曰楨幹也

其閭閻則長壽吉陽永平思忠亦有戚里寘宮之東閈出長者巷苞諸公都護之堂殿居綺牕輿騎朝猥蹀歒其中

長壽吉陽永平思忠四里名也長壽吉陽二里在宮東中當石竇吉陽南入長壽北入皆貴里都護者將軍曹淵也漢書萬石君傳曰徙其家長安戚里以姊爲美人故善曰古詩云交疏結綺窻廣雅曰猥衆也烏罪反聲類曰蹀躡也徒恊反說文曰歒嘔也壬知反

營客館以周坊餝賔侶之所集瑋豐樓之閈閎起建安而首立葺墻冪室房廡雜襲剞居綺劂罔掇匠斲積習廣成之傳無以疇槀街之邸不能及

鄴城南有都亭

城東亦有都道北有大邸起樓門臨道建安中所立也古者重客館故舉年號也春秋左傳曰高其閈閎繕完葺墻以待賓客圬人以時冪館宮室子産曰僑聞文公之爲盟主也宮室卑埤以崇大諸侯之館館如公寢爾雅曰閎巷門也一曰閎門中所從出入也葺覆也圬人塗人也冪墁也館宮室諸侯傳也史記藺相如奉璧西入秦秦舍相如廣城傳善曰說文曰廡堂下周屋也許慎淮南子注曰剞劂曲刀也劂九月反鄭玄論語注曰輟止掇古字通張晏漢書注曰疇等也漢書曰郅支首懸槀街蠻夷邸閒晉灼曰黃圖在長安城內也

廓三市而開廛籍平逵而九達班列肆以兼羅設闤闠以襟帶濟有無之常偏距日中而畢會抗旗亭之嶤嶭五結侈所覜之博大

周禮大市日昃而市朝市朝時而市夕市日夕而市此三市之謂也逵已見上章傳曰逵市在逵之上易曰日中爲市致天下之人聚天下之貨交易而退各得其所善曰有無謂貨物之多少也二者常偏此能濟之也孟子曰古之爲市也以其所有易其所無西京賦注曰旗亭市樓也嶤嶭高峻之

貌爾雅曰覘視也他吊反百隧轂擊連軫萬貫憑軾捶馬袖幕紛半壹八方而混同極風采之異觀質劑子遺平而交易刀布貿而無筭軾車橫覆膝人所憑也周官曰聽賣買以質劑又曰以質劑結信而止訟鄭玄曰質劑謂兩書一札而別之也若今下手書保物要還矣質大賈也劑小賈也刀布錢刀之謂荀卿書曰省刀布之斂善曰西京賦曰俯察百隧史記蘇秦曰臨菑之塗車轂擊人肩摩連衽成帷舉袂成幕左傳曰楚子玉謂晉侯曰君憑軾而觀之說文曰捶擊也河圖龍文曰八方歸德淮南子曰采俗者所以一羣生之短脩明九夷之風采高誘曰風俗采事也

財以工化賄以商通難得之貨此則弗容器周用而長務物背窳而就攻不鬻邪而豫賈古著馴風之醇醲周官曰百工飭貨賄八材商賈阜通貨賄漢書貨殖傳曰桓文之後禮義大壞上下相冒於是商通難得之貨工作無用之器攻者堅也詩曰我車既攻通物曰商居賣曰賈禮記王制曰器用不中度不鬻於市布帛精麤不中數幅廣狹不中量

大司州

不鬻於市姦色亂正色不鬻於市禽獸魚鼈不中殺不鬻於市此皆不鬻邪之義史記曰子產治鄭不鬻賈周官曰平肆展成鄭玄曰展整也成平也市者使定物賈防誑豫也善曰廣雅曰財貨也財與材古字通爾雅曰賄財也廣雅曰長常也言常習之史記曰舜居河濵器不苦窳晉灼曰窳病也餘乳反淮南子曰黃帝治天下市不豫賈周易曰馴致其道仲長子昌言曰淑清穆和之風旣宣醇醲之化旣浹孔安國尚書傳曰醇粹也說文曰醲厚酒也女龍切優渥然以酒之醲以諭政厚也白藏平之藏去富有無隄同賑大內控引世資賨幏積墆琛幣充牣仞關石之所和鈞財賦之所厎愼燕弧盈庫而委勁冀馬塡廏救而駔駿白藏庫在西城下有屋一百七十四間爾雅曰秋爲白藏因以爲名也大內京邑都內寶藏也漢書淮南王安上䟽曰越人貢財之奉不輸大內食貨志曰或墆財夏書曰關石和鈞王府則有此夏之逸書禹貢曰庶土交正厎愼財賦咸則三壤鄴城西下有乗黃廏燕幽州也弧弓也爾雅曰北方之美者有幽都之筋角焉春秋左傳曰冀之北土馬之所生善曰周

易曰富有之謂大業漢書東方朔曰不足以危無隄之輿蘇林曰隄限也爾雅曰賑富也風俗通曰槃瓠之後輸布一匹二丈是謂賨布廩君之巴氏出幏布八丈賨在宗反幏音稼墆音滯賈逵國語注曰闢通也鄭玄儀禮注曰和調也孔安國尚書傳曰金鐵曰石供民器用通之使和平子虛賦曰充仞其中說文曰駔壯馬也子朗反

至乎勍敵糾紛庶土罔寧聖武興言將曜威靈介冑重襲旍旗躍莖弓珧以焦解檠巨景矛鋋飄英三屬之甲縵莫韓胡之纓控絃簡發妙擬更平嬴

建安十九年五月立魏公位諸侯王上赤紱遠遊冠二十一年進爵為王二十二年得設天子旍旗出警入蹕賜朱冠冕十二旒金根車駕六馬建太常設五時副車爾雅曰弓以蜃者謂之珧蜃骨也檠弓柙也詩云二矛重英漢書刑法志曰魏氏武卒衣三屬之甲趙惠文王好劍劍士夾門而客者三千人趙太子悝謂莊周曰吾王所見劍士皆蓬頭突鬢垂冠縵胡之纓短後之衣瞋目而語難者王乃悅之戰國策更嬴謂魏王曰臣能虛發而下鴈魏王曰然則射可至於此乎更嬴

曰可有鴈從南方來更嬴虛發而鴈下善曰左氏傳曰子魚曰勍敵之人隘而不成列杜預曰勍強也尚書曰庶士交正毛詩曰庶士有揭又曰與言出宿長楊賦曰以露威靈金匱曰良弓非勍檠不張說文曰鋋小矛史記曰冒頓自立爲單于控弦之士三十萬班固漢書李廣述曰控弦貫石威動北鄰爾雅曰簡擇也謂擇處而發也齊被練而銛息廉戈襲偏裂以讀會列畢出征而中律執奇正以四伐碩畫精通目無匪制推鋒積紀鉅氣彌銳三接三捷既晝亦月剋翦方命呑滅咆白交烋虛交雲撤叛換席卷虔劉祲子鴞威八紘荒阻率由洗兵海島刷馬江洲振旅輷輷反旆悠悠凱歸同飲蹴爵普疇朝無刓五官印國無費留春秋左傳曰被練三千馬融曰練爲甲裘史記蘇代曰強弩在前銛戈在後司馬法曰師多則讀孫武曰奇正還相生若環之無端莊子曰庖丁爲文惠君屠牛手之所觸莫不中音合於桑林之舞文君曰善哉技庖丁對曰

臣好者道進乎技矣臣始解牛時所見無非牛者三年之後未嘗見全牛也今臣以神遇而不以目視也良庖歲更刀割也族庖月更刀折也今臣刀十九年矣所解數千牛也而刀刃若新發於硎若彼節者有間而刀刃者無厚以無厚入有間恢乎其於遊刃必有餘地矣文君曰善吾聞丁之言得養生焉一紀十二年推鋒積紀謂魏武帝從初平元年起兵至建安二十五年軍無不尅抑亦庖丁用刀十九年之義也孫武曰避其銳氣謂銳氣之利甚於鋒刃也易曰晉康侯用錫馬蕃庶晝日三接詩云一月三捷既書亦月者蓋取其頻繁之數或日或月也方命放棄王命也尚書曰咈哉方命尅翦方命者謂始起兵誅董卓之首亂漢室也咆烋猶咆哮也自矜健之貌也詩云咆烋于中國呑滅咆烋者尅黙韓暹楊奉之專用王命也叛換猶恣睢也漢書曰項氏叛換雲撤換叛者謂討破袁紹猶勝項羽也虔劉殺也春秋左傳呂相絕秦曰虔劉我邊陲席卷虔劉者謂擒呂布於徐州尅袁術於揚州平韓約馬超於雍州降劉表於荆州之屬也祲威八紘荒阻率由者謂北羈單于于白屋東懷孫權於吳會西攝劉備於巴蜀也刷小嘗也司馬相如梨賦曰唰嗽其漿史記蘇秦曰輷輷軥軥若三軍之衆穀梁傳曰入曰振旅兵事以嚴終也春秋左傳曰凡公行告於宗廟反行飲至漢書曰疏爵而貴之疏爵普疇疇其爵邑

大六八

者刓印印角刓也韓信傳曰項王有功當封爵印刓忍不能與孫子兵法曰戰勝而不脩其賞者凶命曰費留善曰國語曰公使申生伐東山韋昭注曰東山皐落氏也衣之偏裻之衣韋昭注曰裻在中左右異故曰偏裻音督說文曰讀列中止也然讀列或止或列周易曰師出以律漢書楊雄上疏曰石畫之臣甚衆史記曰秦穆公與晉惠公戰於韓地秦人見穆公窘亦皆推鋒爭死尚書曰方命圮族春秋感精符曰楚圖宋更相吞滅春秋推誠圖曰諸侯氷散席卷各爭恣妄西都賦曰祲威盛容淮南子曰八澤之外乃有八紘尚書曰率由典常以藩王室魏武兵接要曰大將將行雨濡衣冠是謂洗兵刷猶飲也所劣切劉劭七華曰漱馬河源遊目崑崙奢頡篇曰輷輷衆車聲也呼萌切今爲輷字音田毛詩曰悠悠旆旍魏武孫子注曰賞不以時但留費也

喪亂既弭而能宴武人歸獸而去戰蕭斧戢柯以柙刃虹旍攝麾以就卷斟洪範酌典憲觀所恒通其變上垂拱而司契下緣督而自勸道來斯貴利往則賤囹圄寂寥京庾流衍尚書曰往伐歸獸桓譚新論雍門周說孟嘗君曰以強秦之勢伐弱燕譬猶礪蕭斧以伐朝菌也馬融廣成頌曰建

雄虹之長旍洪範箕子陳政術之篇也易曰觀其所恒而天地萬物之情可見矣又曰通其變使人不倦老子曰聖人執左契而不責於人有德司契無德司徹善曰毛詩曰喪亂既平周公攝政弘化弭亂司馬法曰以戰去戰雖戰可也柙胡甲反尚書曰垂拱而天下治莊子曰緣督以爲經可以保身可以全生司馬彪曰緣順也督中也順守道中以爲常也禮記曰仲春省囹圄文子曰法寛刑緩囹圄空虚毛詩曰曾孫之庾如坻如京鄭玄曰庾露積穀也於時東鯷即序西傾順軌荆南懷憓惠朔北思韙偉緜緜迥塗驟山驟水襁負賮贄重譯貢篚髽首之豪鐻耳之傑服其荒服歛衽而審䰢闕置酒文昌高張宿設其夜未遽庭燎晰晰有客祁祁載華載裔入聲協韻岌岌冠縰所綺纍纍辮髮清酤戶如濟濁醪如河凍醴流澌温酎躍波豐肴衍衍行庖皤皤愔愔醧一據讌酣湑無譁呼瓜反地理志曰會

稽海外有東鯷人分爲二十餘國以歲時獻見尚書禹貢曰
織皮西傾因桓是來織皮西戎國也憓順也司馬相如封禪
書曰義征不憓淮南子曰三苗髽首賮禮贄也周官曰九州
之外謂之藩國世一見各以其所貴寶爲贄孟子曰將有遠
行行者必以賮蒼頡篇曰賮財貨也建安二十一年匈奴南
單于呼韓厨泉將其名王大人來朝待以客禮張衡南都賦
曰九醞甘醴十旬兼清蘇秦曰齊有清濟濁河楚辭小招魂
曰挫糟凍飲酎清涼王逸曰凍冷也酎三重釀醇酒也韓詩
云賓爾籩豆飲酒之醧能者飲不能者已謂之醧許氏曰醧
酒美也善曰尚書曰西戎即序尸子曰荆者非無東西也而
謂之南其南者多也杜預左氏傳注曰躂是也論語曰襁負
其子博物志曰織縷爲之以約小兒於背上尚書曰厥貢漆
絲厥篚織文山海經曰青要之山魋武羅司之穿耳以鐻
郭璞曰鐻金銀之器名魋音神鐻音渠漢書曰髙張四縣
晉灼曰樂四縣也周禮曰凡樂事宿縣毛詩曰夜未央鄭
玄曰未渠央也毛詩曰庭燎晣晣又曰采蘩祁祁楚辭曰
髙余冠之岌岌鄭玄禮記注曰纚今之幘也纚與縰同漢
書曰諸侯纍纍從楚又終軍曰解辮髮削左衽毛詩曰既
載清酤説文曰澌流氷也周易曰鴻漸于磐飲食衎衎王
肅曰衎衎寛饒之貌也皤皤豐多貌也韓詩曰愔愔夜飲

薛君曰愔愔和悅之貌也孔安國尚書傳曰樂酒曰酣毛詩曰迨我暇矣飲此湑矣毛詩曰湑莤也鄭玄曰泲莤之也一曰湑樂也醧乙據反延廣樂奏九成冠韶夏冐六莖僃饗起疑震霆天宇駭地廬驚億若大帝之所興作二嬴之所曾聆善曰賈逵國語注曰延陳也尚書曰簫韶九成鳳凰來儀樂動聲儀曰帝嚳樂曰六英帝顓頊曰五莖舜曰大韶禹曰大夏宋衷曰六英能爲天地四時六合也五莖能爲五行之道立根本也漢書曰顓頊作六莖夏大承二帝也韶繼堯也僃與曹古字通西京賦曰大帝說秦穆公而覲之饗以鈞天廣樂史記曰趙簡子病扁鵲視之曰昔秦穆公嘗如此七日而寤寤之日告公孫支曰我之帝所甚樂帝告我晉國且大亂令主君之疾與之同二日簡子寤曰我之帝所甚樂與百神遊於鈞天廣樂九奏萬舞不類三代之樂又曰趙氏之先與秦同祖然則秦趙同姓故曰二嬴也博雅曰聆聽也金石絲竹之恒韻匏土革木之常調干戚羽旄之飾好去清謳微吟之要妙世業之所日用耳目之

所聞覺雜糅紛錯兼該泛博鞮鞻所掌之音韎邁昧
任而金禁金之曲以娛四夷之君以睦八荒之俗鞮鞻周掌樂官
名也周官鞮鞻氏掌四夷之樂與其聲歌韓詩內傳曰
王者舞六代之樂舞四夷之樂大德廣之所及善曰周
禮曰播之以八音金石土革絲木匏竹禮記曰干戚
羽旄謂之樂鄭玄曰干盾也戚斧也武舞所執羽翟羽
也旄旄牛尾文舞所執魏文帝樂府曰短歌微吟不能
長孔叢子曰世業不替周易曰百姓日用而不知鄭玄
周禮注曰鞮鞻四夷舞者屝也鞮都泥反鞻俱具反毛
萇詩傳曰東夷之樂曰韎孝經鉤命決曰東夷曰昧南
夷曰任西夷之樂曰株離北夷之樂曰禁然韎昧皆東
夷之樂而重用之疑誤也甘泉賦曰八荒協兮萬國諧既
苗既狩爰遊爰豫藉田以禮動大閱以義舉備法駕理
秋御顯文武之壯觀邁梁騶之所著夏獵曰苗冬獵曰狩建安二十一年
三月魏武帝親耕藉田于鄴城東建安二十二年十月
甲午治兵上親執金鼓以詔進退大閱講武也魯詩傳

曰古有梁騶梁騶天子獵之田曲也善曰孟子夏諺曰吾王不遊吾何
以休吾王不豫吾何以助一遊一豫爲諸侯度禮記曰天子爲藉田千
畝公羊傳曰大閱者何簡車馬也蔡邕獨斷曰天子有法駕莊子曰尹
需學御三年而無所得夜夢受秋駕於其師明日往朝其師其師望而
謂之曰吾非獨愛道也恐子之未可與也今將教子以
秋駕司馬彪曰秋駕法駕也史記曰此天下之壯觀也林不槎枿澤
不伐天斧斨以時罾罟以道德連木理仁挺芝草皓獸爲
之育藪丹魚爲之生沼蓊雲翔龍澤馬于阜山圖其石川
形其寶莫黑匪烏三趾而來儀莫赤匪狐九尾而自擾嘉
穎離合以尊蕁醴泉涌流而浩浩顯禎祥以曲成固觸物而
兼造蓋亦明靈之所酬酢休徵之所偉兆草木未成曰夭斨方銎
斧也詩曰取彼斧斨以
伐遠揚延康元年木連理芝草生於樂平郡白鹿白麞見於郡國赤魚
見於太原郡黃初元年十一月黃龍高四五丈出雲中張口正赤蓊雲
者外赤內青也揚雄太玄經曰紫霓蓊雲澤馬見於上黨郡瑞石靈圖
出於張掖之柳谷始見於建安形成於黃初文備於大和周圍七尋中

高一仞旁厚一里蒼質素章龍馬鳳凰仙人之象粲然盛著是以有魏詩雲鳥之書黃初二年醴泉出河內郡玉璧一枚延康元年三足烏九尾狐見於郡國嘉禾生醴泉出易曰顯道而神德行是故可與酬酢可與佑神矣賓主俱飲主人先舉名曰酬客酌主人酒名曰酢酢者報也行道德守神明而祥瑞皆至此蓋明靈感應之理其與人事交報之義也故曰蓋亦明靈酬酢也善曰國語里革曰山不槎蘖澤不伐夭槎士雅切栟五割切夭烏老切斨七羊切曾子能切文子曰鷹隼未擊羅罔不得張谷草木未落斤斧不得入山林孝經援神契曰德至草木則木連理古瑞命記曰王者慈仁則芝草生說文曰亍步也丑赤反毛詩曰莫赤匪狐莫黑匪烏尚書曰鳳凰來儀應劭漢書曰擾音擾馴也說文曰穎穗也蓴茂盛貌子本切蒼頡篇曰禎善也周易曰曲成萬物而不遺尚書有休徵孔安國曰序美行之驗也說文曰偉大也

敃敃率土遷善罔匱沐浴福應宅心醰徒南粹餘糧棲畝而弗收頌聲載路而洋溢河洛開奧符命用出翩翩黃鳥銜書來訊叶韻音悉人謀所尊鬼謀所秩劉宗委馭巽其神器闚玉策於金縢案圖籙於石室考麻數之所在察五德之所莅量寸

旬涓吉日陟中壇即帝位改正朔易服色繼絶世脩廢職徽幟以變器械以革顯仁翌明藏用玄默菲言厚行陶化染學讎校篆籀篇章畢覿優賢著於揚歷匪孽形於親戚河洛開奥

河出圖洛出書也黃初元年黃鳥銜丹書書見河尚臺易曰人謀鬼謀百姓與能玉策玉牒也尚書曰納策于金縢縢緘也楊雄遺劉歆書曰得觀書於石室莅臨也詩曰方叔莅止司馬法曰明不寶咫尺之玉而愛寸陰之旬旬時也禮記曰聖人南面而治天下改正朔易服色殊徽號異器械易曰顯諸仁藏諸用讎校所爲讎校者也魏文帝好書作皇覽諸文章辭藻多奏御故曰讎校尚書盤庚曰優賢揚歷歷試也善曰封禪書曰旼旼穆穆周易曰君子見善則遷有過必改史記太史公曰成王作頌沐浴膏澤尚書曰宅山阜猥積醲美也廣雅曰粹純也淮南子曰昔容成之時置餘糧於畝首蔡雍胡廣碑曰餘糧栖于畝畝公羊傳曰古者什一而籍而頌聲作矣毛詩曰厥聲載路毛萇曰路大也七略曰鄒子有終始五德從所不勝木德繼之金德次之火德次之水德次之魏志曰文帝諱丕字子桓武帝太子爲魏王漢帝以衆望在魏遂禪位乃爲壇於繁陽王升壇即阼改元爲黃初尚書曰將遜于位遜與巽同涓擇也古玄切淮南子曰君人之道儼然玄墨馬融論語注曰菲薄也論語曰君子薄於言而厚於行風俗通曰案劉向別錄讎校一人讀書校其上下得繆誤爲校一人持本一人讀書若怨家相對漢書音義曰周宣王太史大篆

也籒音冑漢書晁錯曰今陛下不孽諸侯應劭曰接之以禮不以庶孽畜之也本枝別幹蕃屏皇家勇若任城才若東阿抗旍則威噞秋霜摛翰則華縱春葩英喆知列雄豪佐命帝室相兼二八將猛四七赫赫震震開務有謚故令斯民覩泰階之平可比屋而爲一建安二十三年代郡烏丸反魏武帝以鄢陵侯彰爲北中郎將行驍騎將軍入涿郡界叛胡數千騎卒至彰唯有步卒千人騎數百疋身自搏戰追胡大破之斬首五千餘級二八者八元八凱也四七者漢光武二十八將也黃帝泰階六符經曰泰階者天之三階也上階上星爲天子下星爲女主中階上星爲諸侯三公下星爲卿大夫下階上星爲元士下星爲庶人三階平則陰陽和風雨時歳大登民人息天下平是謂太平善曰毛詩曰本支百世說文曰幹本也左氏傳富辰曰封建懿親以蕃屏周蔡邕述行賦曰皇家赫而天居彰後爲任城王植爲東阿王漢書終軍曰驃騎抗旍昆耶左衽噞猶猛也魚瞻反荀悅申鑒曰人主怒如秋霜荅賔戲曰摛藻如春華易乾鑿度曰代者赤兊黃佐命應劭漢官儀曰帝室猶古言王室毛詩曰赫赫師尹周易曰夫易開物成務爾雅曰謚靜也音密尚書大傳曰周人可比屋而封箅祀有紀天祿有終傳業禪祚髙謝萬邦皇

恩綽矣帝德沖矣讓其天下臣至公矣榮操行之獨得超百王之庸庸追亘卷領與結繩睠留重華而比蹤尊盧赫胥羲農有熊雖自以爲道洪化以爲隆世篤之同奚遽不能與之踵武而齊其風淮南子曰古者有督而卷領以王天下其爲德生而不殺莊周曰昔者軒轅氏赫胥氏尊盧氏虙戲神農氏當是時人結繩而用之若此之時則至治也黃帝一號有熊氏踵繼也武迹也楚辭曰及前王踵之武善曰幽通賦曰旦筭祀于契龜音義曰筭數也尚書曰天祿永終王逸楚辭注曰謝去也西京賦曰皇恩溥尚書曰帝德廣運老子曰大滿若沖字書曰沖虛也魏志曰陳留王奐即皇帝位後禪位于晉嗣王魏世譜曰魏封帝爲陳留王臣至公謂帝爲臣於晉至公之道也仲長子昌言曰人主臨之以至公司馬相如弔二世文曰操行之不得班固曰漢承百王之弊馮衍顯志賦曰非庸庸之所識庸庸謂凡常無奇異也史記曰舜字重華高誘淮南子注曰隆盛也老子曰知者不言言者不知是

謂乡同韓子曰雖厚愛之奚遽不亂是故料聊其建國析其法度諮其考
室議其舉厝復之而無斁申之而有裕非疏糲魯葛之士
所能精非鄙俚之言所能具詩云斯干宣王考室也疏糲麤也韓非曰糲糧之飲黎藿之羹斁猒也漢書司馬遷傳曰質而不俚俚鄙也善曰說文曰析量也爾雅曰諮謀也陳琳檄吴將校曰豈輕舉厝也哉毛詩曰無斁於人斯又曰綽綽有裕至於山川之倬詭物產之魁殊
或名奇而見稱或實異而可書生生之所常厚洵美之
所不渝其中則有鴛鴦交谷虎澗龍山掘鯉之淀蓋節
之淵𦐇𦐇精衛銜木償怨常山平干鉅鹿河間列
真非一往往出焉昌容練色犢配眉連乡俗無影木羽
偶仙琴高沈水而不濡時乘赤鯉而周旋師門使火以

驗術故將去而林燔老子曰人之輕死以其生生之厚也謂適生生之情以自厚也鴛鴦水在南和縣西交谷水在鄴南虎澗在鄴西南龍山在廣平沙縣掘鯉淀在河間莫縣之西淀者如淵而淺也蓋節淵在平原萬縣北山海經曰發鳩之山有鳥狀如烏文首白喙赤足名曰精衛赤帝之女名曰女娃女娃遊於海溺而不反精衛常取西山之木石以堙東海焉列眞謂列仙也列仙傳昌容者常山道人也自稱殷王女食蓬累根二百餘年而顏色如年二十人故曰鍊色犢子者鄴人也時壯時老時好時醜乃知其仙人也陽都女者生而連眉耳細而長衆以爲異俗皆言此天人也會犢子來過都女都女悅之遂留相奉待出門共牽犢耳而走莫能追之玄俗者自言河間人也餌巴豆雲英賣藥於市七丸一錢治百病王病癡服藥用下蛇十餘頭王家老舍人自言父甘見俗俗形無影王呼俗著日中實無影河間故趙也文帝三年以爲國木羽者鉅鹿南和人也母貧賤常助産婦兒生自下唼母母大怖暮夢見大冠赤幘守兒言此兒司命君也當報汝恩使子與木羽俱仙母陰信識之後兒生字之爲木羽兒至年十五夜有車馬來迎之呼木羽木羽爲我御來遂俱

去琴高者趙人也浮遊冀州二百餘年後辭入碭水中取龍子與諸弟子期期日皆絜齊待於傍設屋祠果乘赤鯉來出坐祠中留一月復入水去師門者嘯父弟子亦能使火爲孔甲龍師孔甲不能修其心意殺而埋之外野一旦風雨迎之訖則山木皆燔孔甲祠而禱之未還而道死嘯父冀州人也在曲周市上曲周屬廣平郡漢武帝征和二年當爲平干國故曰常山平干也師門者本嘯父弟子故附冀州善曰廣雅曰倬絕也薛綜西京賦注曰詭異也王逸楚辭注曰魁大也鄭玄周禮注曰生猶養也劉瓛周易義曰自無出有曰生毛詩曰洵美且仁鄭玄曰洵信也毛詩曰舍命不渝毛萇曰渝變也淀音殿說文曰翄亦翅字翼翅也叔豉切今音祇翄飛貌馮衍爵銘曰壽配列真劉歆移曰天下衆書往往頗出左傳太史尅曰奉以周旋

易陽壯容衛之稚質邯鄲躧步趙之鳴瑟真定之梨故安之栗醇酎中山流湎千日淇洹之筍信都之棗雍丘之粱清流之稻錦繡襄邑羅綺朝歌緜纊房子縑總清河若此

之屬繁富夥禍夠侯古非可單究是以抑而未罄也枚乘兔園
賦曰易陽之容淮南子曰蔡之幼女衛之稚質史遷記
曰趙中山鼓鳴瑟跕躧真定屬中山郡出御梨故安屬
范陽出御栗楊雄幽州箴曰蕩蕩幽州惟冀之別禹貢
無幽州故安今見屬中山郡中山出好酎酒其俗傳云昔
有人曰玄石者從中山酒家酤酒酒家與之千日之酒語
其節度比歸數百里可至於醉如其言飲之至家而醉其
家不知其醉以爲死也棺歛而葬之中山酒家計向千
日憶曰玄石前來酤酒其醉向解也遂往問其鄰人曰
玄石死來三年服已闋矣於是與其家至玄石冢上掘
而開其棺玄石於是醉始解起於棺中其俗語曰玄石
飲酒一醉千日信都屬安平出御棗雍丘屬陳留也地
理志曰魏參之分野南有陳留栢城曰雍丘之糧清流
鄴西出御稻襄邑屬陳留舊有服官中都賦曰朝歌羅
綺又房子出御緜清河出縑總清河一名甘陵也善曰
漢書音義臣瓚曰跕爲躧跕都牒反躧所解反薛君韓
詩章句曰均衆謂之流閑門不出容謂之湎淇園已見
上文杜預左氏傳注曰水出洹汲郡汲即衛地也洹或
爲園洹音垣孔安國尚書傳曰纊細緜廣雅曰總絹也

蓋比物以錯辭述清都之閑麗雖選言以廣雅曰夠多也簡章徒九復而遺旨覽大易與春秋判殊隱而一致末上林之隤墻本前脩以作系胡計切逸詩九變復貫知言之選擇來比物謂屬變而還復舊貫則知言之選擇來比物錯辭物土之敘也屈原遠遊曰造句始觀清都言雖選言簡章徒至九復而猶遺其精旨也春秋推見以至隱易本隱以之顯所言雖殊其合德一也故曰末上林之隤墻本前脩以作系也前脩謂前賢也離騷擥吾法夫前脩司馬相如上林賦曰頹墻填塹使山澤之人得至楊雄羽獵賦後曰放雉兎收罝罘與百姓共之亂者理也傳曰有亂臣十人此皆二賦以其後居正之義理其前過甚之事也張衡東京賦曰相如壯上林之觀楊雄騁羽獵之辭雖系以隤墻填塹亂以收其罝罘卒無補於風規盖易有系辭之義而以本於前脩以爲系胥之意也系者胥也且易之系系述而辨至於相如初壯上林之觀後說隤墻之事首尾相顧非本系辭之流也而張衡云系以隤墻謂爲系辭同音於義有未安焉諸文賦之後亂者與本絕

於隤墻收罝罘雖不與本文絕義張氏同諸系辭之別可知也善曰韓子曰連類比物列子曰周穆王暨及化人之宮王以爲清都紫微班固漢書司馬相如賛文曰推見至隱言大易春秋隱顯殊而合德若一故觀覽而法則之上林則頹墻塡壍雖本前修而作系所謂勸百而諷一故輕末而鄙賦

其軍容弗犯信其果毅糾華綏戎以戴公室元勳配管敬之績歌鍾析邦君之肆則魏絳之賢有令聞也國語曰鄭伯納女樂二八歌鍾二肆公錫魏絳女樂一八歌鍾一肆曰子教寡人和戎狄而政諸華於今八年七合諸侯寡人無不得志與子共之管莭仲相桓公九合諸侯魏絳輔晉悼公七合諸侯故謂之元勳配管敬之績也悼公得二肆而賜魏絳一肆故諸侯歌鍾析邦君之肆也善曰司馬法曰古者國容不入軍軍容不入國禮記曰介冑有不可犯鄭玄禮記注曰信讀如屈伸之伸假借字也左氏傳君子曰殺敵爲果致果爲毅班固漢書述曰太祖元勳啓立輔臣毛詩曰令問令望

閑居隘巷室邇心遐富仁寵義職競弗羅千乘

爲之軾廬諸侯爲之止戈則干木之德自解紛也吕氏春秋曰段干木者魏文侯敬之過其廬而軾之其僕曰干木布衣耳而君軾其廬不亦過乎文侯曰干木不趣俗役懷君子之道隱處窮巷聲馳千里之外未肯以己易寡人也寡人光乎勢干木富於義勢不如德尊財不如義高吾安敢不軾乎秦欲攻魏而司馬康諫曰段干木賢者而魏禮之天下皆聞無乃不可加乎兵秦君以爲然乃止于木寂然不競於俗故曰職競弗羅也逸詩云兆云詢多職競弗羅善曰漢書曰司馬相如稱疾閑居毛詩曰誕寘之隘巷又曰其室則邇老子曰解其紛也貴非吾尊重士踰山親御監門嗛嗛同軒搦女格秦起趙威振八蕃則信陵之名若蘭芬也史記曰魏有隱士曰侯嬴年七十家貧爲大梁夷門監者公子方置酒大會賓客坐定從車騎虛左自迎侯生秦兵圍邯鄲公子姊爲平原君夫人平原使使讓公子公子數請王及賓客辯士說王萬端王畏秦終不聽公子公子用侯生策使朱亥椎殺將軍晉鄙而奪其軍進擊秦軍秦軍解去邯鄲遂存秦兵伐魏公子駕

歸救魏王魏王以上將授公子公子使徧告諸侯諸侯各進兵救魏公子率五國之兵破秦至函谷關秦兵不敢出當是之時公子威振天下善曰史記曰侯生直上載欲以觀公子公子執轡愈恭然親御謂身自爲御也監門即侯嬴也周易曰謙謙君子卑以自牧嗛古謙字說文曰搦按也

英辯榮枯能濟其厄位加將相窒知逸隙之策四海齊鋒一口所敵張儀張祿亦足云也

史記張儀者魏人也始嘗與蘇秦俱事鬼谷先生學術蘇秦自以不及張儀儀以學而遊說諸侯嘗從楚相飲楚相亡璧楚相門下意張儀曰儀貧無行此必盜相君璧共執儀掠笞數百不服釋之張儀相秦使於諸侯皆說之散其合從之謀秦封儀爲武信君爲秦將取陝築上郡塞范睢者魏人也遊說欲事魏王家貧無以自資乃事魏中大夫須賈賈怨范睢以告魏將魏齊笞擊折脅摺齒睢佯死即盛以簀中范睢謂守者曰公能出我我必厚謝公守者乃請棄簀中死人遂伏匿更名張祿先生隨秦謁者王稽入秦謂昭王曰臣居山東時聞齊有田單而不聞其有王也聞秦有太后穰侯不聞其有王也今太后擅行不顧穰侯出使不報華陽涇陽專斷不請四貴

備而國不危者未之有也昭王懼乃疑穰侯收其印而相張祿爲應侯應侯之相秦蔡澤說曰今君相秦計不下席謀不出廊廟坐制諸侯六國不得合從使天下皆畏秦也善曰曹植輔臣論曰英辯博通張升及論曰噓枯則冬榮解嘲曰室隙蹈瑕而無所屈也**攉惟庸蜀與鴝鵒同窠句吳與鼃黽同穴**善曰許慎淮南子注曰攉揚攉略也尚書曰及庸蜀人孔安國曰庸在江漢之南左氏傳曰鸜鵒株株鸜具瑜反株音誅世本曰吳孰姑徙句吳注孰姑壽夢也句吳太伯始所居地名句吳句音溝說文曰鼃蝦蟆也胡蝸反鄭玄周禮注曰黽蝦蟆屬也黽莫耿切**一自以爲禽鳥一自以爲魚鼈**善曰漢賈捐之上書曰駱越之人譬猶魚鼈何足貪也鍾會蒭蕘論曰吳之玩水若魚鼈蜀之便山若禽獸**山阜猥積而踦嶇泉流迸集而映咽隰壤濊漏而沮洳林藪石留**力又**而蕪穢**山阜猥積蜀也泉流迸集吳也戰國策段規謂韓王曰分地必取成皐韓王曰成皐石留之地無所用之也石留之地喻土地多石猶人物之有留結也一曰壤濊而石也或作溜

字善曰廣雅曰踦驅傾側也字書曰迸散走也呹咽流不通也呹烏朗反公羊傳曰瀸者何漬也作廉反周易曰壅敝漏然漏猶漆也漆所禁反毛詩曰彼汾沮洳毛萇曰沮洳其漸洳也漢書楊惲曰蕪穢不治

窮岫泄雲日月恒翳宅土熇暑封疆障癘吳蜀皆暑濕其南皆有瘴氣善曰泄猶出也埤蒼曰熇熱貌許妖切蔡莽螫適刺力割昆蟲毒噬蔡莽螫刺多毒草也昆蟲毒噬蝮蛇鴆鳥之屬也善曰王逸楚辭注曰蔡草莽也方言曰莽草也南楚曰莽鄭玄禮記注曰昆明也明蟲者陽而生陰而藏詩序曰文王德及鳥獸昆蟲漢罪流禦秦餘徙𢃳揚雄蜀都賦曰秦漢之徙充以山東貨殖傳曰秦破趙遷卓氏於蜀漢時日南比景合浦九真亦皆有徙者息夫躬孫寵之屬焉善曰左氏傳舜流四凶族以禦螭魅廣雅曰𢃳餘也力制反宵貌蕞罪陋稟質遳脆蔣衛巷無杼直呂首里罕耆耋地理志曰江南卑濕丈夫多夭巴蜀輕易淫泆柔弱褊阸漢書曰人宵天地之貌方言曰燕記曰豐人杼首杼首長首也燕謂之杼交益之人率皆弱陋故曰無杼首也善曰左氏傳曰蕞爾小國杜預曰蕞爾小貌也廣雅曰質軀

也遾亦脃也七戈反説文曰脃少耎易斷也左氏傳曰王使宰孔謂齊侯曰伯舅耋老杜預曰七十曰耋**或䰄**直追**髺而左言或鏤膚而鑽髮或明發而嬥歌或浮泳而卒歲**揚雄蜀記曰蜀之先代人椎結左語不曉文字嬥謳歌巴土人歌也何晏曰巴子謳歌相引牽連手而跳歌也潛行爲泳詩曰漢之廣矣不可泳思善曰漢書淮南王曰越鑽髮文身之人張揖以爲古翦字也子踐反文身即鏤膚也毛詩曰明發不寐爾雅曰嬥嬥契契愈遐急也郭璞曰賦役不均賢人憂歎遠急切也佻或作嬥音葦茗一音徒了反毛詩曰何以卒歲**風俗以韰果爲嫿人物以戕害爲藝**善曰楊雄反騷曰何文肆而質韰應劭曰韰狹也下介切方言曰惈勇也果與惈古字通説文曰嫿靜好也音畫左氏傳曰自內害其君曰殺自外曰戕七良反**威儀所不攝憲章所不綴**禮記曰孔子憲章文武善曰毛詩曰朋友攸攝攝以威儀賈逵國語注曰綴連也**由重山之東阨**烏介**因長川之裾勢距遠關以闚𨵙**俞**時高櫟**

而陛制重山束阨謂蜀也長川裙勢謂吳也漢書曰形束壤制善曰束扼拘束其民由於湫厄也据勢依据川之形勢也闚闞望尊位也陛制亦以高櫟之陛而能約制其民也漢書音義言其土地形勢足以束制其人也据古據字九御切薄戍縣冪無異蜘蝥之網弱卒瑣甲無異螳蜋之衛善曰縣冪微貌呂氏春秋湯祝曰蛛蝥作罔罟今之人學之蛛音株蝥莫侯反莊子蘧伯玉謂顏闔曰汝不知夫螳蜋乎怒其臂以當車轍不知其不勝任也與先世而常然雖信險而勦絕揆既往之前迹即將來之後轍成都迄已傾覆建鄴則亦顛沛善曰尚書曰天用勦絕其命勦子小反左傳呂相絕秦曰傾覆我社稷論語曰顛沛必於是馬融曰顛沛僵仆也顧非累卵於疊棊焉至觀形而懷怛善曰言其危懼易見不俟觀形也說苑曰晉靈公造九層臺孫息聞之求見曰臣能累十二博棊加九雞子其上公曰子作之孫息以棊子置下加九雞子于其上靈公曰危哉孫息曰是不危復有危於此者九層之臺三年不成鄰國將欲興兵社稷士滅君欲何

望公卽壞臺賈逵國語注曰怛懼也權假日以餘榮比朝華而菴奄藹善曰權猶苟且也楚辭曰聊假日以須時說文曰木堇朝華暮落覽麥秀與黍離可作謠於吳會善曰尚書大傳曰微子將朝周過殷之墟見麥秀之漸漸曰此父母之國宗廟社稷所立也志動心悲欲哭則爲朝周俯泣則婦人推而廣之作雅聲毛詩序曰黍離閔宗周大夫行役過故宗廟宮室盡爲禾黍而作是詩先生之言未卒吳蜀二客矍焉相顧𥉌焉失所有靦瞢容神惢形茹弛氣離坐㥏墨而謝矍懼也左傳曰騶氏矍懼毛詩曰有靦面目瞢愧也左傳曰亦無瞢焉楊雄方言曰慙也荊楊之閒曰㥏善曰張以愯先壠反今本並爲矍矍大視呼縛反說文曰𥉌失意視他狄反字書曰蘂垂也謂垂下也惢與蘂同而髓切說文曰惢心疑也亦而髓反呂氏春秋曰以茹魚驅蠅蠅愈至而不可禁然茹臭敗之義也如皋反廣雅曰弛釋也施紙反㥏勑典反杜預左氏傳注曰墨色下也說文曰謝辭也曰僕黨清狂怵迫閩濮卜習蓼蟲之志辛

翫進退之惟谷非常寐而無覺不覩皇輿之軌躅漢書昌邑王賀傳曰賀清狂不慧注色理清徐而心不慧故曰清狂也賈誼鵩鳥賦曰怵迫之徒或趣西東善曰閩巳見吳都賦孔安國尚書注曰濮國在江漢之南楚辭注曰蓼蟲不知從乎葵藿王逸曰蓼蟲處辛刺食苦惡不從葵藿食甘美毛詩曰人亦有言進退惟谷又曰尚寐無覺楚辭曰恐皇輿之敗班固漢書班嗣曰伏周孔氏之軌躅音義曰躅迹也過以倈剽之單慧歷埶古之醇聽楊雄方言曰倈剽輕也善曰鄭玄禮記注曰過猶誤也王逸楚辭注曰歷逢也老子曰執古之道倈敷劒切剽匹妙反兼重一龍反惵以貤繆偭辰光而罔定善曰言既重其惵而又累其繆也廣倉曰惵用心并誤也方奚反說文曰貤重次第物也弋豉反漢書音義應劭曰偭背也音面國語曰次序三辰賈逵曰日月星也先生玄識深頌靡測得聞上德之至盛匪同憂於有聖老子曰古之士微妙玄通深不可識夫惟不可識故強爲之頌故曰先生玄識深頌靡測又曰上德無爲而無不爲易曰顯諸仁藏

諸用鼓萬物而不與聖人同憂盛德大業至矣哉夫聖人親憂其事然後能立易體無爲而無不爲自然動物而不與聖人同憂蓋謂治合造化出於形器之表者聖人無所復聞無復恤也故曰鼓萬物而不與聖人同憂其上賦中云顯仁昱明藏用玄默故下覆報言之也善曰王弼周易注曰不與聖人之憂憂君子之道不長小人之道不消黍稷之不茂荼蓼之蕃殖至於乾坤簡易是常無偏於生養無擇於人物不能委曲與彼聖人同此憂之

抑若春霆發響而驚蟄飛競潛龍浮景而幽泉高鏡善曰二客聞言朗然心悟猶春霆響驚蟄紛然而競飛龍彩幽泉煥然而照也呂氏春秋曰聞春始雷則蟄虫動矣詩推度客曰震起而驚蟄睹周易曰潛龍勿用也

雖星有風雨之好人有異同之性庶覿蔀家與剝廬非蘇世而居正尚書洪範曰庶人惟星星有好風星有好雨言人心之不同如星之所好異易曰豐其屋蔀其家小人剝廬楚辭九章曰蔀也必獨立春秋公羊傳曰君子大居正善曰言己因此幸見蔀家剝廬之凶非謂悟世而居正道也爾雅曰

庶幸也王弼周易注曰蔀覆曖鄣光明之物也旣豐其屋又覆其家屋厚家覆闇之甚也王逸楚辭注曰蘇寤之也且夫寒谷豐黍吹律暖之也昏情爽曙箴規顯之也劉向別録曰鄒衍在燕有谷地美而寒不生五穀鄒子居之吹律而温至黍生今名黍谷善曰孔安國尚書注爽明也說文曰曙旦明也雖明珠兼寸尺譬有盈曜車二六三傾五城未若申錫典章之爲遠也太史書曰田敬仲世家傳曰齊威王二十四年與魏惠王會田於郊魏王問曰王亦有寶乎曰無有也魏王曰若寡人小國也尚有徑寸之珠照車前後十二乘者十枚奈何以萬乘之國而無寶乎善曰尹文子曰田父得寶玉徑寸置於廡上其夜照一室史記曰趙惠文王得楚和璧秦昭王聞之願以十五城請易璧毛詩曰申錫無疆亮曰日不雙麗世不兩帝天經地緯理有大歸安得齊給守其小辯也哉二客自言安能守此者自悔也荀卿子曰辯說譬論齊給便利而不愼義謂之姦說善曰禮記曰天無二日土無二王漢

書文帝賜尉他書云兩帝並立新序單襄公曰經之以天緯之以地經緯不爽天之象也家語孔子曰小辨害義小言破道也

文選卷第六

賜進士出身通奉大夫江南蘇松常鎮太等處承宣布政使司布政使胡克家重校刊

文選卷第七

梁昭明太子撰

文林郎守太子右内率府錄事參軍事崇賢館直學士臣李善注上

郊祀

楊子雲甘泉賦

耕籍

潘安仁籍田賦

畋獵上

司馬長卿子虛賦

郊祀　祭天曰郊郊者言神交接也祭地曰祀祀者敬祭神明也郊天正於南郊郭外曰郊

甘泉賦一首 并序

楊子雲 善曰漢書曰楊雄字子雲蜀郡成都人也雄少好學年四十餘自蜀來遊京師大司馬王音召以爲門下史薦雄待詔歲餘爲郎中給事黄門卒栢譚新論曰雄作甘泉賦一首始成夢腸出收而内之明日遂卒然舊有集注者並篇内具列其姓名亦稱臣善以相別佗皆類此

孝成帝時客有薦雄文似相如者 善曰雄荅劉歆書曰雄作成都城四隅銘蜀人有楊莊者爲郎誦之於成帝以爲似相如雄遂以此得見 上方郊祀甘泉泰畤汾陰后土以求繼嗣 善曰上謂成帝也漢書曰武帝幸甘泉令祠官具太乙祠壇太一所用如雍時物又立后土於汾陰脽上孟康曰時音止神靈之所止也脽音雖 召雄待詔承明之庭 善曰諸以材術見知直於承明待詔即見故曰待詔焉承明已見上文 正月從上甘泉還

奏甘泉賦以風善曰漢書曰永始四年正月行幸甘泉七略曰甘泉賦永始三年正月待詔臣雄上漢書三年無幸甘泉之文疑七略誤也毛詩序曰下以風刺上音諷不敢正言謂之諷　其辭曰

惟漢十世將郊上玄善曰惟有也是也十世成帝也上玄天也定泰畤擁神休尊明號晉灼曰雍祐也休美也言見祐護以休美之祥也明號下同符三皇也善曰言將祭泰畤冀神擁祐之以美祥因尊己之明號也廣雅曰將欲也雍音擁同符三皇録功五帝文穎曰符合也善曰言同符契於三皇録功勤於五帝也卹胤錫羨拓迹開統應劭曰卹憂也胤續也錫與也羨饒也拓廣也時成帝憂無繼嗣故修祠泰畤后土言神明饒與福祥廣迹而開統也李奇曰統緒也善曰羨弋戰反

於是乃命羣僚歷吉日協靈辰善曰爾雅曰命告也楚辭曰歷吉日吾將行郭璞上林賦注曰歷選也爾雅注曰辰時也星陳而天行善曰星陳天行已見西京賦詔招搖與太陰兮伏鉤陳使當兵張晏曰禮記曰招搖在上

急繕其怒太陰歲後三辰也服虔曰鉤陳神名也紫微宮外營陳星也善曰句陳已見上文鄭玄禮記注曰當主也主謂典領也**屬堪輿以壁壘兮捎夔魖而抶獝狂**張晏曰堪輿天地總名也孟康曰木石之怪曰夔如龍有角人面魖耗鬼也獝狂亦惡鬼也今皆捎而去之善曰杜預左氏傳注曰屬託也淮南子曰堪輿行雄以知雌許慎曰堪天道也輿地道也說文曰抶擊也丑乙切**八神奔而警蹕兮振殷轔而軍裝**服虔曰自招摇遊神之屬也張晏曰堪輿至獝狂八神也善曰言上諸神各有職役夔魖之屬又捎去之故令八方之神奔走而警蹕殷轔之盛而以軍裝也轔栗忍切漢書武帝紀曰用事八神文頴曰八方之神也薛君韓詩章句曰振奮也殷轔言盛多也軍裝如軍戎之裝者也**蚩尤之倫帶干將而秉玉戚兮飛蒙茸而走陸梁**張晏曰王戚以玉爲戚柲也晉灼曰飛者蒙茸而亂走者陸梁而跳謂猛士之輩善曰蚩尤已見西京賦干將已見東京賦禮記曰朱干玉戚鄭玄曰戚斧也又考工記注曰柲猶柄也音祕茸而恭反**齊總總以撙**

摶其相膠轕兮猋駭雲迅奮以方攘晉灼曰方攘半散也善曰王逸楚辭注曰總總摶摶束聚貌也膠葛已見上文鄭玄禮記注曰奮迅也摶子本切迅音信攘人羊切駢羅列布鱗以雜沓兮柴虒參差魚頡而鳥䀋善曰駢猶併也張揖上林賦注曰柴虒不齊也頡䀋猶頡頏也柴初蟻切虒音豸頡胡結切䀋胡剛切翕赫曶霍霧集而蒙合兮半散昭爛粲以成章善曰翕赫盛貌曶霍疾貌爾雅曰天氣下地氣不應曰霧霧與蒙同曶音忽於是乘輿迺登夫鳳皇兮而翳華芝韋昭曰鳳皇爲車飾也翳隱也服虔曰華芝華盖也善曰言以華盖自翳也駟蒼螭兮六素虯蠖略蕤綏灕虖襂纚善曰高唐賦曰乘玉輿兮駟蒼螭上林賦曰乘鏤象六玉虯說文曰虯龍無角者春秋命歷序曰皇伯駕六龍蠖略蕤綏龍行之貌也灕虖襂纚龍翰下垂之貌也蠖於钁切灕音離襂音森纚所宜切帥爾陰閉霅然陽開晉灼曰帥聚也霅散也善曰文子曰與陰俱閉與陽

俱開雲於甲切騰清霄而軼浮景兮夫何旟旐郅偈之旖旎也張晏曰軼過雲與倒景也服虔曰旖旎從風柔弱貌善曰薛君韓詩章句曰騰乘也何休公羊傳注曰軼過也浮景流景也神女賦曰夫何神女之妖麗何休公羊傳注曰據疑問所不知者曰何周禮曰鳥隼爲旟龜蛇爲旐郅偈竿之貌也郅音質偈音桀旖於綺切旎女氏切流星旄以電爥兮咸翠蓋而鸞旗善曰言星旄之流如電之光也周書曰樓煩星旄者羽旄也鄭玄曰可以爲旌旗也高唐賦曰蜺爲旌翠爲蓋蔡邕獨斷曰天子出前驅有鸞旗者編羽毛列繫幢傍敦萬騎於中營兮方玉車之千乘善曰敦與屯同王逸楚辭注曰屯陳也鄭玄儀禮注曰方併也玉車以玉飾車也聲駍隱以陸離兮輕先疾雷而馺遺風善曰廣雅曰陸離參差也方言曰馺馳也郭璞曰馺疾也聖主得賢臣頌曰追奔電逐遺風駍普萌切馺先合切淩高衍之嵱嵷兮超紆譎之清澄孟康曰衍無崖岸也紆譎曲折也李奇曰嵱音踊嵷音竦如淳曰嵱嵷上下衆多貌登

椽欒而羾天門兮馳閶闔而入淩兢服虔曰椽欒甘泉南山也淩兢恐懼
貌也李奇曰羾音貢蘇林曰羾至也善曰楚辭曰令
帝閽開閶闔而望予王逸曰閶闔天門也兢鉅陵切是
時未轃夫甘泉也迺望通天之繹繹善曰轃與臻同至也通天臺名已見上
文薛君韓詩章句曰繹繹盛皃下陰潛以慘廩兮上洪紛而相錯善曰慘廩
寒貌也廩來感切直嶢嶢以造天兮厥高慶而不可乎彌度善曰
七發曰條上造天孔安國尚書傳曰造至也爾雅曰彌
終也言高不可終竟而度量也慶音羌度大各切彌或
爲彊平原唐其壇曼兮列新雉於林薄鄧展曰唐道也服虔曰新雉香草也
雉夷聲相近善曰子虛賦曰案衍壇曼新雉辛夷也本
草辛夷一名辛引廣雅曰草藂生曰薄壇徒旦切曼莫
旦切攢并閭與茇葀兮紛被麗其亡鄂善曰蒼頡篇曰攢聚也并櫚椶也茇
葀草名也被麗分散貌也風賦曰被麗披離鄂
垠鄂也茇步末切葀音括被皮義切麗音隸崇丘陵

之駊騀兮深溝嶔巖而爲谷蘇林曰駊騀音叵我善曰駊騀高大貌也嶔岩深貌也嶔口銜切迬迬離宮般以相爓兮封巒石關施靡乎延屬應劭曰言秦離宮三百武帝復往往脩理之也善曰說文曰迬古文往字也往往言非一也般布也與班同三輔黃圖曰甘泉有石關觀封巒觀施靡相連貌也施弋尔切鄭玄喪服傳注曰屬連也屬之欲切於是大厦雲譎波詭摧嗺而成觀孟康曰言厦屋變巧乃爲雲氣水波相譎詭也摧嗺林木崇積貌也善曰言大厦之高而成觀闕也摧子罪切嗺子水切觀工喚切仰撟首以高視兮目冥眴而亡見善曰王逸楚辭注曰撟舉也撟與矯同冥眴昏亂之貌冥莫見切眴音縣正瀏濫以弘惝兮指東西之漫漫孟康曰瀏清也服虔曰惝大貌也音敞善曰瀏濫猶言淸淨而汎濫也漫漫無厓際之貌也瀏音劉徒徊徊以徨徨兮魂眇眇而昏亂善曰言迷惑也據軨軒而周流兮忽坱圠而亡垠韋昭

曰軨欄也軒檻板也善曰軨與櫺同周流流行周遍也軮軋廣大貌也服鳥賦曰軮軋無垠軨音零坱烏朗切圠烏黠切翠玉樹之青葱兮璧馬犀之瞵㻞善曰漢武帝故事曰上起神屋前庭植玉樹珊瑚爲枝碧玉爲葉璧馬犀言作馬及犀爲璧飾也埤蒼曰瞵㻞文貌也應劭曰瞵音隣晉灼曰㻞音豳金人仡仡其承鍾虡兮嶔巖巖其龍鱗善曰孔安國尚書傳曰仡仡壯勇之貌也嶔開張之貌也龍鱗似龍之鱗也仡魚乞切嶔火敢切揚光曜之燎燭兮乘景炎之炘炘晉灼曰景大也善曰廣雅曰炘熱也音欣配帝居之縣圃兮象泰壹之威神服虔曰曾城縣圃閬風崑崙之山三重也天帝神在其上善曰春秋合誠圖曰紫宮帝室太一之精洪臺崛其獨出兮𢷎北極之嶟嶟應劭曰崛特貌也𢷎至也晉灼曰嶟嶟穊緻也善曰爾雅曰北極謂之北辰崛其勿切𢷎竹指切嶟干旬切列宿迺施於上榮兮日月纔經於柍桭韋昭曰榮屋翼也服虔曰柍中央也桭屋梠也善曰施式支切柍於兩切桭音辰雷鬱律於巖窔兮電儵忽

於牆藩善曰鬱律小聲也上林賦曰巖窔洞房釋名曰窔幽也儵忽疾貌也藩籬也窔一吊切鬼魅不
能自逮兮半長途而下顛善曰逮及也爾雅曰顛隕也歷倒景而絶飛梁兮
浮蠛蠓而撇天張揖曰陵陽子明經曰倒景氣去地四千里其景皆倒在下如淳郊祀志注曰在日月之上日月
返從下照故其景倒又曰絶度也服虔曰浮高貌也晉灼曰飛梁浮道之橋也善曰孫炎爾雅曰蠛蠓蟲小於蚊張揖三
蒼注曰撇拂也蠓莫孔反撇匹列反左欃槍而右玄冥兮前熛闕而後應門晉灼
曰大人賦曰攬欃槍以爲旗又曰左玄冥而右黔雷雄擬相如故云爾也熛闕赤色之闕也南方之帝曰赤熛怒應門正門
在熛闕之內也善曰應劭曰大人賦注曰欃槍奔星也張揖曰玄冥北方黑帝佐也熛必遥切蔭西海與幽
都兮涌醴汩以生川如淳曰言闕之高乃蔭西海也善曰山海經曰北海之內有山名曰幽都黑水
出焉涌醴醴泉涌出也方言曰汩疾也于筆切蛟龍連蜷於東厓兮白虎敦圉
乎崑崙善曰連蜷長曲貌也敦圉盛怒貌也春秋漢含孶曰天一之帝居左青龍右白虎服虔曰象崑崙山在甘

泉宮中也蜷音拳躬徙昆切覽樛流於高光兮溶方皇於西清服虔曰高光宮名也晉灼曰樛流猶繚繞善曰樛流高曲之貌也溶盛貌也方皇即彷徨觀名也漢書曰甘泉有高光旁皇旁音傍西清西廂清淨之處也上林賦曰象輿僊蹇於西清前殿崔巍兮和氏玲瓏晉灼曰以黃金爲璧帶含藍田璧玲瓏明見皃也善曰前殿正殿也諸宮皆有之漢書曰未央宮立前殿炕浮柱之飛榱兮神莫莫而扶傾善曰炕舉也舉浮柱之飛榱言檐宇高峻若神清淨而扶其傾危也炕與抗古字同毛詩曰君婦莫莫毛萇曰莫莫清淨也閌閬閬其寥廓兮似紫宮之峥嶸善曰閌高也說文曰閬閬高大之貌也寥廓虛靜貌紫宮及峥嶸並巳見上文閬音浪寥音僚駢交錯而曼衍兮崣嵲隗乎其相嬰善曰駢列也曼衍分布也埤蒼曰崣山長貌嵲隗高貌嬰繞也衍弋戰切崣他賄切嵲音皐隗五賄切乘雲閣而上下兮紛蒙籠以棍成服虔曰蒙籠膠葛貌棍成言自然也善曰雲閣言高連雲也老

子曰有物混成棍與混同曳紅采之流離兮颺翠氣之宛延善曰言宮觀之高故紅采翠氣流離宛延在其側而曳颺之襲琁室與傾宮兮若登高眇遠亡國肅乎臨淵服虔曰襲繼也桀作琁室紂作傾宮以此微諫也應劭曰登高遠望當以亡國爲戒若臨深淵也善曰晏子春秋曰夏之衰也其王桀作爲琁室殷之衰也其王紂作爲傾宮回猋肆其碭駭兮䟫桂椒而鬱栘楊服虔曰回猋回風也善曰毛萇詩傳曰肆疾也碭過也廣雅曰駭起也䟫與披同說文曰鬱木聚生也爾雅曰棠棣栘也楊楊樹也言回風碭駭披散桂椒又鬱衆栘楊也碭徒浪切栘音移香芬茀以穹隆兮擊薄櫨而將榮善曰言香氣芬茀穹隆而盛乃拂擊薄櫨而及屋榮也說文曰薄櫨柱上枅也薛君韓詩章句曰將辟也茀房物切薄房隔切櫨力都切薌呹肸以棍批兮聲駍隱而歷鍾善曰薌亦香字也禮記曰爗燎羶薌呹疾貌也說文曰肸蠁布也司馬彪上林賦注曰肸過也棍同也批擊手也歷鍾經歷至鍾也呹余日切肸許一切棍下本切批薄結切駍普耕

切排玉戶而颺金鋪兮發蘭蕙與穹窮李奇曰鋪門鋪首也善曰言風飄香氣既排玉戶而颺金鋪又發揚蕙蘭與穹窮也長門賦曰擠玉戶以撼金鋪司馬注子虛賦曰穹窮似槀本帷弸彋其拂汨兮稍暗暗而靚深善曰弸彋風吹帷帳之聲也拂汨鼓動之貌暗暗深空之貌靚即静字耳弸普萌切彋音宏汨于密切暗烏感切陰陽清濁穆羽相和兮若夔牙之調琴張晏曰聲細不過羽穆然相和也善曰莊子黃帝曰一清一濁陰陽調和尚書曰夔典樂教胄子列子曰伯牙善鼓琴般倕棄其剞劂兮王爾投其鉤繩應劭曰剞曲刀也劂曲鑿也善曰尚書曰倕汝作共工般魯般也爾王爾也並已見西京賦般與班同倕音垂雖方征僑與偓佺兮猶彷彿其若夢晉灼曰方常也征行也言宮觀之高峻雖使仙人行其上恐遽不識其形觀猶髣髴若夢也善曰鄭玄毛詩箋曰方且也征僑姓征名僑也司馬相如大人賦曰厮征伯僑漢書曰正伯僑並同也餘依晉說列仙傳曰偓佺槐里采藥父也食松實形躰生毛數寸能飛行逮走馬說文曰彷彿相似視不諟

也楚辭曰時彷彿以遙見謨即諦字音帝於是事變物化目駭耳回善曰蒼頡篇曰駭驚也回謂回皇也蓋天子穆然珍臺閒館琁題玉英蜵蜎蠖濩之中應劭曰題頭也榱椽之頭皆以玉飾言其英華相燭也張晏曰蜵蜎蠖濩刻鏤之形也善曰范子曰玉英出藍田孝經援神契曰玉英玉有英華之色閒音閑蜵音淵蜎於緣切蠖烏郭切濩胡郭切惟夫所以澄心清魂儲精垂恩善曰鄭玄毛詩箋曰惟思也文子曰澄心清意言儲蓄精神冀神垂恩也感動天地逆釐三神者服虔曰釐福也韋昭曰逆迎也迎受福釐也善曰三神天地人也釐音熈迺搜逑索偶皐伊之徒冠倫魁能韋昭曰搜擇也逑匹也索求也偶對也應劭曰冠其群倫魁桀也善曰皐皐繇堯臣也伊伊尹湯臣也函甘棠之惠挾東征之意善曰毛詩序曰甘棠美邵伯也又曰東山周公東征也相與齊乎陽靈之宮善曰韓康伯周易注曰洗心曰齊齊側皆反祭天之所故曰陽靈靡薜荔而爲

席兮折瓊枝以爲芳善曰靡謂偃靡之藉地而爲席也楚辭曰折瓊枝以繼佩吸清雲之流瑕兮飲若木之露英善曰淮南子曰志厲青雲非夸矜也司馬相如大人賦曰呼吸沆瀣餐朝霞霞與瑕古字通山海經曰灰野之山有赤樹青葉名曰若木露英英之含露者集乎禮神之囿登乎頌祇之堂善曰禮神謂祭天也晉灼曰后土歌祭之處也善曰爲歌頌以祭地祇建光燿之長旓兮昭華覆之威威服虔曰昭明也華覆華蓋也善曰埤蒼曰旓旌旗斿也旓所交切威猶葳蕤也攀琁璣而下視兮行遊目乎三危善曰漢書曰北斗七星所謂琁璣玉衡楚辭曰忽反顧以游目尚書曰導黑水至于三危陳衆車於東阬兮肆玉軑而下馳如淳曰東阬東海也苦庚切晉灼曰軑車轄也韋昭曰軑徒計切善曰賈逵國語注曰肆恣也楚辭曰齊玉軑而並馳軑音大漂龍淵而還九垠兮窺地底而上回應劭曰龍淵在張掖服虔曰九垠九重也善曰言從東阬下馳遂浮

龍淵而繞其九重乃窺地底而上歸也說文曰漂浮也莊子曰千金之珠在九重之淵驪龍頷下廣雅曰垠厓也厓亦重之義也還音旋**風潨潨而扶轄兮鸞鳳紛其銜蕤**善曰潨潨疾皃也音竦晉灼曰蕤綏也**梁弱水之濎濙兮躡不周之逶蛇**服虔曰崑崙之東有弱水渡之若濎濙耳善曰濎濙小水貌也字林曰濙絕小水也廣雅曰躡履也山海經曰西海之外有山不合名曰不周逶蛇欲平貌也濎吐定切濙音熒蛇音移**想西王母欣然而上壽兮屏玉女而却宓妃**善曰言既臻西極故想王母而上壽乃悟好色之敗德故屏除玉女而及宓妃亦以此微諫也山海經曰玉山西王母所居也神異經曰東荒中有大石室東王公居之常與玉女共投壺宓妃已見東京賦**玉女亡所眺其清矑兮宓妃曾不得施其蛾眉**服虔曰矑目童子也善曰毛詩曰螓首蛾眉**方攬道德之精剛兮侔神明與之爲資**晉灼曰等天地之計量也善曰說文曰攬撮持也音覽精剛精微剛強也**於是欽**

柴宗祈善曰恭敬燔柴尊崇所祈也尚書曰至于岱宗柴燎薰皇天應劭曰牲玉之香也皐摇泰壹如淳曰皐挈皐也積柴於挈皐頭置牲玉於其上舉而燒之欲近天也張晏曰招摇泰一皆神名善曰摇與遥同舉洪頤服虔曰洪頤旗名也應劭曰旌旆布也樹靈旗李奇曰欲伐南越告禱太一畫旗樹太一壇上名靈旗以指所伐之國也見漢書郊祀志樵蒸昆上配藜四施張晏曰配藜披離也善曰言燔燎之盛故樵蒸之光同上而披離四布也周禮曰共祭祀之薪蒸鄭玄曰麄曰薪細曰蒸說文曰昆同也昆或爲焜字書曰焜煌火貌東燭滄海西燿流沙北爌幽都南煬丹厓服虔曰丹水之厓也善曰尚書曰弱水餘波入于流沙幽都巳見吳都賦爌與晃音義同方言曰煬炙也玄瓚觩⿰角翏秬鬯泔淡服虔曰以玄玉飾之故曰玄瓚張晏曰瓚受五升口徑八寸以大圭爲柄用灌鬯觩⿰角翏其貌也應劭曰泔淡滿也善曰孔安國尚書傳曰黑黍曰秬釀以鬯草觩音求⿰角翏力幽切泔胡敢切淡大敢切肸蠁豐融懿懿芬芬善曰言秬

坌分布芬芳盛美也肸蠁已見上文炎感黄龍兮熛訛碩麟韋昭曰碩大也善曰言焱熛熾盛感動神物也字林曰焱火光也說文曰熛火飛也毛萇詩傳曰訛動也熛必遥切選巫咸兮叫帝閽開天庭兮延羣神服虔曰令巫祝叫呼天門也善曰山海經曰大荒中有靈山巫咸從此升降王逸楚辭注曰巫咸古神巫也楚辭曰吾令帝閽闢開兮鄭玄禮記注曰延導也儐暗藹兮降清壇瑞穰穰兮委如山張晏曰儐贊也善曰鄭玄周禮注曰接賓曰儐然謂贊禮者也暗藹衆盛貌也委積也暗烏感切於是事畢功引迴車而歸度三巒兮偈棠黎晉灼曰黄圖無三巒相如傳有封巒觀善曰三巒即封巒觀也漢書曰甘泉有封巒棠黎韋昭曰偈息也音憩天閫決兮地垠開八荒協兮萬國諧善曰鄭玄禮記注曰閫門限也決亦開也言門決以出德澤故八荒万國俱協諧也登長平兮雷鼓磕天聲起兮勇士厲如淳曰長平坂名在池陽南善曰字指曰磕大聲也口蓋切天

聲如天之聲言其大也杜預左氏傳注曰厲猛也雲飛揚兮雨滂沛于胥德兮麗萬世善曰言恩澤之多若雲行雨施君臣皆有聖德故華麗至于万世也毛詩曰于胥樂兮鄭玄曰于於也胥皆也麗光華也亂曰善曰王逸楚辭注曰亂理也所以發理辭指摠撮所要也崇崇圜丘隆隱天兮善曰崇崇高貌也廣雅曰圜丘大壇祭天也登降峛崺單埢垣兮善曰登降上下也峛崺邪道也單大貌埢垣圜貌峛力爾切崺弋爾切單音蟬埢音拳增宮嵾差駢嵯峨兮善曰嵾與參同初林切駢步千切嵯材何切峨音俄岭巆嶙峋洞無厓兮善曰埤蒼曰岭巆嶙峋深無厓之貌岭音零巆音熒嶙音鄰峋音旬上天之縡杳旭卉兮善曰縡事也杳深遠也旭卉幽昧之貌毛詩曰上天之載無聲無臭縡與載同聖皇穆穆信厥對兮李奇曰對配也能與天相對配也善曰詩曰帝作邦作對徠祇郊禋神所依兮善曰言來郊禋而甚敬故爲神祇之所依也徠古來字徘徊招搖靈迟迡兮善曰招搖

猶彷徨也迟遟即棲遟也毛萇詩傳曰棲遟遊息也招必遥切迟音棲迟大夷反光煇眇燿降厥福兮子子孫孫長無極兮

耕藉臣瓚漢書注曰景帝詔曰朕親耕本以躬親爲義藉謂蹈藉之也

藉田賦一首臧榮緒晉書曰泰始四年正月丁亥世祖初藉于千畝司空掾潘岳作藉田頌也

潘安仁臧榮緒晉書潘岳字安仁滎陽中牟人揔角辯惠摛藻清豔鄉邑稱爲竒童弱冠辟司空太尉府舉秀才高步一時爲衆所疾然藉田西征咸有舊注以其釋文膚淺引證疏略故並不取焉

伊晉之四年正月丁未皇帝親率群后藉于千畝之甸禮也晉書曰丁亥藉田戊子大赦今爲丁未誤也千畝已見西京賦禮記曰天子藉田千畝於是乃使甸帥清

畿野廬埽路周禮曰甸師掌帥其屬而耕耨王籍鄭玄曰師猶長也然師而爲帥者避晉景帝諱也周禮曰野廬氏掌達國之道路也封人壝宫掌舍設梐周礼曰封人掌設王之社壝爲畿封而樹之鄭玄曰聚土曰封壝謂壇及堳埒也周禮曰掌舍掌王之會同之舍設梐枑再重杜子春讀爲梐枑梐枑行馬也壝以委切枑音互青壇蔚其嶽立兮翠幕黕以雲布國語虢文公曰古者王命司空除壇于籍楊脩許昌宫賦曰華殿炳而嶽立鄭玄周禮注曰帷覆上曰幕魏文帝愁霖賦曰玄雲黕其四塞黕黑貌也封禪書曰雲布霧散黕丁敢切結崇基之靈趾兮啓四塗之廣阼崇基謂壇也於壇四面而爲階也說文曰趾基也又曰阼主階也沃野墳腴膏壤平砥墳腴平砥已見上文史記曰京師膏壤沃野千里毛詩曰周道如砥清洛濁渠引流激水子虛賦曰激水推移遐阡繩直邇陌如矢史記曰秦孝公壞井田開阡陌風俗通曰南北曰阡東西曰陌繩直已見上文詩曰其直如矢緫犗服于縹軛兮紺轅綴

於黛耜總犗帝耕之牛也說文曰總帛青色音葱犗牛巳見吳都賦又曰縹帛青白色轅輗犂轅輗也鄭玄周禮注曰轅端壓牛領曰輗於華切說文曰紺染青而揚赤色也鄭玄禮記注曰耜耒之金儼儲駕於廛左兮俟萬乘之躬履駕牛儼然在於廛左以待天子躬親履踐之耕以儲畜故曰儲駕駕也說文曰儼好貌也晉灼漢書曰廛一百畝也然古耕以耒而今以牛者蓋晉時創制不沿於古也百僚先置位以職分百僚巳見上文羽獵賦曰先置乎白揚之南漢書曰六卿各有徒屬職分也自上下下具惟命臣周易曰自上下下其道大光西京賦曰具惟帝臣鄭玄儀禮注曰命者加爵服之名襲春服之萋萋兮接游車之轔轔司馬彪上林賦注曰襲服也禮記曰孟春衣青衣春服巳見魏都賦薛君韓詩章句曰萋萋盛也文穎漢書注曰天子出游車九乘毛詩曰有車轔轔微風生於輕幰纖埃起於朱輪幰車幰也釋名曰車幰所以御熱也朱輪見吳都賦森奉璋以階列望皇軒而肅震森盛貌也

毛詩曰奉璋峨峨髦士攸宜**若湛露之晞朝陽似衆星**
階爵之次也爾雅曰震懼也毛詩曰湛湛露斯匪陽不晞毛萇曰晞乾
之拱北辰也也言露見日而乾以喻諸侯承命而施敬
也論語子曰爲政以德譬如
北辰居其所而衆星共之**於是前驅魚麗屬車鱗**
萃周禮曰王出入則自左馭而前驅鄭玄曰前驅如今
導引也魚麗已見東京賦屬車已見西京賦子虛賦
曰珍怪鳥獸萬端鱗萃**閶闔洞啓參塗方駟**洛陽宮舍記曰洛陽有閶闔門西京賦曰
旁開三門參塗夷庭羽獵賦曰方駕千駟**常伯陪乘太僕秉轡**尚書曰左右常伯應劭曰
漢官儀曰侍中周成王常伯任侍中殿下稱制出即陪
乘鄭玄周禮注曰陪乘參乘也漢舊儀曰漢乘輿大駕
儀公卿奉引太僕御也**后妃獻穜稑之種司農撰播殖之器**周禮曰上
春詔王后帥六宮之人而生穜稑之種而獻于王鄭司
農曰先種後熟謂之穜後種先熟謂之稑漢書曰大農
令武帝更名大司農孔安國論語注曰撰具也史記曰
后稷播植百穀孔安國尚書傳曰播布也蒼頡篇曰殖

種也挈壺掌升降之節宮正設門閭之蹕周禮有挈壺氏周禮曰宮正凡邦之事蹕宮中鄭玄曰正長也宮中之長也鄭司農曰蹕謂止行者清道若今時警蹕天子乃御玉輂蔭華蓋藏榮緒晉書曰大駕鹵簿有大輂華蓋中道玉輂大輂也華蓋已見西京賦衝牙錚鎗綃紈綷縩禮記曰凡帶必有佩佩玉有衝牙鄭玄曰衝牙居中央以前後觸也錚鎗玉聲也錚乂耕切鎗乂行切鄭玄禮記注曰綃綺屬也許慎淮南子注曰紈素也漢書班婕妤賦曰紛綷縩兮紈素聲綃思樵切紈音丸綷七倅切縩七大切金根照耀以烱晃兮龍驥騰驤而沛艾司馬彪續漢書曰漢承秦制御爲乘輿金根安車五采文畫輈西京賦曰乃奮翅而騰驤龍驥沛艾已見上文表朱玄於離坎飛青縞於震兌中黄曅以發揮方綵紛其繁會謂鹵簿之儀車騎旌旗各依方色表猶標也周易曰離南方之卦也坎者正北方之卦也震者東方兌正西秋也周禮曰東方謂之青南方謂之赤西方謂之白北方謂之黑毛萇詩傳曰縞白色

也縞古老切周禮曰地謂之黄臧榮緒晉書鹵簿曰青立車青安車赤立車赤安車黄立車黄安車白立車白安車黒立車黒安車合十乘並駕駟建旗十二如車色

五輅鳴鑾九旗揚旆

周禮曰王之五路一曰玉路二曰金路三曰象路四曰革路五曰木路又曰掌九旗之物名日月爲常蛟龍爲旂通帛爲旃雜帛爲物熊虎爲旗鳥隼爲旟龜蛇爲旐全羽爲旞析羽爲旌

瓊鈒入蘂雲罕晻藹

臧榮緒晉書曰雲罕車駕駟戟車載闟與鈒音義同也蒼頡篇曰蘂聚也楚辭曰揚雲霓之晻藹鈒音吸晻音烏感切

簫管嘲哳以啾嘈兮鼓鞞硡隱以砰磕

簫管已見上文楚辭曰鵾鷄嘲哳而悲鳴蒼頡篇曰啾衆聲也嘈已見上文周禮曰鍾師掌鞞鄭玄曰鼙鞞以和樂字林曰鞞小鼓也鞞與鼙同步迷切硡與訇音義同火宏切字書曰砰大聲也字指曰磕大聲也砰披萌切磕苦蓋切

箾簴嶷以軒翥兮洪鍾越乎區外

筍簴軒翥已見西京賦天子之行擊左右鍾已見西都賦

震震塡塡塵騖連天以幸乎藉田

震震盛也郭璞爾雅注曰闐闐

群行聲也東觀漢記曰王邑旗幟蔽野埃塵連天鶩或爲霧非也蟬冕頰以灼灼兮碧

色肅其千千蟬冕已見魏都賦千千碧皃似夜光之剖荆璞兮若茂

松之依山巔也於是我皇乃降靈壇撫御耦降謂臨幸也應劭漢

官儀曰天子東耕之日天子升壇上空無祭天子耕於壇舉耒三推而巳論語曰長沮桀溺耦而耕鄭玄曰耜

廣五寸二耜爲耦王逸楚辭注曰撫持也坻場染屨洪縻在手方言曰坻場也蚍蜉犂鼠

之場謂之坻場浮壤之名也音傷說文曰縻牛轡也忙皮反三推而舍庶人終畝三推

巳見上文國語虢文公曰王耕一墢班三之庶人終于千畝韋昭曰一墢一耜之墢也班次也三之下各三其

上王一公三卿九大夫二十七庶人盡耕也既云以牛而又言推者盖沿古成文不可以文而害實也墢扶發

切然國語與禮記不同而潘雜用之貴賤以班或五或九禮記曰帝藉三公五推卿諸侯

九推于斯時也居靡都鄙民無華裔都謂京邑也杜預左傳注鄙邑也左傳孔子曰裔不謀夏夷不亂華蕭

家語注曰裔邊裔也長幼雜遝以交集士女頒斌而咸戾雜遝衆多貌也頒斌相雜之貌也爾雅曰戾至也被褐振裾垂髫總髮老子曰被褐而懷玉杜預左氏傳注曰振整也說文曰褐者粗衣也爾雅曰衱謂之裾郭璞曰衣後裾也衱音劫魏志毛玠曰臣垂髫執簡埤蒼曰髫髦也大聊切毛詩曰總角之宴毛萇曰總角結髮也躡踵側肩掎裳連襼說文曰躡追也躡躡其踵所以爲追逐也聲類曰踵足根也史記馮驩曰夫朝趨市者側肩爭門而入賈逵國語注曰從後牽曰掎方言曰複襦江湖之閒或謂之籥襼郭璞方言注曰襼即袂字也說文曰袂袖也黃塵爲之四合兮陽光爲之潛翳山陽公載記曰賈詡鳴鼓雷震黃塵蔽天西都賦曰紅塵四合動容發音而觀者莫不抃儛乎康衢謳吟乎聖世列子曰一里老幼喜躍抃儛康衢已見上文吾丘壽王驃騎論功曰遊童牧豎詠德謳吟情欣樂於昏作兮慮盡力乎樹藝昏作已見西京賦韓詩外傳曰子路治蒲孔子曰我入其境田疇甚

易草萊甚辟故其人盡力也周禮曰正月之吉須職事二曰樹蓺鄭玄毛詩箋曰蓺猶樹也**廉誰督而常勤兮莫之課而自厲**說文曰誰何也謂責問之也字書曰督察也王逸楚辭注曰課試也**躬先勞以說使兮豈嚴刑而猛制之哉**周易曰說以使民民志其勞史記曰秦繁法嚴刑而天下不振**有邑老田父或進而稱曰蓋損益隨時理有常然**周易曰損益盈虛與時偕行又曰隨時之義大矣哉晏子春秋曰物有必至事有常然古之道也**高以下爲基民以食爲天**老子曰貴必以賤爲本高必以下爲基漢書酈食其曰王者以人爲天而民以食爲天**正其末者端其本善其後者慎其先**言治國之道以商爲末而農爲本以貨爲後而食爲先也陸賈新語注曰治末者調其本李奇漢書注曰本農也末賈也漢書詔曰農天下之本也而人或不務本而事末故生不遂禮記曰善終者如始尚書大傳曰八政何以先食傳曰食者萬物之始人事之本也故八政先食**夫九土之宜弗任**

四人之務不壹國語展禽曰共工氏之子曰后土能平九土韋昭曰九土九州之土尚書曰禹別九州任土作貢管子曰士農工商四民者國之正民也孔安國尚書傳曰壹專一也野有菜蔬之色朝靡代耕之秩禮記曰三年耕必有一年食雖有凶旱水溢人無菜色又曰夫祿足以代其耕無儲稸以虞災徒望歲以自必言無儲稸以度荒災空自必望於歲也崔寔四民月令曰十月五穀既登家有儲稸禮記曰國無九年之蓄曰不足韋昭曰虞度也左氏傳王曰余一人閔閔焉如農夫之望歲也三季之衰皆此物也國語郭偃曰夫三季王之亡宜也韋昭曰季末也三季王桀紂幽王也今聖上昧旦丕顯夕惕若慄昧旦丕顯已見東京賦周易曰君子夕惕若厲爾雅曰慄懼也圖匱於豐防儉於逸言常節約以戒不虞故圖乏者必於豐夥禦儉者在於奢逸也廣雅曰儉少也欽哉欽哉惟穀之卹尚書曰欽哉欽哉惟刑之恤哉展三時之弘務致倉廩於盈溢國語虢文公曰三時務農

一時講武韋昭曰三時春夏秋也管子曰倉廩實則知禮節蔡邕月令章句曰穀藏曰倉米藏曰廩固堯

湯之用心而存救之要術也漢書董仲舒對策曰陛下親耕籍田以爲農先此亦堯舜之用心也若乃廟祧有事祝宗諏日廟祧已見西京賦禮記曰宗祝在廟鄭玄曰宗宗人也祝接神者也毛詩箋曰后稷既爲郊祀之酒則諏謀其日應劭漢書注曰諏謀也簠簋普

淖則此之自實周禮曰舍人凡祭祀共簠簋實之陳之儀禮曰孝孫某敢用嘉薦鄭玄曰普淖黍稷也普大也淖和也德能大和乃有黍稷故以爲號云淖乃孝切縮鬯蕭茅又於是乎

出左氏傳管仲曰尒貢苞茅不入王祭不供无以縮酒周禮曰鬯人釀秬以爲酒又曰甸師祭祀共蕭茅杜子春曰蕭香蒿也鄭玄曰既薦然後爇蕭合馨香茅以縮酒國語虢文公曰上帝之粢盛於是乎出黍稷

馨香旨酒嘉粟左氏傳季良奉酒醴以告曰嘉栗旨酒謂其上下皆有嘉德而無違心所謂馨香無讒慝杜預曰栗謹敬也宜其民和年登而神降之吉也左氏傳季

粱奉粢盛以告曰絜粢豐盛謂其三時不害而人和年豐也鄭玄周禮注曰登成也左氏傳曰致其禋祀於是乎人和而神降之福古人有言曰聖人之德無以加於孝乎夫孝天地之性人之所由靈也孝經曾子曰敢問聖人之德無以加於孝乎子曰天地之性人爲貴人之行莫大於孝夫聖人之德又何以加於孝乎漢書曰人有生之最靈者也昔者明王以孝治天下其或繼之者鮮哉希矣孝經子曰昔者明王之以孝理天下也論語子曰其或繼周者雖百世可知也逮我皇晉實光斯道鄭玄毛詩箋曰光明也斯道謂孝道也儀刑孚于萬國愛敬盡於祖考毛詩曰儀刑文王萬國作孚毛萇曰孚信也孝經子曰愛敬盡於事親而德教加於百姓故躬稼以供粢盛所以致孝也尚書大傳曰王者躬耕所以供粢盛五經要義曰天子藉田千畝所以先百姓而致孝敬也勸穡以足百姓所以固本也西京賦曰勸穡於原陸論語孔子曰百姓足君孰與不足

尚書曰民惟邦本本固邦寧何晏論語注曰夲基也能本而孝盛德大業至矣哉周易曰盛德大業至矣哉此一役也而二美具焉一役謂籍田也二美謂能本而孝也左氏傳陰飴甥曰此一役也秦可以霸不亦遠乎不亦重乎論語文也敢作頌曰

思樂甸畿薄采其茅茅即上甸師之所供者毛詩曰思樂泮水薄采其芹毛萇曰薄辭也大君戾止言藉其農周易曰大君有命毛詩曰魯侯戾止言觀其旂毛萇曰戾來也止至也其農三推萬方以祇禮記曰耕藉然後諸侯知所以敬爾雅曰祇敬也耨我公田實及我私鄭玄周禮注曰耨耘耔也奴豆切毛詩曰雨我公田遂及我私我簠斯盛我簋斯齊禮記曰天子藉田以事天地山川以為齊盛毛萇詩傳曰器實曰齊在器曰盛齊音資我倉如陵我庾如坻毛詩曰我倉既盈我庾惟億又曰曾孫之庾如坻如京鄭玄曰庾露積穀也坻水中高地念茲在茲永言孝思言念此黍稷在此祭祀也尚書禹曰

念兹在兹毛詩曰永言孝思人力普存祝史正辭左氏傳季梁曰上思利人忠也祝史正辭信也故奉牲以告曰博碩肥腯謂人力之普存也神祇攸歆逸豫無期左氏傳楚子曰能歆神人杜預曰歆享也毛詩曰尔公尔侯逸豫無期一人有慶兆民賴之尚書王曰一人有慶兆民賴之

畋獵

鄭玄禮記注曰田者所以供祭祀庖厨之用王制曰天子諸侯無事則歲三田馬融曰取獸曰畋

子虛賦一首

善曰漢書曰相如遊梁乃著子虛賦後蜀人楊得意爲狗監侍上上讀子虛賦曰朕獨不得與此人同時哉得意曰臣邑人司馬相如自言爲此賦上乃召相如相如曰此乃諸侯之事未足觀請爲天子遊獵之賦以子虛虛言也爲楚稱烏有先生烏有此事也爲齊難亡是公者亡是人也欲明天子之義故虛藉此三人

爲辭以風諫焉

司馬長卿善曰漢書曰司馬相如字長卿蜀郡人少好讀書爲武騎常侍後拜文園令病卒

郭璞注

楚使子虛使於齊王悉發車騎與使者出畋司馬彪曰畋獵也善曰家語曰孔子在齊齊侯出畋本或云境内之士備車騎之衆非也畋罷子虛過奼烏有先生張揖曰奼誇也丑亞切字當作詫亡是公存焉坐定烏有先生問曰今日畋樂乎子虛曰樂獲多乎曰少然則何樂對曰僕樂齊王之欲夸僕以車騎之衆而僕對以雲夢之事也張揖曰楚藪也在南郡華容縣善曰廣雅曰僕謂附著於人然自卑之稱也夢莫諷切曰可得聞乎子虛曰可王車駕千乘選徒萬騎畋於海濵郭璞曰濵

涯也列卒滿澤罘網彌山郭璞曰彌覆也善曰罘已見上文掩兔轔鹿射
麋脚麟司馬彪曰轔轢也音吝韋昭曰脚謂持其脚也善曰鄭玄毛詩箋曰掩者覆也鶩於鹽
浦割鮮染輪張揖曰海水之厓多出鹽也李奇曰鮮生也染擩也切生肉擩車輪鹽而食之也善
曰擩揾也擩而緣切揾一頓切射中獲多矜而自功郭璞曰伐其功也善曰鄭玄禮記注
曰矜自尊大也顧謂僕曰楚亦有平原廣澤游獵之地饒樂若
此者乎楚王之獵孰與寡人乎郭璞曰與猶如也僕下車對曰郭璞
曰下車謙也臣楚國之鄙人也廣雅曰鄙小也幸得宿衛十有餘年
時從出游游於後園覽於有無然猶未能徧覩也善曰覽於
有無謂或有所見或復無也又焉足以言其外澤乎齊王曰雖然略
以子之所聞見而言之僕對曰唯唯臣聞楚有七澤嘗

見其一未覩其餘也臣之所見蓋特其小小者耳郭璞曰特獨也名曰雲夢雲夢者方九百里其中有山焉其山則盤紆茀鬱隆崇嵂崒郭璞曰隆崇竦起也善曰茀音佛岑崟參差日月蔽虧張揖曰高山擁蔽日月虧缺半見也善曰崟音吟交錯糾紛上干青雲郭璞曰言相摎結而峻絶也善曰孔安國尚書傳曰干犯也罷池陂陀下屬江河郭璞曰言旁頹也屬連也罷音疲陂音婆陀音駝文穎曰南方無河也冀州凡水大小皆謂之河詩賦通方言耳晉灼曰文章假借協陀之韻也其土則丹青赭堊雌黃白坿錫碧金銀張揖曰丹丹沙也青青雘也赭赤土也堊白土也蘇林曰白坿白石英也坿音附善曰高誘淮南子注曰碧青石也衆色炫耀照爛龍鱗郭璞曰如龍之鱗彩也其石則赤玉玫瑰琳瑉昆吾張揖曰琳珠也瑉石之次玉者昆吾山名也出美金尸子曰昆吾之金晉灼曰玫瑰火齊珠也郭

璞曰琳玉名瑊玏玄厲張揖曰瑊玏石之次玉者玄厲黑石可用磨也如淳曰瑊音緘玏音勒
碝石碔砆張揖曰碝石碔砆皆石之次玉者碝石白者如冰半有赤色碔砆赤地白采葱蘢白黑不分郭璞曰
碝而兖切善曰管子曰陰山碝珉戰國策曰白骨疑象碔砆類玉其東則有蕙圃衡蘭
芷若穹藭菖蒲張揖曰蕙圃蕙草之圃也衡杜衡也其狀若葵其臭如蘪蕪芷白芷也若
杜若也司馬彪曰芎藭似藁本善曰薛綜西京賦注曰蘭香草也芷若下或有射干非也茳蘺蘪蕪
諸柘巴苴張揖曰江蘺香草也蘪蕪蘄芷也似蛇床而香諸柘甘柘也郭璞曰江蘺似水薺文穎曰
巴苴草名一名巴蕉善曰苴子余切其南則有平原廣澤登降陁靡案衍
壇曼司馬彪曰陁靡邪靡也案衍窊下也壇曼平博也善曰陁弋爾切衍弋戰切壇徒旦切曼莫幹切
緣以大江限以巫山張揖曰巫山在南郡巫縣其高燥則生葴菥苞
荔張揖曰葴馬藍也菥似燕麥也苞藨也荔馬荔也蘇林曰菥斯歷切善曰葴之林切苞音包荔音隸藨皮

表切薛莎青薠張揖曰薛藾蒿也莎蒿侯也青薠似莎而大生江湖鴈所食善曰薠音煩其埤

濕則生藏莨蒹葭郭璞曰藏莨草名中牛馬芻張揖曰蒹蘼葭蘆也善曰埤音婢莨音郎

東蘠彫胡張揖曰東蘠實可食彫胡菰米也蓮藕觚盧張揖曰蓮荷之實也其根藕張

晏曰觚盧扈魯也菴閭軒于張揖曰菴閭蒿也子可醫疾軒于蕕草也生水中揚州有之善曰菴音

淹蕕音猶衆物居之不可勝圖郭璞曰圖畫也其西則有湧泉清池

激水推移郭璞曰波抑揚也外發芙蓉蓤華內隱鉅石白沙應劭

曰芙蓉蓮花也其中則有神龜蛟鼉瑇瑁鼈黿張揖曰蛟狀魚身而蛇尾皮有

珠也其北則有陰林其樹楩枏豫章服虔曰陰林山北之林也善曰尸子曰水

積則生吞舟之魚土積則生楩楠豫章本或林下有巨字樹下有則字非也桂椒木蘭檗離

朱楊郭璞曰木蘭皮辛可食張揖曰檗皮可染者離山棃也郭璞曰朱楊赤莖柳也善曰蓋山之國東有

樹赤皮幹名曰朱木楊柳也櫨棃槫栗橘柚芬芳張揖曰櫨似梨而甘也槫槫棗也善
曰說文曰槫棗似柹而小名曰㮕而兖切蘇林曰槫音郢都之郢然諸說雖殊而木一也今依蘇音其上
則有鵷鶵孔鸞騰遠射干張揖曰孔孔雀也鸞鸞鳥也射干似狐能緣木服虔曰騰
遠獸名也善曰射弋舍切其下則有白虎玄豹蟃蜒貙犴郭璞曰蟃蜒大獸似
貍長百尋貙似貍而大犴胡地野犬也似狐而小蟃音萬善曰山海經曰鳥鼠同穴之山其上多白虎又曰幽
都之山其上有玄豹郭璞曰黑豹也於是乎乃使剸諸之倫手格此獸善曰
剸諸已見吴都賦楚王乃駕馴駮之駟張揖曰馴擾也駮如馬白身黑尾一角鋸牙食
虎豹擾而駕之以當騶馬也乘彫玉之輿郭璞曰刻玉以飾車也靡魚須之橈
旃張揖曰以魚須爲旃柄驅馳逐獸也橈靡也善曰橈女教切曳明月之珠旗張揖曰以
明月珠綴飾旗也善曰孝經援神契曰蛟珠旗宋均曰蛟魚之珠有光耀可以飾旗建干將之雄

戟張揖曰干將韓王劒師也雄戟胡中有鮔者干將所造也善曰雄戟已見吳都賦鮔音巨左烏號之雕弓張揖曰黃帝乘龍上天小臣不得上挽持龍髯髯拔墮黃帝弓臣下抱弓而號名烏號也郭璞曰雕畫也右夏服之勁箭服虔曰服盛箭器也夏后氏之良弓名繁弱其矢亦良即繁弱箭服故曰夏服也陽子驂乘孅阿爲御張揖曰陽子伯樂字也秦繆公臣姓孫名陽郭璞曰孅阿古之善御者見楚辭孅音纖善曰楚辭曰孅阿不御焉案節未舒即陵狡獸司馬彪曰案節行得節未舒馬足未舒也狡獸狡健之獸也善曰天文志曰案節徐行服虔曰謂行遲也蹵蛩蛩轔距虛張揖曰蛩蛩青獸狀如馬距虛似贏而小善曰說苑孔子曰蛩蛩距虛見人將來必負蟨以走二獸者非性心愛蟨也爲得甘草而貴之故也軼野馬轊陶駼張揖曰軼過也野馬似馬而小海外經曰北海內有獸狀如馬名陶駼郭璞曰轊車軸頭也善曰軼轊言車之疾能過野馬及陶駼也軼不言車轊不言過互文也轊音衛陶音逃駼音塗乘遺風射游騏張揖曰遺風千里馬也呂

氏春秋曰遺風之乘爾雅曰嶲如馬一角不角者騏嶲音攜儵眒倩浰張揖曰皆疾皃善曰儵式六切眒式刃切倩千見切浰音練雷動猋至星流霆擊郭璞曰霆劈歷弓不虛發中必決眦李奇曰射之巧妙決於目眦善曰說文曰眥目匡也眦眥俱同洞胷達掖絶乎心繫張揖曰自左射之貫胷通右髃中絶系也善曰說文曰髃肩前也五口切一音五俱切繫音系獲若雨獸揜草蔽地善曰言所在衆多若天之雨獸雨于具切毛萇詩傳曰揜覆也於是楚王乃弭節徘徊翺翔容與郭璞曰弭猶低也節所仗信節也翺翔容與言自得也善曰王逸楚辭注曰弭案也覽乎陰林觀壯士之暴怒與猛獸之恐懼徼谻受詘郭璞曰谻疲極也谻音劇司馬彪曰徼谻遮其倦者善曰受屈取其力屈也詘與屈同丘勿切殫覩衆物之變態郭璞曰殫盡也變態姿貌也於是鄭女曼姬如淳曰鄭女夏姬也曼姬楚武王夫人鄧曼也被阿緆揄紵縞張揖曰阿細繒也緆細布也揄曳也司馬彪曰

縞細繒也善曰列子曰鄭衛之處子衣阿緆戰國策魯連曰君後宮皆衣紵縞緆與錫古字通雜纖羅
垂霧縠司馬彪曰纖細也張揖曰縠細如霧垂以為裳也善曰神女賦曰動霧縠以徐步襞積
褰縐紵徐委曲鬱橈谿谷張揖曰襞積簡齰也褰縮也縐裁也其縐中文理岪鬱有
似於谿谷也善曰襞必亦切縐側救切齰詐白切紛紛褷褷揚衪戌削郭璞曰紛紛褷
褷皆衣長貌也張揖曰揚舉也衪衣袖也戌削裁制貌也善曰褷音非衪弋爾切戌音卹蜚纖垂髾
司馬彪曰纖袿飾也髾燕尾也善曰纖與燕尾皆婦人袿衣之飾也蜚古飛字也纖音纖髾所交切扶輿
猗靡張揖曰扶持楚王車輿相隨也善曰猗於綺切翕呷萃蔡張揖曰翕呷衣起張也萃蔡衣
聲也善曰呷火甲切萃音翠下靡蘭蕙上拂羽蓋善曰垂髾飛纖飄揚上下故或摩蘭
蕙或拂羽蓋錯翡翠之威蕤張揖曰錯其羽毛以為首飾也繆繞玉綏張揖曰楚
王車之綏以玉飾之也郭璞曰綏登車所執言手纏絞之眇眇忽忽若神仙之髣髴郭璞

曰言其容飾奇豔非世所見也若神已見上文於是乃相與獠於蕙圃善曰說文曰獠獵也力笑切媻姍教窣上乎金隄韋昭曰媻姍教窣匍匐上也司馬彪曰金隄隄名也善曰媻音盤姍先安切窣先忽切揜翡翠射鵔鸃善曰方言曰揜取也鵔鸃已見上文微矰出纖繳施善曰矰繳已見上文弋白鵠連駕鵞善曰言既弋白鵠而因連駕鵞也雙鶬下玄鶴加善曰雙鶬見上注爾雅曰下落也戰國策更贏曰臣能虛發而下鳥淮南子注曰加制也列子曰蒲且子連雙鶬於青雲之上戰國策莊辛曰黃鵠不知射者修矰繳將加已也怠而後發游於清池郭璞曰怠倦也浮文鷁張揖曰鷁水鳥也畫其象於船首也揚旌枻張揖曰揚舉也枻析羽爲旌建於船上也郭璞曰枻船舷樹旌於上善曰枻依郭說枻音曳張翠帷建羽蓋郭璞曰施之船上也善曰翠帷羽蓋謂以翠羽飾帷蓋罔瑇瑁鉤紫貝郭璞曰紫貝紫質黑文也善曰瑇瑁紫貝已見西京賦摐金鼓韋昭曰摐擊也音窻郭璞曰金鼓鉦也吹鳴籟張揖曰籟簫也榜人歌張揖

曰榜船也月令曰命榜人榜人船長也主唱聲而歌者也善曰榜方孟切聲流喝郭璞曰言悲嘶也善曰喝一介切嘶蘇奚切水蟲駭波鴻沸郭璞曰魚龜躍濤浪作涌泉起奔揚會郭璞曰暴溢激相鼓薄也善曰溢普頓切礧石相擊硠硠礚礚善曰礧力對切若雷霆之聲聞乎數百里之外將息獠者擊靈鼓起烽燧文穎曰靈鼓六面鼓車按行騎就隊應劭曰按按次第也善曰服虔左氏傳注曰隊部也行胡郎切隊大內切纚乎淫淫般乎裔裔司馬彪曰皆行貌也善曰纚音屣般音盤於是楚王乃登雲陽之臺孟康曰雲夢中高唐之臺宋玉所賦者言其高出雲之陽怕乎無爲憺乎自持郭璞曰養神氣也善曰老子曰我獨怕然而未兆說文曰怕無爲也廣雅曰憺怕靜也神女賦曰頩薄怒以自持憺與澹同徒濫切怕與泊同蒲各切勺藥之和具而後御之服虔曰具美也或以芍藥調食也文穎曰五味之和也晉灼曰南都賦曰歸鴈鳴鷄香稻鮮魚以爲芍藥

酸恬滋味百種千名之説是也善曰服氏一説以芍藥爲藥名或者因説今之煑馬肝猶加芍藥古之遺法晉氏之説以勺藥爲調和之意枚乘七發曰勺藥之醬然則和調之言於義爲得韋昭曰勺丁削切藥旅酌切不若大王終日馳騁曾不下輿脟割輪焠自以爲娛韋昭曰焠謂割鮮焠輪也郭璞曰焠染也善曰脟音臠焠七内切臣竊觀之齊殆不如善曰毛萇詩傳曰殆近也於是齊王無以應僕也烏有先生曰是何言之過也足下不遠千里來貺齊國郭璞曰言有惠賜也善曰戰國策秦王謂蘇秦曰今先生不遠千里而庭教高誘曰不以千里之道爲遠王悉發境内之士備車騎之衆與使者出畋善曰家語曰越悉起境内之士三千人助吳乃欲戮力致獲以娛左右晉灼曰謙不斥言故云左右言使者左右也善曰國語曰戮力一心賈逵曰戮并力也何名爲夸哉問楚地之有無者願聞大國之風烈

先生之餘論也善曰風烈已見上文先生謂子虛也張晏曰願聞先賢之遺談美論也今足下不稱楚王之德厚而盛推雲夢以爲高郭璞曰以爲高談奢言淫樂而顯侈靡郭璞曰顯明也奢闊也竊爲足下不取也必若所言固非楚國之美也無而言之是害足下之信也彰君惡傷私義善曰史記樂毅與燕惠王書曰恐傷先王之明有害足下之義彰君惡害私義非楚國之美彰君惡也害足下之信傷私義也本或云有而言之是彰君之惡者非也二者無一可而先生行之必且輕於齊而累於楚矣文穎曰必見輕於齊輕易於齊也善曰使者失辭爲輕於齊使非其人爲累於楚也累力瑞切且齊東陼鉅海南有琅邪蘇林曰小洲曰陼司馬彪曰齊東臨大海爲渚也張揖曰琅邪臺名也在渤海間善曰呂氏春秋辛寬曰太公望封於營丘渚海阻山也聲類曰陼或作渚觀乎成山張揖曰觀闕也成山在東萊掖縣於其上築宮闕也射

乎之罘晉灼曰之罘山在東萊腄縣獵其上也善曰腄直瑞切浮渤澥應劭曰渤澥海別枝也澥音蟹游孟諸文穎曰宋之大澤也故屬齊邪與肅愼爲隣郭璞曰肅愼國名在海外北接之右以湯谷爲界司馬彪曰湯谷日所出也以爲東界也善曰言爲東界則右當爲左字之誤也秋田乎青丘服虔曰青丘國在海東三百里善曰山海經曰青丘其狐九尾徬徨乎海外善曰毛詩曰海外有截吞若雲夢者八九於其胷中曾不蔕芥善曰蔕芥已見西京賦若乃俶儻瑰瑋異方殊類郭璞曰俶儻猶非常也善曰廣雅曰瑰瑋琦玩也俶佗歷切珍怪鳥獸萬端鱗崪善曰高唐賦曰珍怪奇偉不可稱論張揖曰崪與萃同集也充牣其中不可勝記禹不能名卨不能計張揖曰禹為堯司空辯九州名山別草木卨為堯司徒敷五教率萬事應劭曰契善計也善曰廣雅曰充牣滿也然在諸侯之位不敢言游戲之樂苑囿之大先

生又見客如淳曰見賓客禮待故也善曰言見先生是客也是以王辭不復司馬彪曰復荅也何爲無以應哉

文選卷第七

賜進士出身通奉大夫江南蘇松常鎮太等處承宣布政使司布政使胡克家重校刊

文選卷第八

梁昭明太子撰

文林郎守太子内率府録事參軍事崇賢館直學士臣李善注上

畋獵中

司馬長卿上林賦

楊子雲羽獵賦

上林賦一首　司馬長卿　郭璞注

亡是公听然而笑善曰說文曰听笑皃也牛隱切曰楚則失矣而齊亦未爲得也夫使諸侯納貢者非爲財幣所以述職也郭璞曰諸侯朝於天子曰述職善曰尚書大傳曰古者諸侯之於天子五年一朝見述其職述職者述其所職也封疆

畫界者非爲守禦所以禁淫也郭璞曰天下有道守在四夷立境界者欲以杜絶淫放耳善曰小雅曰淫過也今齊列爲東藩而外私肅慎郭璞曰私與通也捐國踰限越海而田其於義固未可也且二君之論不務明君臣之義正諸侯之禮徒事爭於游戲之樂苑囿之大欲以奢侈相勝荒淫相越此不可以揚名發譽而適足以甹君自損也晉灼曰甹古貶字也善曰鄧析子曰因勢而發譽毛萇詩傳曰秖適也且夫齊楚之事又烏足道乎君未覩夫巨麗也獨不聞天子之上林乎左蒼梧右西極文穎曰蒼梧郡屬交州在長安東南故言左爾雅曰至于豳國爲西極在長安西故言右也丹水更其南應劭曰丹水出上洛冢領山東南至析縣入汋水更公衡切紫淵徑其北文穎曰河南穀羅縣有紫澤在縣北於長安爲在北也

終始灞滻出入涇渭張揖曰灞滻二水終始盡於苑中不復出也涇渭二水從苑外來又出苑去也酆鎬潦潏紆餘委蛇經營乎其內張揖曰酆水出鄠縣南山酆谷北入渭鎬在昆明池北善曰潦即澇水也說文曰澇水出鄠縣北入渭潏水出杜陵今名沇水自南山黃子陂西北流經至昆明池入渭郭璞曰經營其內周旋苑中也蕩蕩乎八川分流相背而異態郭璞曰變態不同也善曰潘岳關中記曰涇渭灞滻酆鄗潦潏凡八川東西南北馳騖往來郭璞曰言更相錯涉也來盧代切出乎椒丘之闕服虔曰丘名也兩山俱起象雙闕者也善曰楚辭曰馳椒丘兮焉且且止也音昌呂切行乎洲淤之浦張揖曰淤漫也浦水崖也淤於庶切善曰方言曰水中可居者曰洲三輔謂之淤也經乎桂林之中張揖曰桂林林名也南海經曰桂林八樹在番禺東也過乎泱漭之壄張揖曰山海經所謂大荒之野如淳曰大貌也泱烏朗切汩乎混流順阿而下蘇林曰揚雄方言曰汩遌疾也汩于

筆切郭璞曰混并也阿大陵也赴隘陿之口郭璞曰夾岸間爲陿隘於懈切陿音狹觸穹

石激堆埼張揖曰穹石大石也埼曲岸頭也郭璞曰堆沙堆也丁回切埼巨依切沸乎暴

怒郭璞曰沸水聲也音拂洶涌彭湃司馬彪曰洶涌跳起也彭湃波相戾也洶許勇切湃蒲拜

切滭弗宓汨蘇林曰滭音畢宓音密司馬彪曰畢弗盛貌也宓汨去疾也汨于筆切偪側

泌瀄郭璞曰泌瀄音筆櫛司馬彪曰偪側相迫也泌瀄相揳也偪字與逼同揳先結切横流逆

折轉騰潎洌司馬彪曰逆折旋回也孟康曰轉騰相過也潎洌相撇也潎匹列切洌音列滂

濞沆漑司馬彪曰滂濞水聲也沆漑徐流也郭璞曰滂音匹亨切濞匹祕切漑胡慨切韋昭曰沆胡郎

切穹隆雲橈郭璞曰蘢起回穴也善曰雲橈如雲屈橈也橈女教切宛潬膠盭司馬

彪曰宛潬展轉也膠盭邪屈也宛音婉潬音善盭古戾字踰波趨浥涖涖下瀨司馬彪曰

踰波後波凌前波也趨浥輸於淵也涖涖水聲也浥於俠切涖音利批巖衝擁奔揚滯沛

司馬彪曰擁曲隈也善曰說文曰批擊也滯沛奔揚之貌也滯直制切沛蒲蓋切臨坻注壑瀺灂霣墜鄧展曰坻水中山也坻音遲善曰字林曰瀺灂小水聲也霣即隕字也墜墜直類切沈沈隱隱砰磅訇礚善曰沈沈深貌也隱隱盛貌也司馬彪曰砰磅訇礚皆水聲也砰普冰切磅普萌切潏潏淈淈湁潗鼎沸善曰說文曰潏水湧出也淈水出貌周成雜字曰湁潗水沸貌也淈音骨湁敕立切潗子入切馳波跳沫汩漇漂疾司馬彪曰汩漇水聲也韋昭曰漇許及切善曰汩于筆切漂匹姚切悠遠長懷郭璞曰懷亦歸變文耳寂漻無聲肆乎永歸善曰說文曰漻清深也漻音聊杜預左氏傳注曰肆放也言水奔放而長歸於淵海也然後灝溔潢漾郭璞曰皆水无涯際貌也灝音皓溔弋少切潢胡廣切漾弋丈切安翔徐回郭璞曰言運轉也翯乎滈滈郭璞曰水白光貌也翯胡角切滈音鎬東注太湖郭璞曰太湖在吳縣尚書所謂震澤也衍溢陂池郭璞曰其形狀而出也陂池江旁小水於是乎蛟龍赤螭文穎曰龍

子爲螭張揖曰赤螭雌龍也䱍鰽漸離李奇曰周洛曰鮪蜀曰䱍鰽出鞏山穴中司馬彪曰漸離魚名也張揖曰其形狀未聞䱍音亘鰽音槽鰅鰫鰬魠郭璞曰鰅魚有文彩鰫似鰱而黑鰬似鱓魠鱤一名黄曰頬鰅音顒鰫甞容切鰬音乾魠音托鱓音善鱤音感禺禺魼鰨郭璞曰禺禺魚皮有毛黃地黑文魼比目魚狀似牛脾細鱗紫色兩相合得乃行鰨鯢魚也似鮎有四足聲如嬰兒禺音顒魼音榻鰨奴榻切揵鰭掉尾振鱗奮翼郭璞曰揵舉也鰭背上鬣也善曰高唐賦曰振鱗奮翼揵巨言切掉徒釣切潛處乎深巖郭璞曰隱岸坻也魚鼈讙聲萬物衆夥善曰小雅曰夥多也明月珠子的皪江靡應劭曰靡邊也明月珠子生於江中其光耀乃照於江邊也張揖曰靡厓也善曰說文曰玓瓅明珠光也玓瓅與的皪音義同蜀石黃碝水玉磊砢張揖曰蜀石石次玉者也郭璞曰碝碝石黃色水玉水精也磊砢魁礨貌也善曰山海經曰常庭之山其上多水玉碝如兗切砢洛可切磷磷爛爛采色澔汗郭璞曰皆玉石符采映耀也磷音吝澔音皓藂

積乎其中鴻鷫鵠鴇鴐鵝屬玉張揖曰鴻大鴈也郭璞曰鷫鷫鷞也屬玉似鴨而大長頸赤目紫紺色者交精旋目郭璞曰交精似鳬而脚高有毛冠辟火災司馬彪曰旋目鳥名也煩鶩庸渠郭璞曰煩鶩鴨屬也庸渠似鳬灰色而雞脚一名章渠鶩音木箴疵鵁盧張揖曰箴疵似魚虎而倉黑色鵁鶄頭鳥郭璞曰盧鸕鷀也箴音鍼疵音資鷀音慈也羣浮乎其上汎淫泛濫隨風澹淡郭璞曰皆鳥任風波自縱漂貌也汎音馮泛敷劒切與波搖蕩奄薄水渚張揖曰奄覆也郭璞曰薄猶集也唼喋菁藻咀嚼菱藕郭璞曰菁水草也善曰通俗文曰水鳥食謂之啑與唼同所甲切喋丈甲切咀才汝切嚼才削切於是乎崇山矗矗巃嵸崔巍郭璞曰皆高峻貌也巃力孔切嵸音揔深林巨木嶄巖嵾嵳郭璞曰皆峯嶺之貌也嶄仕銜切嵾楚林切嵳楚宜切九嵕巀嶭南山峩峩郭璞曰巀嶭高峻貌也善曰九嵕南山已見西都賦巀音截嶭音齧峩音娥巖陁

巘錡摧崣崛崎司馬彪曰陁靡也巘甗也錡歒也上大下小有似歒甗也張揖曰摧崣高貌也崛崎斗絶也摧作罪切崣卒鄣切郭璞曰崛音掘崎音錡振溪通谷蹇產溝瀆張揖曰振拔也水注川曰谿注谿曰谷蹇產詰曲也郭璞曰自溪及瀆皆水相通注也善曰言山石收斂溪水而不分泄谽呀豁閜阜陵別隝司馬彪曰谽呀大貌豁閜空虛也郭璞曰隝水中山也谽呼含切呀呼加切閜呵下切隝音擣崴磈嵔廆丘虛堀礨郭璞曰皆其形勢也崴於鬼切磈魚鬼切嵔惡罪切廆胡罪切虛音袪堀音窟礨音磊隱轔鬱壘登降施靡郭璞曰隱轔鬱壘堆隴不平貌轔洛盡切壘音壘施式氏切陂池貏豸郭璞曰陂池旁穨貌也陂音皮貏音被豸直爾切善曰貏豸漸平皃沇溶淫鬻張揖曰水流谿谷之間也沇以水切溶音容淫以舟切鬻音育散渙夷陸司馬彪曰布平地也亭皐千里靡不被築服虔曰皐澤也隄上十里一亭郭璞曰皆築地令平也被皮義切揜以綠蕙被以江蘺張揖曰掩覆也綠王芻也蕙薰

草也郭璞山海經曰蕙香草蘭屬也糅以蘪蕪雜以留夷張揖曰留夷新夷也善曰王逸楚辭
注曰留夷香草布結縷郭璞曰結縷蔓生如縷相結攢戾莎司馬彪曰戾莎莎名也揭
車衡蘭應劭曰揭車一名芞輿香草也揭去竭切芞巨乞切槀本射干郭璞曰槀本槀茇也
方末切司馬彪曰射干香草也射弋舍切茈薑蘘荷張揖曰茈薑子薑也茈音紫蘘人羊切葴
持若蓀如淳曰葴音鍼韋昭曰持音懲張揖曰葴持闕若杜若郭璞曰蓀香草也鮮支黃礫
司馬彪曰鮮支支子也張揖曰皆香草也蔣苧青薠張揖曰蔣菰也苧三稜也郭璞曰苧音杼布
濩閎澤延曼太原郭璞曰布濩猶布露也善曰閎大也濩音護延弋戰切離靡廣
衍善曰離靡離而邪靡不絕之貌也孟康甘泉賦注曰衍无厓岸也離力爾切應風披靡吐
芳揚烈善曰烈酷烈香氣盛也披丕蟻切郁郁菲菲衆香發越郭璞曰香氣射
散也菲音妃肸蠁布寫晻薆咇茀司馬彪曰肸過也芬芳之過若蠁之布寫也郭璞曰

香氣盛馝馞也善曰說文曰肸蠁布也馝馞咇茀音義同說文曰馣䭲香氣奄藹也馣與晻䭲與蓌音義同晻音奄咇步必切茀音勃**於是乎周覽泛觀縝紛軋芴**孟康曰縝紛緻密也縝丑人切芴音勿**芒芒怳忽**郭璞曰言眼亂也芒莫朗切**視之無端察之無涯日出東沼入乎西陂**張揖云日朝出苑之東池暮入於苑西陂中善曰漢宮殿簿曰長安有西陂池東陂池**其南則隆冬生長涌水躍波**張揖曰其苑南陽煖則盛冬十月草木生長也郭璞曰躍波言不凍也善曰孫卿子曰松柏經隆冬而不彫**其獸則㺎旄貘犛沈牛麈麋**郭璞曰㺎似牛領有肉堆也音容張揖曰旄旄牛也其狀如牛而四節毛貘白豹犛牛黑色出西南徼外沈牛水牛也能沈没水中麈似鹿而大善曰南越志曰潛牛形角似水牛一名沈牛也**赤首圜題窮奇象犀**張揖曰題頟也窮奇狀如牛而蝟毛其音如嘷狗食人者也**其北則盛夏含凍裂地涉冰揭河**司馬彪曰揭舉衣也善曰尸子曰寒

凝冰裂地其獸則麒麟角端騊駼橐駝郭璞曰麒似麟而無角角端似豬角在鼻上中作弓韋昭曰背上有肉似橐故曰橐駝也蛩蛩驒騱駃騠驢驘郭璞曰驒騱駏驉類也駃騠生三日而超其母驒音顛騱音奚駃音玦騠音提騾驘同於是乎離宮别館彌山跨谷善曰鄭玄周禮注曰彌徧也高廊四注重坐曲閣司馬彪曰廊廡上級下級皆可坐故曰重坐曲閣閣道委曲也華榱璧璫輦道纚屬韋昭曰裁金爲璧以當榱頭也如淳曰輦道閣道也司馬彪曰纚屬連屬也張揖曰纚力尒切屬之欲切步櫩周流長途中宿善曰步櫩步廊也周流周徧流行也楚辭曰曲屋步櫩郭璞曰中途樓閣閒陛道司馬彪曰中宿乃至其上夷嵕築堂累臺增成如淳曰嵕山也張揖曰平此山以作堂者也重累而成之故曰增成嵕子公切巖窔洞房郭璞曰言於巖窔底爲室潛通臺上也善曰窔一弔切頫杳眇而無見仰攀橑而捫天善曰聲類曰頫古文俯字説文曰頫低頭也楚辭曰遂倏忽而

捫天晉灼曰兆古攀字也捫摸也撩音老捫音門奔星更於閨闥宛虹拖於楯軒善曰奔流星也行疾故曰奔如淳曰宛虹屈曲之虹也應劭曰楯欄檻也司馬彪曰軒楯下版也更工衡切

青龍蚴蟉於東葙郭璞曰蚴蟉龍行貌也善曰孫炎爾雅注曰葙夾室前堂也蚴一糾切蟉力糾切

象輿婉僤於西清張揖曰山出象輿瑞應車也西清者葙中清淨處也善曰婉僤動貌也僤音善

靈圄燕於閒館張揖曰靈圄衆仙之號也楚辭曰坐靈圄而來謁閒讀曰閑

偓佺之倫暴於南榮郭璞曰偓佺仙人也暴謂偃卧日中也榮屋南檐也

醴泉涌於清室通川過於中庭郭璞曰醴泉瑞水也善曰言醴泉於室中涌出而通流爲川而過中庭

盤石振崖李奇曰振整也以石整頓池水之涯也振之刃切

嶔巖倚傾郭璞曰嶔巖敧貌也嶔口銜切倚於綺切

嵯峨嶕嶫刻削崢嶸郭璞曰言自然若彫刻也司馬彪曰崢嶸深貌也善曰嶕音捷嶫音業

玫瑰碧琳珊瑚叢生善曰並已見上文

瑉玉旁唐玢豳文鱗 郭璞曰旁唐言磐礴也玢豳文理貌也音紛彬善曰宋玉笛賦曰其處磅磄干仞 赤瑕駮犖雜臿其閒 張揖曰赤瑕赤玉也郭璞曰言雜廁崖石中駮犖采點也犖洛角切 晁采琬琰和氏出焉 司馬彪曰晁采玉名善曰晁古朝字尚書曰引璧琬琰在西序 於是乎盧橘夏熟 應劭曰伊尹書曰箕山之東青鳥之所有盧橘夏熟晉灼曰此雖賦上林博引異方珍奇不係於一也盧黑也 黃甘橙榛 郭璞曰黃甘橘屬而味精榛亦橘之類也音湊張揖曰榛小橘也出武陵善曰說文曰橙橘屬也 枇杷橪柹亭奈厚朴 張揖曰枇杷似斛樹長葉子如杏亭山梨也厚朴藥名也郭璞曰橪橪支木也橪音煙朴步角切 榑棗楊梅 張揖曰楊梅其實似穀子而有核其味酸出江南也 櫻桃蒲陶 善曰櫻桃蒲陶見南都賦 隱夫薁棣 張揖曰隱夫未詳薁山李也郭璞曰棣實似櫻桃也薁於六切棣徒計切 荅遝離支 張揖曰荅遝似李出蜀晉灼曰離支大如雞子皮麄剥去皮肌如雞子中黃味甘多酢少遝音沓離力智切 羅

乎後宮列乎北園馳丘陵下平原司馬彪曰馳延也羊氏切揚翠葉
扤紫莖張揖曰扤搖也音兀發紅華垂朱榮煌煌扈扈照曜鉅野
郭璞曰言其光采之盛也煌音皇沙棠櫟櫧張揖曰沙棠狀如棠黃華赤實其味如李無核呂氏
春秋曰果之美者沙棠之實櫧似柃葉冬不落應劭曰櫟採木也櫧音諸柃音零採音采華楓枰櫨張揖
曰華皮可以爲索楓攝也脂可以爲香郭璞曰枰平仲木也櫨巳見南都賦華胡化切留落胥邪仁
頻并閭郭璞曰留未詳落檴也中作器胥邪似并閭皮可作索孟康曰仁頻檳榔也善曰仙藥録曰檳榔
一名椶然仁頻即檳榔也胥邪并閭巳見南都賦檴音鑊欃檀木蘭孟康曰欃檀檀別名也欃音讒豫
章女貞張揖曰女貞木葉冬不落長千仞大連抱司馬彪曰七尺曰仞夸條直
暢實葉葰楙郭璞曰夸張布也司馬彪曰葰大也葰音峻攢立叢倚連卷欐
佹司馬彪曰欐佹支重累也倚於綺切卷巨專切欐力爾切佹音詭善曰蒼頡篇曰攢聚也崔錯癹

骫郭璞曰崔錯交雜癹骫蟠戾也崔于賄切癹步葛切骫古委字坑衡閜砢郭璞曰坑衡徑直貌閜砢相扶持也坑口庚切閜烏可切砢來可切垂條扶疏落英幡纚善曰說文曰扶疏四布也呂氏春秋曰樹肥無使扶疏英謂華也張揖曰幡纚飛揚貌也纚山爾切紛溶箾蔘猗狔從風郭璞曰紛溶箾蔘支竦擢也張揖曰猗狔猶阿那也溶音容箾音蕭蔘音森猗憶靡切狔女尒切藰莅芔歙司馬彪曰衆聲貌也藰音劉莅音利芔古卉字歙音翕蓋象金石之聲管籥之音善曰金石管已見上文籥已見南都賦偨池茈虒旋還乎後宮張揖曰偨池參差也茈虒不齊也如淳曰茈音此虒音豸郭璞曰還繞也偨音差雜襲絫輯郭璞曰相重被也善曰絫古累字輯與集同被山緣谷循阪下隰視之無端究之無窮於是乎

玄猨素雌蜼玃飛蠝張揖曰蜼似母猴卬鼻而長尾玃似獮猴而大飛蠝鼠也其狀如兔而鼠首以其髯飛郭璞曰蠝鼺鼠也毛紫赤色飛且生一名飛生蜼音遺蠝音誄善曰玄猨言猨之雄者玄色

也素雌貜之雌者素色也貜音钁蛭蜩蠼猱司馬彪曰山海經曰不咸之山飛蛭四翼蜩蟬也貜
猱獮猴也郭璞曰蛭蜩未聞如淳曰蛭音質猱奴刀切獑胡縠蛫張揖曰獑胡似獮猴頭上有髦
要以後黑郭璞曰縠似鼬而大要以後黃一名黃要食獮猴蛫未聞也獑音讒縠呼谷切蛫音詭棲息
乎其閒長嘯哀鳴翩幡互經郭璞曰互經互相經過也夭蟜枝格偃
蹇杪顛郭璞曰皆獮猴在樹㬥戲姿態也夭蟜頻申也善曰埤蒼曰格木長貌也說文曰杪末也廣雅曰顛末也蟜音
矯隃絶梁騰殊榛郭璞曰梁石絶水也張揖曰殊榛異栫也善曰隃字與踰同榛仕人切栫
五曷切捷垂條掉希閒張揖曰捷持懸垂之條掉往著稀踈無支之閒也郭璞曰掉懸擿也
託釣切牢落陸離郭璞曰羣奔走也善曰牢落猶遼落也廣雅曰陸離參差也爛漫遠
遷郭璞曰崩騰羣走貌也若此者數百千處娛遊往來宮宿館舍
善曰說文曰娛戲也許其切郭璞曰皆離宮別館出入所幸也庖廚不徙後宮不移百

官備具郭璞曰言所在有也於是乎背秋涉冬天子校獵李奇曰以五校兵出獵也乘鏤象六玉虯張揖曰鏤象象路也以象牙疏鏤其車輅六玉虯謂駕駟六馬以玉飾其鑣勒有似虯龍也無角曰虯也郭璞曰韓子曰黃帝駕象車六蛟龍善曰此依古成文而假言之非謂似也今依郭說拖蜺旌靡雲旗張揖曰析羽毛染以五采綴以縷爲旌有似虹蜺之氣也畫熊虎於旒爲旗似雲氣也善曰此亦假言也高唐賦曰蜺爲旌雲旗已見東京賦前皮軒後道游文穎曰皮軒以虎皮飾車天子出道車五乘游車九乘在乘輿車前賦頌爲偶辭耳善曰言皮軒最居前而道游次皮軒之後此爲前後相對爲偶辭耳非謂道游在乘輿之後孫叔奉轡衛公參乘李善曰孫叔者太僕公孫賀也字子叔衛公者大將軍衛青也大駕太僕御大將軍參乘扈從橫行出乎四校之中晉灼曰扈大也張揖曰跋扈縱橫不案鹵簿也文穎曰凡五校今言四者中一校隨天子乘輿也鼓嚴簿縱獵者張揖曰鼓嚴鼓也簿鹵簿也善曰言擊嚴鼓簿鹵之中也河江

爲陸泰山爲櫓郭璞曰因山谷遮禽獸爲陸櫓望樓車騎靁起殷天動地郭璞曰殷猶震也善曰靁古雷字殷音隱先後陸離離散别追郭璞曰各有所逐也善曰廣雅曰陸離參差淫淫裔裔緣陵流澤雲布雨施郭璞曰言徧山野也善曰韓子曰雲布風動周易曰雲行雨施也生貔豹搏豺狼韋昭曰生謂生取之也郭璞曰貔執夷虎屬音毗手能羆足蹵羊張揖曰熊犬身人足黑色羆如熊黄白色蹵羊麢羊也似羊而青郭璞曰足謂踏也蒙鶡蘇孟康曰鶡鶡尾也蘇析羽也張揖曰鶡似雉鬬死不卻善曰蒙謂蒙覆而取之鶡以蘇爲奇故特言之以成文耳鶡音曷絝白虎郭璞曰絝謂絆絡之也善曰絝音袴被班文善曰班文虎豹之皮也司馬彪漢書曰虎賁騎皆虎文單衣跨蹵馬善曰跨謂騎之也凌三嵕之危善曰漢書音義曰陵上也郭璞三倉注曰三嵕山在聞喜下磧歷之坻張揖曰磧歷不平也坻下阪道也坻音遲徑峻赴險越壑厲水郭璞曰厲以衣渡水椎蜚廉弄

獬豸郭璞曰飛廉龍雀也鳥身鹿頭張揖曰獬豸似鹿而一角人君刑罰得中則生於朝廷主觸不直者今可得而弄也獬音蟹豸文介切格蝦蛤鋋猛氏孟康曰蝦蛤猛氏皆獸名郭璞曰今蜀中有獸狀如熊而小毛淺有光澤名猛氏蝦音遐蛤音閤善曰說文曰鋋小矛也市延切羂騕褭射封豕張揖曰騕褭馬金喙赤色一日行万里者郭璞曰封豕大豬也善曰聲類曰羂係取也工犬切左氏傳申包胥曰吳爲封豕長蛇箭不苟害解脰陷腦弓不虛發應聲而倒張揖曰脰項也善曰脰音豆史記陷苦念切於是乘輿弭節徘徊翱翔往來郭璞曰言周旋也善曰楚辭曰颷弭節而高厲睨部曲之進退覽將帥之變態善曰部曲已見上文然後侵淫促節郭璞曰言疾驅也善曰侵淫漸進之貌儵敻遠去郭璞曰儵忽長逝也善曰曹大家幽通賦注曰敻遠也流離輕禽蹴履狡獸張揖曰流離放散也輕禽飛鳥也晉灼曰輕小之禽善曰張說是也轊白鹿捷狡兔郭璞曰狡

兎徤跳故曰捷耳捷音接軼赤電遺光耀張揖曰軼過也郭璞曰皆妖光氣爲變怪游光之屬也追怪物出宇宙張揖曰怪物奇禽也彎蕃弱滿白羽文穎曰彎牽也蕃弱夏后氏良弓之名引弓盡箭鏑爲蒲以白羽爲箭故言白羽也善曰左氏傳衛子魚曰分魯公以封父之繁弱蕃與繁古字通國語曰吳素甲白羽之矰望之如荼射游梟櫟蜚遽張揖曰梟惡鳥也故射之櫟梢也飛遽天上神獸也鹿頭而龍身郭璞曰梟羊也善曰高誘淮南子注梟羊山精也似遽類高說是也梟工聊切遽音鉅擇肉而后發先中而命處郭璞曰言必如所志也善曰廣雅曰命名也弦矢分藝殪仆文穎曰所射準的爲藝壹發死爲殪善曰說文曰仆頓也殪音翳仆音赴然后揚節而上浮郭璞曰言騰游也善曰楚辭曰鳥託乘而上浮淩驚風歷駭猋乘虛無與神俱張揖曰郭璞老子經注曰虛無寥廓與元通靈言其所乘氣之高故能出飛鳥之上而與神俱者也躪玄鶴亂昆雞張揖曰昆雞似鶴黃白色郭璞曰躪践也亂者言亂其行

伍也遒孔鸞促鵕鸃郭璞曰遒促皆迫捕貌遒才由切拂翳鳥張揖曰山海經曰九
疑之山有五采之鳥名曰翳鳥捎鳳凰捷鵷雛揜焦明張揖曰焦明似鳳西方之鳥也
善曰方言曰揜取也樂汁圖焦明狀似鳳皇宋衷曰水鳥也道盡塗殫迴車而還消
搖乎襄羊降集乎北紘司馬彪曰消搖逍遙也張揖曰淮南子云八澤之外乃有八紘
北方之紘曰委羽郭璞曰襄羊猶彷徉也率乎直指郭璞曰率徑馳去也晻乎反鄉郭璞
曰忽然疾歸貌蹷石闕歷封巒過鳷鵲望露寒郭璞曰蹷蹋也音厥張揖曰此
四觀武帝建元中作在雲陽甘泉宮外鳷音支下棠棃息宜春張揖曰棠棃宮名在雲陽東南
三十里郭璞曰宜春宮名在渭南杜縣東西馳宣曲張揖曰宣曲宮名也在昆明池西濯
鷁牛首張揖曰牛首池名在上林苑西頭善曰漢書曰鄧通以濯舡爲黃頭郎音義曰善濯舡於池中
也一說能持櫂行船也韋昭曰櫂今棹也並直孝切登龍臺張揖曰觀名也在豐水西北近渭也掩

細柳郭璞曰觀名也在昆明池南善曰方言曰掩者息也觀士大夫之勤略司馬彪曰略巡行也均獵者之所得獲郭璞曰平其多少也徒車之所轥轢郭璞曰徒步也轢輾也善曰輾女展切步騎之所蹂若人臣之所蹈籍善曰廣倉曰若蹈足貌與其窮極倦谻驚憚讋伏郭璞曰窮極倦谻疲憊者也驚憚讋伏怖不動貌也谻音劇憚丁曷切讋之涉切不被創刃而死者他他籍籍郭璞曰言交橫也他徒河切填阬滿谷掩平彌澤善曰廣雅曰大野曰平於是乎遊戲懈怠置酒乎顥天之臺張揖曰臺高上干顥天也張樂乎膠葛之寓郭璞曰言曠遠深貌也撞千石之鍾張揖曰千石十二萬斤也立萬石之虡張揖曰虡獸重百二十萬斤以俠鍾旁建翠華之旗樹靈鼉之鼓張揖曰以翠羽爲葆也以鼉皮爲鼓也郭璞曰華葆也奏陶唐氏之舞如淳曰舞咸池也善曰尚書曰惟彼陶唐

孔安國曰陶唐堯氏也聽葛天氏之歌張揖曰葛天氏三皇時君號也其樂三人持牛尾投足以歌八曲一曰載民二曰玄鳥三曰育草木四曰奮五穀五曰敬天常六曰徹帝功七曰依地德八曰總禽獸之極韋昭曰葛天氏古之王者其事見呂氏春秋善曰呂氏春秋云葛天氏之樂以歌八闋一曰載民三曰遂草木六曰建帝功今注以闋爲曲以民爲氏以遂爲育以建爲徹皆誤千人唱萬人和山陵爲之震動川谷爲之蕩波郭璞曰波浪起也巴渝宋蔡淮南干遮郭璞曰巴西閬中有渝水獠居其上皆剛勇好舞初高祖募取以平三秦後使樂府習之因名巴渝舞也張揖曰樂記曰宋音燕女溺志蔡人謳員三人淮南鼓員四人干遮曲名文成顛歌文穎曰文成遼西縣名也其縣人善歌顛益州顛縣其人能作西南夷歌也顛與滇同也族居遞奏金鼓迭起張揖曰族聚也郭璞曰遞迭也徒結切鏗鎗闛鞈洞心駭耳善曰鏗鎗鍾聲也闛鞈鼓音也毛詩曰擊鼓其鏜字書曰鞨鼓聲闛與鏜鞨與鞈古字通闛託郎切鞈音榻荆吴鄭

衛之聲郭璞曰皆淫哇也善曰禮記曰鄭衛之音亂世之音也韶濩武象之樂文穎曰韶舜樂也濩湯樂也大武武王樂也張揖曰象周公樂也南人服象爲虐於夷成王命周公以兵追之至於海南乃爲三象樂陰淫案衍之音郭璞曰流沔曲也衍弋戰切鄢郢繽紛激楚結風李奇曰鄢今宜城縣也郢楚都也繽紛舞也張揖曰楚歌曲也文穎曰衝激急風也結風亦急風也楚地風氣既自漂疾然歌樂者猶復依激結之急風爲節也其樂促迅哀切也俳優侏儒狄鞮之倡善曰三蒼曰俳倡也優樂也禮記曰夫新樂及優侏儒郭璞曰狄鞮西戎樂名也鞮丁奚切所以娛耳目樂心意者麗靡爛漫於前郭璞曰言恣所觀也靡曼美色張揖曰靡細也曼澤也善曰言作樂於前者皆是靡曼美色也下或云於後非也若夫青琴宓妃之徒伏儼曰青琴古神女也如淳曰宓妃伏羲氏女溺死洛遂爲洛水之神絶殊離俗郭璞曰離俗無雙也妖冶嫺都善曰字書曰妖巧也說文曰嫺雅也或作閑小雅曰都盛

也靚糚刻飾便嬛綽約郭璞曰靚糚粉白黛黑也刻刻畫鬚髯鬢也便嬛輕利也綽約婉
約也善曰莊子曰綽約若處子嬛音翾靚音淨柔橈嫚嫚嫵媚孅弱郭璞曰柔橈嫚嫚皆
骨體耎弱長豔貌也孅弱弱顏也善曰埤蒼曰嫵媚悅也孅弱謂容體孅細柔弱也方言曰自關而西凡物小謂
之孅橈女教切嫚於圓切嫵音武孅即纖字曳獨繭之褕絏眇閻易以卹削
張揖曰褕襜褕也絏袖也郭璞曰獨繭一繭之絲也閻易衣長大貌也卹削言如刻畫作之也善曰褕音踰絏音曳
易弋示切便姍嫳屑與俗殊服郭璞曰衣服婆娑貌善曰便步千切姍音先嫳步結切
芬芳漚鬱酷烈淑郁皓齒粲爛宜笑的皪郭璞曰香氣盛也漚一候切又曰鮮明貌也善曰楚
辭曰美人皓齒嫮以姱又曰嫮目宜笑娥眉曼只皪音礫長眉連娟微睇緜藐郭璞曰連
娟言曲細也緜藐遠視貌善曰娟一全切睇大計切藐音邈色授魂與心愉於側張揖
曰彼色來授我魂往與接也愉音踰於是酒中樂酣郭璞曰中半也中仲切天子芒

然而思似若有亡司馬彪曰亡喪也曰嗟乎此大奢侈朕以覽聽餘閒無事棄日善曰言聽政既有餘暇無事而虛棄時日也閒音閑順天道以殺伐郭璞曰因秋氣也善曰家語孔子曰啓蟄不殺則順天道也時休息於此郭璞曰謂苑囿中也恐後葉靡麗遂往而不返非所以爲繼嗣創業垂統也郭璞曰言不可以示將來也善曰爲于僞切孟子曰君子創業垂統爲可繼也於是乎乃解酒罷獵而命有司曰地可墾闢悉爲農郊以贍萌隸張揖曰邑外謂之郊郊田也詩曰稅于農郊韋昭曰萌民也司馬彪曰隸小臣也善曰爾雅曰命告也蒼頡篇曰墾耕也小雅曰贍足也隤墻填塹使山澤之人得至焉郭璞曰芻蕘者往也雉兎者往也實陂池而勿禁虛宮館而勿仞司馬彪曰養魚鼈滿陂池而不禁民取也郭璞曰虛言不聚人衆其中也仞滿也發倉廩以救貧窮補不足

善曰蔡邕月令章句曰穀藏曰倉米藏曰廩孟子齊景公興發補不足趙岐曰興惠政發倉廩以振貧而補不足也恤鰥寡存孤獨出德號省刑罰郭璞曰號號令也改制度郭璞曰變宮室車服易服色郭璞曰衣尚黑革正朔郭璞曰更以十二月爲正平旦爲朔與天下爲更始郭璞曰新其事於是歷吉日以齋戒張揖曰歷筭也善曰周易曰聖人以此齋戒韓康伯曰洗心曰齋防患曰戒襲朝服乘法駕司馬彪曰襲服也法駕六馬也建華旗鳴玉鸞郭璞曰鸞鸞鈴也善曰楚辭曰鳴玉鸞之啾啾游于六藝之囿馳騖乎仁義之塗郭璞曰六藝禮樂射御書數也論語曰游於藝塗道也善曰藝六經也覽觀春秋之林如淳曰春秋義理繁茂故比之於林藪也射貍首兼騶虞郭璞曰貍首逸詩篇名諸侯以爲射節騶虞召南之卒章天子以爲射節也弋玄鶴舞干戚郭璞曰干楯也戚斧也善曰言古者舞玄鶴以爲瑞令弋取之而舞干戚也尚書大傳曰舜樂歌曰和伯之樂舞玄鶴

公羊傳曰朱干玉戚以舞大夏載雲罕揜羣雅張揖曰罕畢也前有九流雲畢之車掩捕也詩小雅之材七十四人大雅之材三十一人故曰羣雅也善曰先用雲罕以獵獸今載之於車而捕羣雅之士也悲伐檀張揖曰其詩刺賢者不遇明王也樂樂胥善曰毛詩曰君子樂胥受天之祜言王者樂得材智之人使在位故天與之福祿也胥先呂切脩容乎禮園郭璞曰禮所以整威儀自脩飾也翺翔乎書圃郭璞曰尚書所以疏通知遠者故遊涉之述易道郭璞曰脩絜靜精微之術放怪獸張揖曰苑中奇怪之獸不復獵登明堂坐清廟郭璞曰明堂者所以朝諸侯處清廟太廟也善曰禮記月令曰天子居太廟太室鄭玄曰太廟太室中央室也次羣臣奏得失四海之内靡不受獲善曰得恩德也於斯之時天下大説鄉風而聽隨流而化芔然興道而遷義郭璞曰芔猶勃也許貴切刑錯而不用德隆於三王而功羨於五帝善曰包咸論語注曰錯置也千故切司馬

彪曰羡溢也若此故獵乃可喜也若夫終日馳騁勞神苦形罷車馬之用抗士卒之精郭璞曰精銳也抗損也音亢費府庫之財而無德厚之恩善曰管子曰國雖盛滿無德厚以安之國非其國也務在獨樂不顧衆庶善曰鄭玄毛詩曰顧念也忘國家之政貪雉兎之獲則仁者不繇也郭璞曰繇道也音由從此觀之齊楚之事豈不哀哉地方不過千里而囿居九百是草木不得墾辟而人無所食也善曰蒼頡篇曰墾耕也薛君韓詩章句曰辟除也夫以諸侯之細而樂萬乘之侈僕恐百姓被其尤也於是二子愀然改容超若自失郭璞曰愀然變色貌也材誘切善曰禮記曰孔子愀然作色而對也逡巡避廗善曰公羊傳曰逡巡北面再拜廣雅曰逡巡却退也孝經曰曾子避廗廗與席古字通曰鄙人固陋不知

忌諱善曰廣雅曰鄙小也乃今日見教謹受命矣

羽獵賦并序　楊子雲

孝成帝時羽獵服虔曰士卒負羽也善曰高唐賦曰傳言羽獵雄從以爲昔在二帝三王應劭曰堯舜夏殷周也善曰春秋説題辭曰尚書者二帝之迹三王之義所以推期運明命授之際宮館臺榭沼池苑囿林麓藪澤財足以奉郊廟御賓客充庖廚而已善曰財與纔同毛萇詩傳曰御進也禮記曰天子無事歲三田一爲乾豆二爲賓客三爲充君之庖也不奪百姓膏腴穀土桑柘之地女有餘布男有餘粟善曰孟子曰以羨補不足則農有餘粟女有餘布也國家殷富上下交足故甘露零其庭醴泉流其唐善曰禮記曰天降膏露地出醴泉孝經援神契曰甘露一名膏露應劭曰爾雅曰廟中路謂之唐也鳳凰巢其樹黃龍游其沼麒麟臻其

囿神爵棲其林善曰禮記曰鳳皇麒麟皆在郊藪龜龍在宮沼漢書注曰神雀大如鷄斑文昔者禹任益虞而上下和草木茂善曰尚書帝曰疇若予上下草木禹曰益哉帝曰汝作朕虞孔安國曰上謂山下謂澤也成湯好田而天下用足善曰呂氏春秋曰湯見網置四面湯拔其三面也文王囿百里民以爲尚小齊宣王囿四十里民以爲大裕民之與奪民也善曰孟子齊宣王問孟子曰文王之囿方七十里有諸曰有之若是其大乎荅曰民猶以爲小也寡人之囿方四十里民猶以爲大何也荅曰文王之囿與人同之民以爲小不亦宜乎王之囿四十里殺其麋鹿如殺人之罪人以爲大不亦宜乎孫卿子曰足國之道節用裕民而善藏其餘不知節用裕民雖好取侵奪猶將寡獲也武帝廣開上林東南至宜春鼎湖御宿昆吾晉灼曰鼎湖宮黃圖以爲在藍田昆吾地名上有亭善曰宜春已見上文三秦記曰樊川一名御宿旁南山西至長楊五柞善曰漢書

曰甃屋有長楊五柞宮旁步浪切北繞黃山濵渭而東善曰漢書曰槐里有黃山之宮濵涯也言循渭水之涯而東也公羊傳濤塗曰濵海而東濵與賔同音也周袤數百里善曰說文曰南北曰袤穿昆明池象滇河瓚曰西南夷有昆明國又有滇池故作昆明池以象之以習水戰營建章鳳闕神明駁娑孟康曰駁娑殿名也善曰鄭玄毛詩箋曰營治也建章宮名也神明臺名也漸臺泰液象海水周流方丈瀛洲蓬萊善曰漢書曰建章其北治太液池漸臺高二十餘丈名曰泰液中有蓬萊方丈瀛洲象海中仙山脈虔曰海中三山名法効象之游觀侈靡窮妙極麗雖頗割其三垂以贍齊民善曰三垂謂西方南方東方武帝侵三垂以置郡故謂之割漢書杜鄴上書曰三垂蠻夷又雄上書曰北狄中國之堅敵三垂比之縣矣爾雅曰邊垂也如淳曰齊等也無有貴賤故謂之齊人若今言平人矣晉灼曰中國被教齊整之民然至羽獵甲車戎馬器械儲偫禁禦所營善曰說文曰儲

待待也應劭曰御禦禁也謂禁止往來營謂造作也即賦云御禦自汧渭經營酆鄗甲或爲田非也尚泰奢麗誇詡善曰毛萇詩傳曰詡大也許羽切非堯舜成湯文王三驅之意也善曰三驅已見西都賦又恐後世復脩前好不折中以泉臺服虔曰魯莊公築臺非禮也至文公毀之公羊譏云先祖爲之而毀之勿居而已今楊雄以宮觀之盛非成帝所造勿脩而已當以泉臺爲折中也韋昭曰制或爲折也故聊因校獵賦以風之善曰七略曰羽獵永始三年十二月上校獵已見上文其辭曰

或稱羲農豈或帝王之彌文哉善曰假爲或人之意言古之樸素而合禮者咸稱羲農是則豈或謂後代帝王彌加文飾而不合禮哉故論者荅之於下論者云否各以並時而得宜奚必同條而共貫善曰論者雄自謂也言帝王文質各並時而得宜何必同條而共貫乎言必不然也尚書大傳曰否不也漢書武帝制曰帝王之道豈不同條共貫也則

泰山之封焉得七十而有二儀孟康曰封禪各言異也善曰管子曰古之封太山禪梁父者七十二家而夷吾所記者十有二焉是以創業垂統者俱不見其爽遐邇五三孰知其是非張晏曰爽差也不差其優劣誰知其賢愚也善曰言創業垂統者各隨時立制皆不見其差爽故五帝三王誰知其是非乎但文質不同明無是非也廣雅曰爽差也遂作頌曰麗哉神聖處於玄宮富既與地乎侔訾貴正與天乎比崇善曰玄北方也禮記月令曰季冬天子居玄堂右个蔡邕月令章句曰玄黑也其堂尚玄莊子曰夫道顓頊得之以處玄宮又曰莫神於天莫富於地莫大於帝王故曰帝王之德配天地齊桓曾不足使扶轂楚嚴未足以爲驂乘狹三王之阨僻嶠高舉而大興善曰史記曰齊公子小白立是爲桓公又曰楚穆王卒子莊王侶立春秋感精記曰黃池之會重吳子滕薛夾轂魯衛驂乘鄭氏曰阨僻陋小也王逸楚辭注曰嶠舉也嶠音矯歷五

帝之寥廓，涉三皇之登閎。善曰：寥廓，高遠也。韋昭曰：登，高也。閎，大也。建道德以爲師，友仁義與之爲朋。於是玄冬季月，天地隆烈，善曰：北方水色黑，故曰玄冬。隆烈，陰氣盛。萬物權輿於內，徂落於外，善曰：爾雅曰：權輿，始也。大戴禮曰：孟春百草權輿。帝將惟田于靈之囿，開北垠，受不周之制，善曰：薛君韓詩章句曰：惟，辭也。孟康曰：西北爲不周風，謂冬時也。以奉終始顓頊玄冥之統。應劭曰：顓頊、玄冥，皆北方之神，主殺戮者。迺詔虞人典澤，東延昆鄰，西馳閶闔。善曰：孔安國尚書傳曰：虞，掌山澤之官。又曰：延，及也。張晏曰：東至昆明之邊也。善曰：閶闔已見上文。儲積共偫，戍卒夾道，善曰：郭舍人爾雅注曰：共，具物也。偫，具事也。漢書曰：廷中陳車騎戍卒衛官也。斬叢棘，夷野草，善曰：杜預左氏傳注曰：夷，殺也。禦自汧渭，經營酆鎬，善曰：孔安國尚書傳曰：經營，規度也。章皇周流，出入日月，天與地沓。善曰：章皇，猶彷徨也。周流，周匝流行也出入日月言其廣大日月似在其中出入也張晏曰日出扶桑入湯谷應劭曰沓合也爾廼虎路三嵕以爲司馬圍經百里而爲殿門晉灼曰路音落落纍也服虔曰以竹虎落此山也應劭曰外門爲司馬門殿門在内也善曰三嵕已見上文外則正南極海邪界虞淵應劭曰虞淵日所入也善曰爾雅曰極至也淮南子曰至于虞淵是謂黃昏鴻濛沆茫揭以崇山韋昭曰鴻濛沆茫水草廣大貌也善曰薛綜東京賦注曰揭猶表也鴻胡孔切濛莫孔切沆胡朗切茫音莽揭音竭也營合圍會然後先置乎白楊之南昆明靈沼之東張晏曰先置供具於前也服虔曰白楊觀名也善曰三秦記曰昆明池中有靈沼神池賁育之倫蒙盾負羽杖鏌邪而羅者以萬計善曰說苑曰勇士孟賁水行不避蛟龍陸行不避虎狼育夏育也已見西京賦說文曰鏌邪大戟也鏌音莫邪弋奢切其餘荷垂天之畢張竟埜之罘善曰言畢之大垂天之邊也靡日月之朱竿曳彗星之飛旗善曰朱竿

太常之竿也周禮曰日月爲太常王建太常穆天子傳曰日月之旗七星之文河圖曰彗星者天地之旗也楚辭曰攬彗星以爲旗青雲爲紛紅蜺爲繯屬之乎崑崙之虛韋昭曰紛旗旒也繯綴旗上繫也善曰鄭玄喪服傳注曰屬連也爾雅曰河出崑崙虛繯下犬切屬之欲切虛音墟渙若天星之羅浩如濤水之波善曰天星之羅言光明也濤水之波言廣大也淫淫與與前後要遮善曰淫淫與與皆行貌也欃槍爲闉明月爲候孟康曰闉戰鬬自障蔽如城門外女垣也善曰杜預左傳注曰候望敵者熒惑司命天弧發射張晏曰熒惑法使司命不祥天弧虛上二星善曰樂緯稽耀嘉曰熒惑主命禮記曰凡生於天地之閒者皆曰命漢書曰狼下有四星曰弧鮮扁陸離駢衍佖路服虔曰鮮扁戰鬬軍陣貌也駢衍軍壘駢衍也晉灼曰佖滿也善曰扁音篇佖頻一切徽車輕武鴻絧緁獵晉灼曰徽疾貌也音揮善曰廣雅曰武健也鴻絧相連貌也緁獵相次貌也鴻胡弄切絧徒弄切緁音捷殷殷軫

軫被陵緣岅，窮夐極遠者，相與列乎高原之上。善曰：軫軫，盛貌也。夐或爲冥。軫音隱。羽騎營營，昈分殊事，韋昭曰：騎，負羽也。蘇林曰：昈，明也。善曰：毛萇詩傳曰：營營，往來貌。昈分，謂羽騎明白分別，各殊其事也。昈音户。繽紛往來，轠轤不絕，若光若滅者，布乎青林之下。孟康曰：轠轤，連屬貌也。如淳曰：轠音雷，轤音盧。於是天子乃以陽晁始出乎玄宮，善曰：陽朝，陽明之朝。晁，古字同也。撞鴻鍾，建九旒，善曰：尚書大傳曰：天子將出，則撞黃鍾之鍾。禮記曰：龍旗九旒也。六白虎載靈輿，善曰：杜業奏事曰：輬車駕白虎四。白虎，馬名。服虔曰：靈輿，天子輿也。蚩尤並轂，蒙公先驅。善曰：韓子曰：黃帝駕象車，畢方並轂，蚩尤居前。楚辭曰：選衆以並轂。漢書音義曰：蒙公，蒙恬也。如淳曰：蒙公，髦頭也。晉灼曰：此多說天子事，如說是。並，步浪切。立歷天之旂，曳捎星之旃，韋昭曰：歷，干也。捎，拂也。霹靂列缺，吐火施鞭。應劭曰：霹靂，雷也。烈缺，閃隙也。火，電照也。善曰：

言威德之盛役使百神故霹靂列缺吐火施鞭而爲衛也閃失染切萃從沆溶淋離廓落戲八鎮而開關應劭曰四方四隅爲八鎮如淳曰不言九者一鎮在中天子居之故也善曰埤蒼曰從走貌也沆溶盛多之貌也上林賦曰沆溶淫鬻從先勇切沆以朿切溶音容戲音麾飛廉雲師吸嗅潚率鱗羅布列攢以龍翰善曰楚辭曰後飛廉使奔屬王逸曰飛廉風伯也雲師已見吳都賦說文曰吸喘息也埤蒼曰嗅喘息聲也潚率吸嗅之貌鱗羅若鱗之羅也攢以龍翰若龍翰之聚也鄭玄尚書大傳注曰翰毛之長大者嗅普利切潚音肅啾啾蹌蹌入西園切神光善曰郭璞三蒼解詁曰啾啾衆聲也啾或爲秋蹌蹌行貌楚辭曰鳴玉鸞之啾啾張晏曰切近也神光宮名也望平樂徑竹林張揖曰平樂館名晉灼曰在上林中也蹂蕙圃踐蘭唐善曰蕙圃已見子虛賦服虔曰蘭唐蘭生唐中也舉烽烈火轡者施技善曰轡者執轡之人也方馳千駟狡騎萬帥晉灼曰狡健之騎也善曰鄭玄毛詩箋曰方併也虓

虎之陳從橫膠輵猋拉雷厲驞駍駖磕服虔曰虓音哮鄧展曰拉音獵
善曰毛詩曰噉如虓虎拉風聲也哮火交切輵音葛驞疋人切駍普萌切駖力莖切洶洶旭旭天
動地岋善曰洶洶旭旭鼓動之聲也韋昭曰岋動貌也洶旭勇切岋五合切羨漫半散
蕭條數千里外善曰羨弋戰切若夫壯士忼慨殊鄉別趣善曰鄉音
向毛萇詩傳曰趣趨也東西南北騁耆奔欲善曰言各隨其耆欲而奔騁也耆音嗜
拕蒼豨跋犀犛蹷浮麋韋昭曰跋蹋也應劭曰蹷頓也善曰廣雅曰拕引也音他浮麋
過麋也跋步末切蹷居月切斮巨狿搏玄猨韋昭曰斮斬也側略切服虔曰巨狿獸名也善
曰廣雅曰搏擊也狿已見上林賦騰空虛距連卷張晏曰連卷木也善曰距古岠字也孔安
國尚書傳曰距至也卷音拳踔夭蟜娭澗閒張晏曰踔天蟜之枝也善曰三蒼詁訓曰踔踰
也丑孝切莫莫紛紛山谷爲之風猋林叢爲之生塵善曰莫莫紛紛

風塵之貌也及至獲夷之徒蹶松柏掌蒺藜服虔曰獲夷能獲夷狄者善曰蹶踏
也掌以掌擊之也爾雅曰茨蒺藜獵蒙龍轔輕飛善曰蒙龍已見上文輕飛輕獸飛禽也
屨般首帶脩蛇如淳曰般音班班首虎之頭也善曰屨謂踐屨之也淮南子曰吳爲封豕長蛇鉤
赤豹摼象犀韋昭曰摼扼也善曰摼古牽字跇巒阬超唐陂如淳曰跇超踰也音義曰
巒山小而銳阬大坂也車騎雲會登降闇藹善曰闇藹衆盛貌闇烏感切泰華爲
旒熊耳爲綴張晏曰旒旛綴旌也善曰綴亦旒也司馬相如大人賦曰垂絳旛之素蜺張揖曰以
赤氣爲旛綴以白氣也木仆山還漫若天外如淳曰還音旋言山爲之回旋也善曰宋玉大
言賦曰長劒耿介倚天外儲與乎大浦聊浪乎宇內服虔曰儲與相羊貌也浦水涯也善曰淮
南子曰陰陽儲與聊浪放蕩也與音餘浦音普浪音琅於是天清日晏善曰許慎淮南子注
曰晏無雲之處也逢蒙列眥羿氏控弦善曰吳越春秋曰黃帝作弓後有楚狐父以其

道傳羿羿傳逢蒙說文曰匈奴名引弓曰控弦皇車幽輵光純天地服虔曰皇車君車也李奇曰純純緣繞也善曰幽輵車聲也方言曰純文也輵一轄切純之允切望舒彌轡服虔曰望舒月御也如淳曰楚辭曰前望舒使先驅善曰彌轡按行貌也彌與弭古字通彌莫爾切翼乎徐至於上蘭晉灼曰上蘭觀在上林中也移圍徙陣浸淫蹵部善曰部軍之部伍也毛萇詩傳曰蹵促也蹵古字通子育切曲隊堅重各按行伍善曰隊徒内切行胡郎切壁壘天旋神抶電擊善曰言威之盛也埤蒼曰抶笞擊也逢之則碎近之則破善曰六韜太公曰當之者破近之者亡鳥不及飛獸不得過善曰高唐賦曰飛鳥未及起走獸未及發軍驚師駭刮野掃地善曰言殺獲皆盡野地似乎掃刮也宋衷春秋緯注曰驚動也廣雅曰駭起也刮古滑切掃先早切及至罕車飛揚武騎聿皇善曰罕罼罕也聿皇輕疾貌蹈飛豹羂嘄陽善曰嘄陽即狒狒也已見上文羂工犬切追天

寶出一方應劭曰天寶陳寶也晉灼曰天寶雞頭而人身應駍聲擊流光野盡山窮囊括其雌雄如淳曰陳寶神來下時駍然有聲又有光精應劭曰下時窮極山川天地之間然後得其雌雄也善曰太康記曰秦文公時陳倉人獵得獸若彘而不知其名道逢二童子曰此名爲⿰米賁弗述⿰米賁弗述亦語曰彼二童子名爲寶雞得雄者王得雌者霸陳倉人舍⿰米賁弗述逐二童子化爲雉雉止陳倉化爲石雌如楚止南陽也⿰米賁浮謂切沇沇溶溶遥噱乎紘中晉灼曰口之上下名爲噱言禽獸奔走倦極皆遥張噱吐舌於紘網之中也善曰噱其略切三軍芒然窮冘閼與孟康曰冘行也閼止也言三軍之盛窮閼禽獸使不得逸漏也善曰孟康之意言窮其行止皆無逸漏如淳曰窮音穹冘者懈怠也晉灼曰閼與容貌也如晉之意言三軍芒然懈倦容貌閼與而舒緩也今依如晉之說也芒莫郎切冘音淫閼於庶切與音豫亶觀夫剽禽之紲隃犀兕之抵觸韋昭曰亶音但善曰古但字紲與跇同已見上文文子曰兕牛之動以抵觸也熊羆之挐玃虎豹之

凌遽韋昭曰拏攫惶遽也善曰說文曰凌越也遽窘也徒角槍題注蹴竦讋怖魂亡魄觸輻關脰晉灼曰徒但也服虔曰獸以角觸地也善曰蹴與蹙同爾雅曰竦慴懼也讋與慴同觸輻關脰言觸車輻因關其頸也槍七羊切蹴子育切脰音豆妄發期中進退履獲善曰言矢雖妄發而期於必中進退之際必踐履而獲之也韓子曰新砥礪殺矢彀弩而射雖冥而妄發其端未嘗不中秋毫者也剗淫輪夷丘累陵聚張晏曰淫過也夷平也言獸被剗過大血流轝輪平也音義曰剗血流平於車輪也善曰丘累陵聚言積獸之多也於是禽殫中衰善曰中竹仲切相與集於靖冥之館以臨珍池晉灼曰靖冥深閑之館也服虔曰珍池山下之流灌以岐梁溢以江河晉灼曰梁梁山善曰尚書曰治梁及岐孔安國曰治山通水故以山名東瞰目盡西暢無崖善曰目盡盡目而望也無崖廣遠也隨珠和氏焯爍其陂善曰焯古灼字爍式藥切玉石嶜崟眩燿青熒善曰玉石玉之

與石也李彤單行字曰嶜崟高大貌青熒光明貌漢女水潛怪物暗冥不可彈形應劭曰漢女鄭交甫所逢二女也善曰不可彈形不能盡其形也高唐賦曰曾不可殫形也玄鸞孔雀翡翠垂榮善曰榮光榮也王雎關關鴻鴈嚶嚶羣娛乎其中噍噍昆鳴善曰毛詩曰關關雎鳩毛萇曰雎鳩王雎也又曰鳥鳴嚶嚶噍與啾同子由切說文曰昆同也鳧鷖振鷺上下砰磕聲若雷霆善曰言鳥飛上下翅翼之聲若雷霆也乃使文身之技水格鱗蟲服虔曰文身越人也能入水取物也淩堅冰犯嚴淵探巖排碕薄索蛟螭善曰嚴言可畏也巖巖岸側嶔巖之處也孔安國尚書傳曰薄迫也賈逵國語注曰索求也嶔口銜切蹈獱獺據黿鼉善曰郭璞三蒼解詁曰獱似狐青色居水中食魚服虔曰音賓善曰廣雅曰據引也抾靈蠵鄭玄曰抾音祛韋昭曰抾捧也服虔曰蠵觜蠵入洞穴出蒼梧晉灼曰洞穴禹穴也善曰郭璞山海經注曰吳縣南太湖中有

包山山下有洞庭道也言潛行水底無所不通也乘巨鱗騎京魚善曰京魚大魚也字或爲鯨鯨亦大魚也浮彭蠡目有虞應劭曰彭蠡大澤在豫章善曰有虞謂舜也方椎夜光之流離剖明月之珠胎善曰鄭玄毛詩箋曰方且也明月珠蚌子珠爲蚌所懷故曰胎椎直追切鞭洛水之宓妃餉屈原與彭胥鄭玄曰彭咸也晉灼曰胥伍子胥也皆水没也善曰楚辭曰願依彭咸之遺制王逸曰殷賢大夫自投水而死宓妃已見上子胥已見吳都賦於茲乎鴻生鉅儒俄軒冕雜衣裳韋昭曰俄卬也車有蕃曰軒冕大冠也善曰管子曰先王制軒冕足以章貴賤雜衣裳言衣裳殊色也脩唐典匡雅頌揖讓於前昭光振燿蠁曶如神善曰蠁曶疾也蠁與響同曶與忽同仁聲惠於北狄武誼動於南鄰善曰南鄰南方之邑是以旃裘之王胡貉之長移珍來享抗手稱臣如淳曰以物與人曰移善曰周禮曰職方掌九貉鄭司農曰北方曰

貉𢹂爲舍人爾雅注曰獻珍物曰珍獻食物曰享毛詩曰自彼氐羌莫敢不來享爾雅曰享獻也抗手舉手而拜者也貉莫白切

前入圍口後陳盧山孟康曰單于南庭山群公常伯陽朱墨翟之徒善曰常伯侍中也已見籍田賦陽朱墨翟取古賢以爲喻列子曰陽朱南游沛逢老聃高誘吕氏春秋注以爲宋人喟然並稱曰崇哉乎德雖有唐虞大夏成周之隆何以侈茲善曰周易曰先王以作樂崇德樂録圖曰成康之隆妖孽滅也夫古之覲東嶽禪梁基舍此世也其誰與哉善曰東嶽泰山也梁梁父也已見上文上猶謙讓而未俞也張晏曰俞然也方將上獵三靈之流下決醴泉之滋如淳曰三靈日月星垂象之應也服虔曰受福流也善曰賈逵國語注曰獵取也發黃龍之穴窺鳳凰之巢臨麒麟之囿幸神雀之林奢雲夢侈孟諸善曰言以雲夢孟諸爲奢侈而非之也雲夢楚藪澤名也左氏傳曰楚靈王與鄭伯田于江南之雲夢孟諸宋

藪澤也又曰楚穆王欲伐宋昭公導以田孟諸也非章華是靈臺善曰言以楚章華爲非而以周之靈臺爲是左傳楚子成章華之臺罕徂離宮而輟觀游善曰罕徂言希往也土事不飾木功不彫善曰晏子曰土事不文木事不鏤丞民乎農桑勸之以弗怠善曰聲類曰丞亦拯字也說文曰拯上舉也儕男女使莫違善曰杜預左氏傳注曰儕等也莫違謂以時爲婚無違於期也毛詩序曰男女多違儕士喈切恐貧窮者不徧被洋溢之饒開禁苑散公儲創道德之囿引仁惠之虞善曰虞與娛古字通馳弋乎神明之囿覽觀乎群臣之有亡善曰言馳弋神明之囿冀以齊其聖德觀其有無而加恩施放雉兎收罝罘麋鹿芻蕘與百姓共之善曰毛萇詩傳曰芻蕘薪采者也蓋所以臻茲也於是醇洪鬯之德豐茂世之規善曰鬯與暢同暢通也加勞三皇勗勤五

帝不亦至乎乃祗莊雍穆之徒善曰祗敬也雍和也立君臣之節崇賢聖之業未遑苑囿之麗游獵之靡也因回軫還衡背阿房反未央善曰麗光華也鄭玄禮記注曰靡奢侈也

文選卷第八

賜進士出身通奉大夫江南蘇松常鎮太等處承宣布政使司布政使胡克家重校刊

文選卷第九

梁昭明太子撰

文林郎守太子右内率府録事叅軍事崇賢館直學士臣李善注上

畋獵下

楊子雲長楊賦一首 并序

潘安仁射雉賦一首

紀行上

班叔皮北征賦一首

曹大家東征賦一首

畋獵

長楊賦一首 并序　　楊子雲

明年上將大誇胡人以多禽獸善曰明年謂作羽獵賦之明年即校獵之年也班欲叙作賦之明年漢書成紀曰元延二年冬幸長楊宮縱胡客大校獵是也七略曰羽獵賦永始三年十二月上然永始三年去校獵之前首尾四載謂之明年疑班固誤也又七略曰長楊賦綏和元年上綏和在校獵後四歲無容元延二年校獵綏和二年賦又疑七略誤蔡邕曰上者尊位所在呂忱曰誇大言也說文曰誇誕也秋命右扶風發民入南山善曰冬將校獵故秋先命之也爾雅曰命告也漢書曰武帝以右內史更名右扶風扶風在涇州界南山終南山也西自褒斜東至弘農南敺漢中善曰褒斜谷名已見上漢書有弘農郡武帝置又有漢中郡秦置張羅罔罝罘捕熊羆豪豬虎豹狖玃狐兔麋鹿善曰山海經曰竹山有獸其狀如豚白毛毛大如笄而黑端以毛射物名豪豪彘也廣雅曰狖蜼也尾長四五尺郭璞爾雅曰玃似獮猴豹形如虎而圓文鄭

乡曰鳥罟曰羅狖弋又切玃九縛切載以檻車善曰劉熙釋名曰檻車上施欄檻以格猛獸亦囚禁罪人之車也漢書音義曰或曰檻車有封檻也輸長楊射熊館善曰三輔黃圖曰長楊宮有射熊館在盩厔以網爲周阹李奇曰阹遮禽獸圍陣也阹音袪縱禽獸其中令胡人手搏之自取其獲上親臨觀焉服虔曰令胡客自取其得也善曰廣雅曰搏擊也是時農民不得收歛雄從至射熊館還上長楊賦聊因筆墨之成文章故藉翰林以爲主人子墨爲客卿以風韋昭曰翰筆也善曰翰林文翰之多若林也詩大雅曰有壬有林君也此云林即文翰林猶儒林之義也胡廣云博士爲儒雅之林是也說文曰毛長者曰翰詩序曰下以風刺上其辭曰

子墨客卿問於翰林主人曰蓋聞聖主之養民也仁霑而恩洽動不爲身今年獵長楊先命右扶風左太華而

右褒斜顔師古曰動不爲身言憂百姓也山海經曰松梁之山西六十里曰太華山今在弘農縣華陰西也長安東故言左高五千仞廣十里善曰太華已見西都賦**椓巀嶭而爲弋紆南山以爲罝**服虔曰巀嶭山名也孟康曰在池陽北顔師古曰巀嶭即今謂嵳峩也善曰說文曰弋橜也又曰紆詘也椓音卓巀音截嶭音齧**羅千乘於林莽列萬騎於山隅帥軍踤阹錫戎獲胡**漢書音義曰踤聚也顔監曰踤足蹴也善曰錫戎獲胡言以禽獸錫戎令胡自獲之胡戎一也變文耳踤音崒方言曰踤蹴蹋也**搤熊羆拖豪豬**善曰搤拖已見西都賦**木擁槍纍以爲儲胥**顔師古曰胥須也言有儲畜以待所須也蘇林曰木擁柵其外又以竹槍纍爲外儲胥也韋昭曰儲胥蕃落之類也槍七羊切纍力委切**此天下之窮覽極觀也**

雖然亦頗擾于農人三旬有餘其廑至矣而功不圖善曰古今字詁曰廑今勤字也爾雅曰圖謀也凡人之所爲皆有所圖今則百姓甚勞而無所圖言勞而無益也慎子

曰無法之勞不圖於功恐不識者外之則以爲娛樂之游内之則不以爲乾豆之事豈爲民乎哉善曰禮記曰天子無事歲三田一爲乾豆也且人君以玄默爲神澹泊爲德善曰玄默謂幽玄恬默也玄默已見魏都賦澹泊與憺怕同巳見子虛賦今樂遠出以露威靈善曰露暴露也數摇動以罷車甲本非人主之急務也蒙竊惑焉善曰周易曰蒙者蒙也韓康伯曰蒙昧幼少之象也前年獵長楊故言數翰林主人曰吁客何謂之茲耶善曰孔安國尚書傳曰吁疑怪之辭也若客所謂知其一未睹其二見其外不識其内也善曰莊子曰識其一不知其二治其内而不治其外僕嘗倦談不能一二其詳善曰毛萇詩傳曰詳審也請略舉其凡而客自覽其切焉善曰廣雅曰都凡也顔監曰凡大指也張晏曰切近也覽其近於義也客曰唯唯主人曰昔有

彊秦封豕其土窫窳其民鑿齒之徒相與摩牙而爭之應劭淮南子注云堯之時窫窳封豕鑿齒皆爲人害窫窳類貙虎爪食人服虔曰鑿齒齒長五尺似鑿亦食人李奇曰以喻秦貪婪殘食其人也晉灼曰鑿齒之徒謂六國窫烏黠切窳音庾豪俊麋沸雲擾羣黎爲之不康善曰如麋之沸若雲之擾言亂之甚也廣雅曰麋饘也毛詩曰羣黎百姓爾雅曰康安也於是上帝眷顧高祖高祖奉命順斗極運天關服虔曰隨天斗極運轉也善曰毛詩曰乃眷西顧孔安國尚書傳曰奉天成命春秋元命苞曰命者天之令雒書曰聖人受命必順斗極宋均尚書中候注曰順斗機爲政也爾雅曰北極謂之北辰天官星占曰北辰一名天關又星經曰牽牛神一名天關横鉅海漂昆侖善曰横度大海也漂摇蕩之也匹昭切提劒而叱之所過麾城摲邑下將降旗顔監曰摲舉手擬也蒼頡篇曰摲拍取也善曰鄭玄禮記注曰摲之言芟也字林曰摲山檻切一日之戰不可殫記

當此之勤頭蓬不暇梳飢不及餐善曰頭蓬髮亂如蓬也鞮鍪生蟣蝨介冑被霑汗善曰說文曰鞮鍪首鎧也韓子曰攻戰無已甲冑生蟣蝨鄭玄禮記注曰介被甲也孔安國尚書傳曰冑兜鍪也鞮鍪即兜鍪也鞮丁奚切鍪音牟蟣居綺切蝨所乙切以爲萬姓請命乎皇天善曰淮南子曰高皇帝奮袂執銳以爲百姓請命于皇天家語曰孔子曰分於道謂之命王肅曰分於道始得爲人也廼展人之所詘振人之所乏善曰方言曰展申也詘古屈字也賈逵國語注曰振救也規億載恢帝業善曰杜預左氏傳注曰恢大也七年之間而天下密如也善曰高祖五年誅羽自六年至十二年崩凡七載爾雅曰密靜也逮至聖文隨風乘流方垂意於至寧善曰隨風乘流言順從高祖之風流也躬服節儉綈衣不敝革鞜不穿善曰言不穿不敝不更爲也漢書東方朔曰孝文皇帝身衣弋綈之衣履革舃六韜曰堯衣履不弊盡不更爲服虔曰鞜舃也音沓大廈

不居木器無文善曰晏子曰土事不文木事不鏤於是後宮賤瑇瑁而疏珠璣善曰廣雅曰疏亦賤也字書曰疏遠也璣小珠也音祈却翡翠之飾除彫琢之巧善曰爾雅曰玉謂之琱又曰治玉曰琢也惡麗靡而不近斥芬芳而不御善曰廣雅曰斥推也抑止絲竹晏衍之樂憎聞鄭衛幼眇之聲善曰禮記曰絲竹樂之器也晏衍邪聲也禮記曰鄭衛之音亂世之音也衍弋戰切幼一笑切眇音妙是以玉衡正而太階平也韋昭曰玉衡北斗也善曰春秋運斗樞曰北斗七星第五曰玉衡元命苞曰常一不易玉衡正太階平出黃帝六符經其後熏鬻作虐東夷橫畔服虔曰熏鬻堯時匈奴也東夷東越也一云呂嘉殺其國王立國人殺嘉也善曰橫自縱也胡孟切羌戎睚眥閩越相亂晉灼曰睚眥瞋目貌也又猜忌不和貌善曰漢書曰立無諸爲閩越王又曰武帝建元四年尉他孫胡爲南越王閩越王郢興兵擊南越邊邑遐眠爲之不安中國蒙被其難韋昭

曰眠音萌萌人也於是聖武勃怒爰整其旅善曰毛詩曰王赫斯怒爰整其旅廼命驃衛應劭曰驃驃騎霍去病也衛衛青也善曰漢書曰霍去病爲驃騎將軍凡六出擊匈奴又曰衛青字仲卿爲大將軍凡七出擊匈奴汾沄沸渭雲合電發善曰汾沄沸渭衆盛貌也汾音紛沄音雲猋騰波流機駭蠭軼善曰爾雅曰扶搖謂之飇機駭蠭軼言其疾也猋與飇古字通也疾如奔星擊如震霆碎轒轀破穹廬應劭曰轒轀匈奴車也音義曰穹廬旃帳也服虔曰轒轀百二十步兵車或可寢處善曰轒扶云切轀於云切腦沙幕髓余吾服虔曰破其頭腦塗沙幕也余吾水名北山經曰北鮮之山多馬鮮水出焉而北經余吾水應劭曰在朔方北鄭氏曰折其骨使髓膏水也通俗文曰骨中脂曰髓古髓字遂蹴乎王庭孟康曰匈奴王庭善曰王逸楚辭注曰蹴踐也敺橐駝燒熐蠡張晏曰熐蠡乾酪母燒之壞其養生之具也張揖曰熐蠡山名熐音覓蠡來戈切分剺單于磔裂屬國韋昭曰剺割也音如

黎顏師古曰凡言屬國者存其國號而屬朝善曰單于匈奴王號漢書曰單于廣大之貌也言其象天單于然也廣雅曰磔張也漢書曰置屬國以處匈奴降者韋昭曰外國羌胡來屬漢者也 夷阬谷拔鹵莽刊山石 善曰毛詩傳曰夷平也鹵莽中生草莽也說文曰鹵西方鹹地也鄭玄禮記注曰刊削也拔莽削石以通道 蹂屍輿廝係累老弱 服虔曰蹂尸踐尸也顏師古曰死則蹂踐其尸破傷者輿而行如淳曰輿廝輪踐其廝徒也善曰賈逵國語注曰係繫也杜預左氏傳注曰累係也 吮鋋瘢耆金鏃淫夷者數十萬人 如淳曰吮括也孟康曰瘢耆馬脊耆創瘢處善曰如氏之說以爲箭括及鋋所中皆爲創瘢於馬耆孟氏以爲耆被金鏃過傷者甚衆也服虔曰耆鬣傷者或矛矟内末出其瘡如含然或箭插其項末拔蘂若鬣焉孔安國尚書傳曰淫過也杜預左氏傳注曰夷傷也吮辭兖切 皆稽顙樹領扶服蛾伏 如淳曰叩頭時項下向則領樹上向也韋昭曰領音蛤善曰說文曰匍匐手行也扶服與匍匐音義同蛾伏如蟻之伏也蛾古蟻字 二十餘年矣尚不

敢惕息善曰漢書曰漢不復出兵擊匈奴三年武帝崩前此者漢兵深入窮邊二十餘年匈奴極苦之單于常欲和親賈逵國語注曰惕疾也說文曰息喘也夫天兵四臨幽都先加善曰天兵言兵威之盛如天也尚書曰宅朔方曰幽都迴戈邪指南越相夷善曰漢書曰南越王胡上書曰今東越擅興兵侵臣天子爲興師往討閩越閩越王弟餘善殺郢以降廣雅曰夷威也靡節西征羌僰東馳服虔曰僰夷名也善曰漢書音義曰節所杖信節也僰蒲北切是以遐方疏俗殊鄰絶黨之域善曰絶遠也自上仁所不化茂德所不綏善曰尚書曰有夏先后方楙厥德莫不蹻足抗首請獻厥珍服虔曰蹻舉足也音矯使海内澹然永亡邊城之災善曰廣雅曰澹安也徒濫切金華之患善曰史記士蔿曰邊城少冠禮記子夏曰三年之喪卒金華之事無避也禮歟今朝廷純仁遵道顯義并包書林聖風雲靡英華沈浮洋

溢八區善曰英華草木之美者故以喻帝德焉沈浮言多也禮斗威儀曰帝者得其英華王者得其根荄八區八方之區也普天所覆莫不沾濡善曰禮記曰天之所覆難蜀父老曰羣生霑濡矣士有不談王道者則樵夫笑之意者以爲事罔隆而不殺物靡盛而不虧善曰廣雅曰意疑也鄭玄周禮注曰殺減也文子曰物盛則衰故平不肆險安不忘危服虔曰肆弃也顏監云肆放也不放心於險也善曰孫卿子曰平則慮險安則慮危迺時以有年出兵整輿竦戎善曰言時不常也穀梁傳曰有年五穀皆熟爲有年方言曰西秦之間相勸曰聳竦與聳古字通振師五柞習馬長楊善曰杜預左氏傳注曰振整也盩厔有五柞宮也柞音作簡力狡獸校武票禽善曰爾雅曰簡擇也賈逵國語注曰簡習也廣雅曰狡健也賈逵國語注曰校考也票禽輕疾之禽也匹妙切迺萃然登南山瞰烏弋晉灼曰萃集也服虔曰三十六國烏弋最在西西域傳曰去長安萬二千二百

里其地暑熱莽平近日所入善曰廣雅曰瞰視也西厭月蜎東震日域服虔曰蜎音窟月所生也善曰何休公羊傳注曰厭服也爾雅曰震懼也日域日出之域也厭一涉切又恐後代迷於一時之事常以此爲國家之大務淫荒田獵陵夷而不禦也顔監曰禦止也善曰漢書張釋之曰秦陵夷至于二世天下土崩韓詩曰無矢我陵薛君章句曰四平曰陵爾雅曰禦禁也是以車不安軔日未靡旃從者彷彿骫屬而還韋昭曰不暇稅駕支車也張晏曰從者彷彿委釋而迴旋善曰王逸楚辭注曰軔支輪木日未靡旃言日未移旌旗之影也委屬而還謂委釋其事連屬而迴還也張以釋爲委軔如振切彷彿或作髣髴骫古委字也屬之欲切亦所以奉太尊之烈遵文武之度善曰太尊高祖也爾雅曰烈業也復三王之田反五帝之虞善曰三王之田文王三驅是也巳見上文尚書帝曰益汝作朕虞使農不輟耰工不下機韋昭曰耰所以覆種音憂顔監

曰摩田器也晉灼云以耒推塊曰耰善曰工女功也漢書酈食其曰農夫釋耒工女下機婚姻以時男
女莫違善曰毛詩序曰婚姻失時男女多違也出凱弟行簡易善曰毛詩曰愷悌君
子人之父母周易曰乾以易知坤以簡能易則易知簡則易從易簡而天下之理得矣矜劬勞休
力役善曰毛萇詩傳曰矜憐也毛詩曰之子于征劬勞于野孫卿子曰罕興力役無奪農時見百
年存孤弱善曰禮記曰百年者就見之說文曰存恤問也春秋說題辭曰存恤幼孤帥與之
同苦樂然後陳鐘鼓之樂鳴鞀磬之和建碣磍之虡孟康
曰碣磍之簴刻猛獸爲之故其形碣磍而盛怒也善曰鄭玄禮記注曰鞀如鼓而小有柄賓至搖之以奏樂碣
一轄切磍音轄鞀徒刀切拮隔鳴球掉八列之舞韋昭曰拮擽也鳴球玉磬也古文隔
爲擊善曰賈逵國語注曰掉搖也八列八佾也拮居黠切球音求掉徒釣切酌允鑠肴樂胥
張揖曰允信也鑠美也言酌信美以當酒帥禮樂以爲肴善曰毛詩曰允矣君子展也大成又曰於鑠王師又

曰君子樂胥聽廟中之雍雍受神人之福祜善曰毛詩曰雍雍在宮肅肅在廟又曰受天之祜爾雅曰祜福也音怙歌投頌吹合雅服虔曰聲之相投也其勤若此故真神之所勞也張揖曰詩云愷弟君子神所勞矣方將俟元符晉灼曰元符大瑞也以禪梁甫之基增泰山之高史記管子曰古者禪梁父之封加梁甫之事善曰難蜀父老曰增太山延光于將來比榮乎往號張晏曰往號三五也善曰李軌法言注曰五帝三王延光至今不絕也豈徒欲淫覽浮觀馳騁秔稻之地周流梨栗之林蹂踐芻蕘誇詡衆庶盛狖玃之收多麋鹿之獲哉善曰孔安國尚書傳曰浮過也說文曰秔秔稻屬也聲類以爲秔不黏稻也漢書東方朔曰涇渭之南又有秔稻梨栗之饒芻馬草也禮記曰蹴路馬芻說文曰蕘草薪也毛萇詩傳曰詡大也且盲者不見咫尺而離婁燭千里之隅善曰莊子南榮趎曰盲者不能自見賈逵國語注曰八寸

曰咫孟子曰離婁之明趙岐曰古之明目者也蓋黄帝時人𧻓音樞客徒愛胡人之獲我禽獸曾不知我亦已獲其王侯善曰說文曰曾辭之舒也言未卒墨客降席再拜稽首曰大哉體乎允非小人之所能及也善曰躰猶法也迺今日發矇廓然已昭矣善曰禮記曰昭然若發蒙矣矇與蒙古字通廓除貌

射雉賦

潘安仁善曰射雉賦序曰余徙家于琅邪其俗實善射聊以講肄之餘暇而習媒翳之事遂樂而賦之也

徐爰注媒者少養雉子至長狎人能招引野雉因名曰媒翳者所隱以射者也晉邦過江斯藝乃廢歷代迄今寡能厥事甞覽茲賦昧而莫曉聊記所聞以

備遺志

涉青林以游覽兮，樂羽族之羣飛。樂羽翮之類或羣或飛飲啄恣性也善曰七發曰游涉乎雲林薛君韓詩章句曰青靜也鷫鷞賦曰羽族之可貴者

聿采毛之英麗兮，有五色之名翬。聿述也述序羽族之中采飾英麗莫過翬翬也翬雉也伊洛以南素質五采皆備成章曰翬英者雄果之目名者聲聞之稱也一本聿作偉善曰翬見爾雅

厲耿介之專心兮，夸雄豔之姱姿。厲嚴整也耿介專一也夸豐也姱好也美色曰豔言雉嚴整其不羣之性奮揚其雄豔之貌見敵必戰不容他雜此之謂英麗也夸赤氏切姱苦瓜切善曰薛君韓詩章句曰雉耿介之鳥也

巡丘陵以經略兮，畫墳衍而分畿。巡行也言周行丘陵因其墳衍以爲疆界分而護之不相侵越也青幽之間土高且大者通之曰墳雉一界之内要以一雉爲主餘者雖衆莫敢鳴鴝也此以上言雉之形性也善曰左傳楚無宇曰天子經略廣雅曰巡略行也孔安國尚書傳曰分其圻界圻與畿

同於時青陽告謝朱明肇授時四月也善曰爾雅曰春爲青陽夏爲朱明楚辭曰青春受謝王逸曰謝去也靡木不滋無草不茂草木具榮初莖蔚其曜新陳柯槭以改舊蔚然初生之莖曜其新暉槭然陳宿之柯變其舊色言新舊咸茂也槭彫柯貌也所臑切天泱泱以垂雲泉涓涓而吐溜涓涓清新之色泱音英涓古玄切善曰毛詩曰英英白雲毛萇曰英英白雲貌泱與英古字通家語金人銘曰涓涓不壅終爲江河溜水流貌也麥漸漸以擢芒雉鷕鷕而朝鴝漸漸含秀之貌也微子曰麥秀漸漸鷕鷕雉聲也又云雉之朝鴝尚求其雌雌雉不得言鴝顔延年以潘爲誤用也案詩有鷕雉鳴則云求牡及其朝鴝則云求雌今云鷕鷕朝鴝者互文以舉雄雌皆鳴也此以上序節物氣候雉可射之時也鷕以少切眄箱籠以揭驕睨驍媒之變態揭驕志意肆也箱籠竹器盛媒者也凡竹器箱方而密籠圓而踈盛媒器籠形者養鳥宜圓也箱密者不欲令見明也言感辰景之韶淑樂山梁之榮茂悟翬雉之奮逸

思騁藝之肆志顧視箱籠詳察驍媒恣睢揭驕意願得
也楚辭揭驕字作拮矯揭居桀切睨音詣善曰楚辭曰
意恣睢以拮矯王逸曰
縱心肆志所意願高也
奮勁骹以角槎𪆡悍目以旁睞
骹脛也角邪也槎斫也悍戾也𪆡視貌睞視也奮奮其堅
勁之脛以利距邪斫𪆡其剛戾之目以旁視其敵也骹
苦交切槎千荷切𪆡力新切睞力代
切善曰曹植鬬雞詩曰悍目發朱光
鸎綺翼而䞓撾灼
鸎文章貌也詩云有鸎其羽翼如綺文䞓
則赤也撾肶也灼盛貌也頸毛如繡背如
繡頸而衮背
衮章言五采備也䞓勑呈
切撾都瓜切善曰肶音陛
鬱軒翥以餘怒思長鳴以效能
鬱暴怒也軒起望也方言云翥舉也鬱然暴怒軒舉
長鳴思見野敵效其才能也此以上言媒之形勢能
怒代
切
爾乃搫場拄翳停僮葱翠
搫者開除之名也今
傖人通有此語射者
聞有雉聲便除地爲場拄翳於草停僮翳貌也葱翠
翳色也搫步何切拄株庾切善曰廣雅曰搫除也
綠柏參差文翮鱗次蕭森繁茂婉轉輕利
翳上加木枝
衣之以葉上

則蕭森下則繁茂而實綢繆輕利也婉轉綢繆之稱衷料戾以徹鑒表厭躡以密緻料戾小而徹也厭躡重而密也翳外觀密緻與草木無別内視洞徹多所覩見也此以上序翳之形飾厭於輒切恐吾游之晏起慮原禽之罕至游雉媒名江淮間謂之游游者言可與游也言既芟場拄翳又恐媒起不早野雉希至原禽雉也雉不處下濕故曰原禽也甘疲心於企想分倦目以寓視企想雉出專視草際心爲之疲目爲之倦也此以上言拄翳之後遲獲之意也善曰說文曰企舉踵也左氏傳楚子玉曰得臣與寓目焉杜預曰寓寄也何調翰之喬桀邈疇類而殊才調翰謂媒也媒性調良故謂調翰喬桀俊逸也言邈絕疇類殊異才氣也善曰何疑問之辭也候扇舉而清叫野聞聲而應媒扇布也形如手巾叫鳴也將欲媒雉振布令有聲媒清叫野雉聞即應而出也便褰微罟以長眺已踉蹡而徐來褰開也罟網也古者當以細網掩翳窻上視外處其制未聞也今則以板矣言聞野雉應媒之聲知

其必出開翳户長視已見踉蹡徐来也踉蹡乍行乍止不迒疾之貌也善曰踉蹡欲行也廣雅曰蹡走也踉音亮蹡七亮切**擒朱冠之赩赫敷藻翰之陪鰓**赩赫赤色貌陪鰓奮怒之貌也善曰廣雅曰擒舒也藻翰翰有華藻也擒勑知切赩許力**首葯綠素身拕黼繪**方言曰葯纒也猶纏裹也言雉首綠色頸葯素也黼繡也繪畫文也身采如繪也葯烏角切**青鞦莎靡丹臆蘭綷**鞦夾尾間也莎草名楚辭曰青莎雜樹則莎色青也言雉尾閒青毛如莎草之靡也臆膺也膺色如秋蘭之色也綷同也宋衛之間謂混爲綷也鞦音秋善曰小雅曰雜采曰綷音最**或蹶或啄時行時止**皆得意之形容也善曰賈逵曰蹶走也鄭玄曰蹶行遽貌字林曰啄鳥食也莊子曰澤雉十步一啄百步一飲也蹶居衛切周易曰時止則止時行則行廣雅曰蹶蹗跳**班尾揚翹雙角特起**雄壯之勢也此以上言野雉之狀貌也善曰說文曰翹尾之長毛也**良遊呃喔引之規裏**良遊媒也言媒呃喔其聲誘引令入可射之規內也呃於隔切喔於角切**應叱愕立擢身**

竦峙峙立也既入可射之内來迅不止因便叱之雉聞叱即驚竦身而立者也善曰杜子春周禮注曰愕驚也捧黃間以密彀屬剛罫以潛擬捧舉也黃間弩名也張衡云黃間機張一名黃肩善曰說文曰彀張弓弩也屬謂注矢於弦也剛罫弩矢鏃也以鐵爲之形如十字各長三寸方似罔罫故曰罫焉罫古買切挂同倒禽紛以迸落機聲振而未巳射應也禽被箭躍起而反落弩聲猶未歇言其矢來疾也山鷩悍害猋迅巳甚鷩雉似山雞而小冠背毛黃腹下赤項綠色其性悍戾憨害飛走如風之猋也爾雅曰扶搖謂之猋猋謂暴風從下上也善曰字書曰憨愚也呼甘切越壑凌岑飛鳴薄廪鷩性悍憋聞媒聲便越澗凌岑且飛且鳴逕來翳前也廪翳中盛飲食處今俗呼翳名曰倉也善曰薄至也方言曰憋惡也裨列切鯨牙低鏃心平望審鯨當作擎舉也舉弩牙低矢鏑以射之善曰禮記曰心平體王持弓矢審固也毛體摧落霍若碎錦雉當不止於飛中射之毛體披散如錦之分碎也逸羣之儁擅場挾兩

逸羣儁異之雉不但欲擅一場而已又挾兩雌也善曰西京賦曰秦政利觜長距終得擅場說文曰擅專也

櫟雌妬異倏來忽往櫟擊搏也聞他雄鳴擊搏其雌倏忽往來無時蹔止也善曰楚辭曰荷衣兮蕙帶倏而來兮忽而逝六韜曰倏然而往忽然而來

忌上風之餮切畏映日之儻朗餮切微動之聲儻朗不明之狀言其忌聲而畏光也餮音鐵

屏發布而累息徒心煩而技懩屏除其布不敢散氣意者恐微有所聞便驚而逝既無由使媒鳴欲射則紛紜不定空心煩而技懩有伎藝欲逞曰技懩也音養善曰難蜀父老曰心煩於慮應劭風俗通曰髙漸離變姓易名庸保於宋子之家久作苦聞其家堂客擊筑伎養不能毋出言也

伊義鳥之應敵啾擭地以厲響義鳥媒也爲人致敵故名曰義媒見野雉紛紜難中啾然擭地而鳴引令來鬬埤蒼曰擭地爪持也三蒼曰啾聲也

彼聆音而逕進忽交距以接壤彼野雉聞媒聲便逕來鬬交距蹶地土壤相接善曰廣雅曰壤塵也

彤盈窻以美發紛首頹而臆仰

形赤也盈蒲也言其光彩蒲當於窻美取其意而發矢又曰既與媒戰形當翳窻發弩極美正射其頸首頹向後臆仰却斃也

或乃崇墳夷靡農不易壠墳大防今呼爲塘也夷靡也頹弛也易脩也農不脩壠此言田塘荒廢也善曰毛詩曰禾易長畝

稊菽藂糅蘙薈菶茸稊稗類也菽豆也謂勞豆之屬野生也田既荒廢雜草繁茂蘙薈菶茸深穊貌菶蒲動切茸如隴切善曰孫子兵法曰林木翳薈西京賦曰萃蓴菶茸

鳴雄振羽依于其冢冢山巔也爾雅曰山頂曰冢言野之雄雉振其羽翼鳴鴝高墳之上善曰毛詩曰莎雞振羽

撊降丘以馳敵雖形隱而草動撊疾貌也言雉鴝於高丘之頂撊然降下向敵不見其形而見草動也撊一本或作撊撊撊尸豔切撊而專切善曰尚書是降丘宅土

瞻挺繸之傾掉意淰躍以振踊挺繸草莖也掉動也覩草莖傾動與雉將出意淰躍踊逸也善曰淰失冉切躍失藥切

瞰出苗以入場愈情駭而神悚瞰漸出貌也楚辭曰瞰將出兮東方向覩草動與雉當至瞰然而出果其所願

情神愈驚動望黶合而翳皛雉脥肩而旋踵言雉出苗望諸處黶然闇合唯翳皛然獨顯仍斂翼旋反也人斂身謂之脥肩黶烏簞切善曰說文曰皛顯也漢書公孫玃曰脅肩低首呂氏春秋管仲曰車不結軌士不旋踵皛胡了切脥許結切僛余志之精銳擬青顱而點項雉既反歸乃從後射正中項也顱頭也僛音欣亦有目不步體邪眺旁剔目不步體視與體違也邪眺旁剔視瞻不正常驚惕也善曰國語單襄公曰晉侯目不在體而足不步目說文曰惕驚也剔與惕古字通靡聞而驚無見自驚驚音脉字亦從脉方言云脉俗謂黜爲鬼脉言雉性驚鬼黜周環回復繚繞磐辟皆回從往復不正之貌也善曰漢書曰何武所舉者磐辟雅拜戾翳旋把縈隨所歷戾轉也把翳內所執處也言轉翳回旋隨雉所趣取其便也善曰戾力結切彳亍中輟馥焉中鏑彳亍止貌也輟止也鏑矢鏃也馥中鏃聲也彳丑亦切亍丑録切馥被逼切善曰今本並云彳亍中輟張衡舞賦曰蹇兮宕往彳兮中輙

以文勢言之徐氏誤也前剸重膺傍截疊翮正橫射也剸割也前割重膺傍斷兩翮也剸魯跌切若夫多疑少決膽劣心狷雉性怯而多疑膽劣而心戾者善曰說文曰狷急也古縣切内無固守出不交戰内心也固堅也心無堅守外無闘意也善曰管子曰民無恥外不可以應敵内不可以固守賈逵國語注曰交共也來若處子去如激電處子處女也莊周云藐姑射之山有神人居綽約若處子來若處女之畏人去若激電之迅疾也善曰司馬兵法曰始如處女苔賓戲曰風颮電激闚閭藹葉幎歷乍見藹麥稍也謂在麥田中藹葉間闚閭於外乍見乍隱不敢出場也閭丑占切善曰藹與稍並同古玄切幎音覓於是筭分銖商遠邇分銖弩牙後刻畫定矢所至遠近之處也雉既不出將就草射之故計其分銖商其遠近也揆懸刀騁絕技懸刀弩牙後刀也一名機揆度也籌量可發而發故言騁絕技也善曰釋名曰弩牙外曰郭下曰懸刀其形然也西京賦曰妙材騁伎薛君韓詩章句曰騁施也如輊如軒不

高不埤言至平也善曰毛詩曰如輊如軒輊與輖同鄭玄周禮注曰埤短也埤與庳古字通輖竹二切埤貧美切當咮值噣裂膝破觜射面也膝喉受食處也觜噣也裂喉破噣也字書曰咮鳥口也咮竹秀切膝音素夷險殊地馴麤異變地有平險之殊雉有馴麤之異隨變而應不可爲一准也昃不暇食夕不告勌言樂之者忘飢倦也昔賈氏之如皋始解顏於一箭善曰左氏傳曰昔賈大夫惡取妻三年不言不笑御以如皋射雉獲之其妻始笑始言列子曰列子師老商氏五年之後夫子始一解顏而笑也醜夫爲之改貌憾妻爲之釋怨妻所以愁恨者怨其夫之醜也今見獲雉而言笑則是斯藝能使醜夫變貌恨妻釋忿者也憾胡闇切彼遊田之致獲咸乘危以馳騖騖疾也田獵也言遊獵馳車騁馬飛鷹走犬陵山越澗常乘危險也何斯藝之安逸羌禽從其己豫善曰言斯藝極安從禽最逸豫言禽來就己故豫不勞清道而行擇地而住人多則雉驚故僻除

人從清道而行擇善地而住爲場也善曰司馬相如上疏曰清道而後行班固漢書贊曰馮參鞠射履復方擇地而行

尾飾鑣而在服肉登俎而永御豈唯皁隸此焉君舉

舉音據善曰說文曰鑣馬銜也董巴輿服志曰馬並以黄金爲叉髦插以翟尾先多用雉尾周禮王后六服有褕翟闕翟儀禮上大夫庶羞有雉兔鶉鷃左氏傳臧僖伯曰鳥獸之肉不登於俎則公不射若夫山林川澤之實皁隸之事非君所及又曹劌曰君舉必書

若乃耽槃流遁放心不移

槃樂也善曰東京賦曰若乃流遁忘返於心不覺也

忘其身恤司其雄雌

恤憂也司主也善曰左氏傳虞人箴曰忘其國恤思其麀牡

樂而無節端操或虧

善曰東京賦曰樂而無節楚辭曰內惟省以端操

此則老氏所誡君子不爲

老子曰馳騁畋獵令人心發狂善曰歸田賦曰感老氏之遺誡孫卿子曰此小人之所務而君子之所以不爲也

紀行

北征賦

流別論曰更始時班彪避難涼州發長安至安定作北征賦也

班叔皮

漢書曰班彪字叔皮扶風安陵人也性好莊老祖況成帝時爲越騎校尉父稚哀帝時爲廣平太守彪年二十遭王莽敗劉聖公立未定乃去京師往天水郡歸隗囂囂時據隴擁衆囂不禮彪彪後知囂必敗乃避地於河西就大將軍竇融勸融歸光武光武問融曰比來文章所奏誰作荅云班彪也融知彪有才舉茂才爲徐令卒亦爲望都長

余遭世之顛覆兮罹填塞之阨災毛詩序曰閔周室之顛覆孔安國尚書傳曰罹被也王道不通故曰填塞廣雅曰填塞也王逸楚辭注曰險阨傾危也舊室滅以丘墟兮曾不得乎少留呂氏春秋燭過曰子胥諫而不聽故吳爲丘墟楚辭曰欲少留此靈瑣遂奮袂以北征兮超絕迹而遠遊淮南子曰奮袂執銳莊子曰絕迹易廣雅

曰絶滅也楚辭曰願輕舉而遠遊朝發軔於長都兮夕宿瓠谷之玄宮楚辭曰朝發軔於天津兮夕余至乎西極長都長安也晉灼漢書注曰有宮觀故稱都楚辭曰夕宿兮帝郊爾雅曰周有焦穫郭璞曰音護今扶風池陽縣瓠中是也按瓠谷玄宮皆地名在長安西羽獵賦曰處於玄宮歷雲門而反顧望通天之崇崇雲陽古縣在池陽西北屬右扶風雲門即雲陽縣門也漢書左馮翊有雲陽縣楚辭曰乘陵崗以登降忽反顧而遊目通天臺名已見上文息郇邠之邑鄉漢書右扶風栒縣有豳鄉詩豳國公劉所治邑也栒與郇同豳與邠同應劭曰左傳云畢原豐郇文之昭也郇侯賈伯伐晉是也臣瓚曰按汲郡古文晉武公滅郇以賜大夫原黚是爲郇叔又云文公城郇然則當在晉之境内不得在右扶風之界也今河東有郇城即古郇國也廣雅曰乘陵也爾雅曰大阜曰陵郇音荀邠與豳同方旻切慕公劉之遺德及行葦之不傷尚書曰公劉克篤前烈孔安國曰公爵劉名也莊子盜跖曰此父母之遺德也毛詩序曰行葦忠厚也詩曰敦彼行葦牛羊勿

踐復彼何生之優渥我獨罹此百殃毛詩曰既優既渥鄭玄禮記注曰殃禍惡也毛詩曰我生之後逢此百殃故時會之變化兮非天命之靡常故時會者言此乃時君不能修德致之故使傾覆非天命無常也時亦世也言人吉凶乃時會之變化豈天之命無常乎爾雅曰時會也毛詩曰侯服于周天命靡常天命上天之命也登赤須之長坂入義渠之舊城赤須坂在北地郡義渠城名在北地王莽改爲義溝鄽善長水經注曰赤須水出赤須谷西南流注羅水然坂因水以得名也漢書北地郡有義渠道忿戎王之淫狡穢宣后之失貞嘉秦昭之討賊赫斯怒以北征史記秦本紀曰昭襄王母楚人姓芊氏號宣太后秦昭王時義渠戎王與宣太后亂有二子宣太后詐而殺義渠戎王於甘泉遂起兵伐滅義渠而得其地杜預左氏傳注曰狡猾也赫怒已見上注紛吾去此舊都兮騑遲遲以歷兹杜預左氏傳注曰紛亂也謂心緒亂也楚辭曰紛吾乘兮玄雲舊都北地郡也說文曰驂傍馬也毛

（詩曰行道遲遲楚辭曰喟憑心而歷茲）遂舒節以遠逝兮指安定以爲期（舒節
將行舒其志節也淮南子曰縱志舒節以馳大區漢書安定郡武帝元鼎三年置在涇渭之間去長安三百五
十里）涉長路之緜緜兮遠紆回以樛流（毛萇詩傳曰緜緜長不絕貌也劉歆
遂初賦曰路脩遠而緜緜說文曰紆詘也樛流曲折貌也樛音蚪）過泥陽而太息兮悲
祖廟之不脩（漢書北地郡有泥陽縣漢書曰班壹始皇之末避地於樓煩故泥陽有班氏之廟也
泥奴雞切）釋余馬於彭陽兮且弭節而自思（孝武帝傷李夫賦曰釋余馬於
椒丘楚辭曰步余馬於蘭皐漢書安定郡有彭陽即今彭原是也楚辭曰吾令羲和弭節兮司馬彪上林賦注
曰弭節安志也）日晻晻其將暮兮覩牛羊之下來（楚辭曰日晻晻
下而頹說文曰晻不明也於感切毛詩云日之夕矣牛羊下來君子行役如之何勿思）寤曠怨之
傷情兮哀詩人之歎時（思君子爲怨曠嗟行役爲歎時毛詩序曰大夫久役男女怨曠

廣雅曰歎傷也越安定以容與兮遵長城之漫漫楚辭曰遵赤水而容與又曰路曼曼其脩遠漫與曼古字通劇蒙公之疲民兮爲彊秦乎築怨說文曰劇甚也史記曰蒙恬齊人也爲秦將拜爲內史秦使蒙恬築長城劉歆遂初賦曰劇彊秦之暴虐兮舍高亥之切憂兮事蠻狄之遼患不耀德以綏遠顧厚固而繕藩言不光耀道德以綏遠方反爲厚固繕藩而巳廣雅曰切近也史記曰周穆王將征犬戎祭公謀父諫曰不可昔我先王耀德不觀兵杜預左氏傳注曰繕脩也首身分而不寤兮猶數功而辭僣何夫子之妄說兮孰云地脉而生殘史記曰趙高者諸疏遠屬也爲中車府令事公子胡亥始皇崩高得幸胡亥欲立爲太子太子巳立遣使以罪賜蒙恬死蒙恬喟然太息我何罪於天無過而死良久徐曰恬罪固當死矣起臨洮屬之遼東城壍萬餘里此其中不能毋絕地脉哉乃恬之罪也吞藥自殺登鄣隧而遙望兮聊須臾以婆娑

蒼頡篇曰障小城也漢書武帝謂狄山曰使居一障閒說文曰隧塞上亭守烽火者也篆文從火古字通詞醉
切班固漢書贊曰不脩障隧其義並同隧或爲墜說文曰墜古文地字也須臾少時也楚辭曰何須臾而忘反
婆娑容與之貌也毛詩曰市也婆娑閔獯鬻之猾夏兮弔尉卭於朝那
史記文紀曰匈奴謀入邊爲寇攻朝那塞殺北地都尉卭徐廣曰姓孫尚書曰蠻夷猾夏漢書曰安定郡有朝
那縣姚察曰卭姓段從聖文之克讓兮不勞師而幣加惠父兄於
南越兮黜帝號於尉他聖文文帝也尚書曰允恭克讓幣加加之幣帛也史記文紀曰
南越王尉他自立爲武帝上召他兄弟以德報之他遂去帝稱臣又曰南越王尉他者真定人姓趙氏爲南海
尉然爲尉故曰尉他又云他秦時爲龍川令使南越王值秦亂遂不歸自立爲越王降几杖於藩
國兮折吴濞之逆邪史記曰吴王濞高帝兄劉仲之子也高祖立爲吴王孝文時稍失藩
臣之禮稱病不朝天子賜吴王几杖老不朝其謀亦益不解也惟太宗之蕩蕩兮豈曩

秦之所圖言文帝知加幣以懷邊豈如彊秦繕藩而禦遠也史記丞相申屠嘉議曰孝文皇帝廟宜爲帝者太宗之廟尚書曰王道蕩蕩曩猶向時也隮高平而周覽望山谷之嵯峨漢書安定有高平縣高唐賦曰周覽九土野蕭條以莽蕩迥千里而無家楚辭曰山蕭條而無獸爾雅曰迥遠也劉歆遂初賦曰迥百里而無家風猋發以漂遙兮谷水灌以揚波言水灌注且以揚波也管子曰山水之溝命曰谷水列女傳津吏女歌曰水揚波兮杳冥冥飛雲霧之杳杳涉積雪之皚皚楚辭曰眴兮杳杳王逸曰杳杳深冥貌也說文曰皚皚霜雪白之貌也牛哀切劉歆遂初賦曰漂積雪之皚皚涉凝露之隆霜鴈邕邕以羣翔兮鵾雞鳴以嚌嚌毛詩曰廱廱鳴鴈楚辭曰鵾雞嘲哳而悲鳴嚌嚌衆聲也音啗遊子悲其故鄉心愴悢以傷懷漢書高祖曰遊子悲故鄉廣雅曰愴悢悢悢悲也悢力上切毛詩曰嘯歌傷懷蒼頡篇曰懷抱也撫長劒而慨息泣漣落

而霑衣左氏傳曰晉子朱怒撫劍從之說文曰慨太息也周易曰泣血漣如古詩曰淚下霑衣裳攬
余涕以於邑兮哀生民之多故楚辭曰思美人兮攬涕而竚眙又曰氣於邑而
不可止又曰哀生人之長勤國語桓公問於史伯曰王室多故夫何陰曀之不陽兮嗟
久失其平度陰曀喻昏亂也楚辭曰欲俟時而須臾日陰曀其將暮毛萇詩傳曰陰而風曰曀於
計切諒時運之所爲兮永伊鬱其誰愬爾雅曰諒信也宋衷春秋緯注
曰五運五行用事之運也楚辭曰獨鬱結其誰語說文曰愬亦訴字亂曰夫子固窮遊藝
文兮樂以忘憂惟聖賢兮論語子曰君子固窮又曰遊於藝又曰樂以忘憂
達人從事有儀則兮行止屈申與時息兮毛詩曰我從事獨賢莊子
曰形體保神各有儀則周易曰時止則止時行則行動靜不失其道光明家語孔子曰君子之行己也可以屈
則屈可以伸則伸周易曰天地盈虛與時消息是也君子履信無不居兮雖之蠻

貊何憂懼兮周易曰履信思乎順論語曰子張問行子曰言忠信行篤敬雖蠻貊之邦行矣

東征賦大家集曰子穀爲陳留長大家隨至官作東征賦流別論曰發洛至陳留述所經歷也

曹大家范曄後漢書曰扶風曹世叔妻者同郡班彪之女也名昭字惠姬年十四嫁世叔和帝數召入宮令皇后貴人師事焉號曰大家兄固修漢書不終而死大家續之時馬融受業於大家

惟永初之有七兮余隨子乎東征惟是也東觀漢記曰和帝年號永初時孟春之吉日兮撰良辰而將行禮記曰孟春之月日在營室鄭玄禮記注曰撰猶擇也楚辭曰吉日兮良辰毛萇詩傳曰辰時也乃舉趾而升輿兮夕予宿乎偃師左氏傳曰闟伯比曰莫敖舉趾高杜預注曰趾足也漢書河南郡有偃師縣在洛陽東三十里洛陽

故事云帝嚳所都後爲西亳即古之易亳周秦之世爲偃師盤庚所遷處也遂去故而就新
兮志愴悢而懷悲楚辭曰愴怳懭悢兮去故而就新明發曙而不寐兮
心遲遲而有違毛詩曰明發不寐又曰行道遲遲中心有違酌罇酒以弛念
兮喟抑情而自非漢書東方朔曰銷憂者莫若酒廣雅曰弛絶也爾雅曰念思也諒不
登櫟而椓蠡兮得不陳力而相追登櫟椓蠡謂上古未有君臣又無宮室不
知火化之時也言信不能同於上古登櫟而椓蠡得不陳力就列而相追乎禮記曰昔者未有宮室夏則居橧巢韓子曰上古之世人民少而禽獸
衆人不勝禽獸蟲蛇聖人作構木爲巢以羣居天下號曰有巢氏民食果蓏蚌蛤腥臊惡臭聖人作鑽燧取火
以化腥臊天下號曰燧人氏鄭玄周禮注曰椓擊也淮南子曰古者人茹草飲水食蠃蚌之肉陳思王遷都賦
曰覽乾元之兆域兮本人物乎上世紛混沌而未分與禽獸乎無别椓蠡蟄而食蹠摭皮毛以自蔽然陳思之
言蓋出於此也尸子曰卵生曰琢胎生曰乳琢與椓蠡與蠃古字通蠡力戈切蟄力兮切蚌蒲講切論語子謂

冉有曰周任有言陳力就列不能者止且從衆而就列兮聽天命之所歸論語曰吾從衆就列已見上注墨子曰貧富治亂固有天命不可損益也遵通衢之大道兮求捷徑欲從誰楚辭曰夫唯捷徑以窘步王逸曰徑邪道也乃遂往而徂逝兮聊游目而遨魂楚辭曰忽反顧而游目韓詩曰聊樂我魂薛君曰魂神也歷七邑而觀覽兮遭鞏縣之多艱史記曰秦莊襄王滅東西周徐廣曰周比亡之時凡七縣河南洛陽穀城平陸偃師鞏緱氏漢書河南郡有鞏縣楚辭曰路脩遠以多艱鞏居勇切望河洛之交流兮看成皋之旋門郭璞曰山海經注曰洛水東至河南鞏縣入河廣雅曰交合也漢書河南郡有成皋縣旋門已見東京賦成皋縣今虎牢是也既免脫於峻嶮兮歷滎陽而過卷漢書河南郡有滎陽縣應劭曰卷故虢國今虢亭是也卷丘圓切食原武之息足宿陽武之桑間漢書河南郡有原武縣陽武縣涉封丘而踐

路兮慕京師而竊歎漢書陳留郡有封丘縣應劭曰即春秋所謂敗狄於長丘史記曰紂
臨九侯西伯聞之竊歎也小人性之懷土兮自書傳而有焉論語子曰君子
懷德小人懷土孔安國曰懷懷安也遂進道而少前兮得平丘之北邊家語
曰孔子適齊驅而少前漢書陳留郡有平丘縣入匡郭而追遠兮念夫子之厄
勤彼衰亂之無道兮乃困畏乎聖人論語子畏於匡又曰慎終追遠史記
曰孔子將適陳過匡匡人聞之以爲魯之陽虎虎嘗暴於匡人匡人遂止孔子悵容與而久駐兮
忘日夕而將昏神女賦曰時容與以微動漢書門卒謂韓延壽曰明府久駐未出蒼頡篇曰駐
主也到長垣之境界兮察農野之居民漢書陳留郡有長垣縣也睹蒲城
之丘墟兮生荆棘之榛榛丘墟已見上文漢書伍被曰臣見宮中生荆棘惕覺寤而顧問兮想
子路之威神衛人嘉其勇義兮訖于今而稱云長門賦曰惕寤覺而無見

韓詩外傳曰周公無所顧問史記徐廣注曰長垣縣有
匡城蒲鄉史記曰子路爲蒲邑大夫論語子曰君子有
勇而無義爲亂又曰民到于今稱之稱或爲祠**蘧氏在城之東南兮民亦尚其**
丘墳蘧氏蘧瑗也陳留風俗傳曰長垣縣有蘧鄉有蘧伯玉冢廣雅曰墳高也春秋說題辭曰丘者墓也
唯令德爲不朽兮身旣沒而名存毛詩曰顯顯令德左氏傳穆叔曰太
上有立德此之謂不朽論語曰文王旣沒**惟經典之所美兮貴道德與仁賢**
老子曰莫不尊道而貴德尹文子曰親疏係乎勢利不係乎不肖與仁賢也**吳札稱多君子兮**
其言信而有徵左氏傳曰吳季札適衛說蘧瑗史狗史鰌公子荆公叔發謂公子朝曰衛多君
子未有患也又叔向曰君子之言信而有徵**後衰微而遭患兮遂陵遲而**
不興史記衛世家曰成侯貶號曰侯平侯子嗣君更貶號曰君朝魏魏殺懷君至君角秦二世廢爲庶人衛絕祀孫
卿子曰百仞之山而豎子憑而游焉陵遲故也今夫世之陵遲亦久矣而能使勿踰乎漢書劉向上書曰周室

多禍遂陵夷不能復興王肅家語注曰陵遲猶陂陀也知性命之在天由力行而近仁論語子夏曰死生有命富貴在天家語孔子曰形於一謂之性王肅曰人各受陰陽剛柔之性故曰形於一也命已見上文禮記子曰好學近乎知力行近乎仁勉仰高而蹈景兮盡忠恕而與人毛詩曰高山仰止景行行止論語子貢問曰有一言而終身行之者乎子曰其恕乎己所不欲勿施於人老子曰天道無親常與善人好正直而不回兮精誠通於明神毛詩曰靖恭爾位好是正直神之聽之介爾景福又曰求福不回鄭玄曰不違先祖之道也文子曰精誠通於形動氣於天庶靈祇之鑒照兮祐貞良而輔信楚辭曰招貞良與明智亂曰君子之思必成文兮盡各言志慕古人兮揚子法言曰君子言則成文動則成德論語曰顏淵季路侍子曰盍各言爾志先君行止則有作兮雖其不敏敢不法兮先君謂彪也有作謂北征賦也論語顏淵曰回雖不敏請事斯

語矣貴賤貧富不可求兮正身履道以俟時兮論語子曰富而可求雖執鞭之士吾亦爲之如不可求從吾所好周易曰履道坦坦孫卿子曰君子博學深謀脩身端行以俟其時脩短之運愚智同兮靖恭委命唯吉凶兮靖恭已見上注

鶡冠子曰縱軀委命敬慎無怠思嗛約兮清靜少欲師公綽兮毛詩曰敬慎威儀尚書曰無怠無荒周易曰人道惡盈而好謙嗛與謙音義同苦兼切封禪書曰上猶嗛讓而未俞也老子曰清淨爲天下正論語曰子路問成人子曰若公綽之不欲馬融曰孟公綽也

文選卷第九

賜進士出身通奉大夫江南蘇松常鎮太等處承宣布政使司布政使胡克家重校刊

文選卷第十

梁昭明太子撰

文林郎守太子右內率府錄事參軍事崇賢館直學士臣李善注上

紀行下

潘安仁西征賦一首

西征賦

臧榮緒晉書曰岳爲長安令作西征賦述行歷論所經人物山水也

潘安仁　岳滎陽中牟人晉惠元康二年岳為長安令因行役之感而作此賦岳家在鞏縣東故言西征

歲次玄枵許喬月旅蕤賓丙丁統日乙未御辰岳傷弱子序曰元康二年五月余之長安以歷推之元康二年歲在壬子乙未五月十八日也爾雅曰太歲在子曰困敦左氏傳梓

慎曰歲在星紀而淫於玄枵杜預曰歲歲星也玄枵在子虛危之次也然玄枵歲星所歷困敦太歲所次今論太歲而曰玄枵疑誤也鄭玄周禮注曰旅猶處也禮記曰仲夏之月律中蕤賓鄭玄曰中猶應也仲夏氣至則蕤賓律應也呂氏春秋曰仲夏其日丙丁高誘曰丙丁火日也然夏爲火德故以丙丁統夏也左氏傳云日月之會是謂辰故以配日杜預曰一歲日月十二會所會謂之辰配日謂子丑配甲乙也然其日值乙未也鄭玄禮記注曰御猶主也

潘子憑軾西征自京徂秦

潘子岳自謂也馮衍揚節賦曰馮子耕於酈山之阿憑軾巳見魏都賦爾雅曰徂往也

迺喟然歎曰古往今來邈矣

悠哉寥廓惚恍化一氣而甄三才

論語夫子喟然歎曰吾與點也寥廓惚恍未分之貌也鵩鳥賦曰寥廓忽荒列子曰太易者未見氣也易變而爲一又曰一者形變之始也輕清者上爲天重濁者下爲地中和之氣者爲人張湛曰所謂易者窈冥惚恍不可變也一氣恃之而作化故寄名變耳甄巳見魏都賦易曰兼三才而兩之漢書音義曰陶人作瓦器謂之甄

此三才者天地人道

唯生與位謂之大寶周易曰天地之大德曰生聖人之大寶曰位生有脩短之命位有通塞之遇鬼神莫能要聖智弗能豫東征賦曰脩短之運愚智同通塞猶窮達也班固覽海賦曰運之脩短不豫期也當休明之盛世託菲薄之陋質左氏傳王孫滿曰德之休明楚辭曰質菲薄而無由馬融論語注曰菲薄也納旌弓於鈖台讚庶績於帝室臧榮緒晉書曰岳弱冠辟太尉府掾孟子曰夫招士以旂大夫以旌左氏傳陳敬仲曰詩云翹翹車乘招我以弓周易曰鼎金鈖鄭玄曰金鈖喻明道能舉君之官職也鄭玄尚書注曰鼎三公象也春秋漢含孳曰三公在天法三台也尚書曰庶績其凝應劭漢官儀曰帝室猶言王室者也嗟鄙夫之常累固既得而患失無柳季之直道佐士師而一黜臧榮緒晉書曰岳遷廷尉平爲公事免官論語子曰鄙夫不可與事君其未得之患得之既得之患失之又曰柳下惠爲士師三黜人曰子未可以去乎曰直道而事人焉往而不三黜武

皇忽其升遐，八音遏於四海。臧榮緒晉書武紀曰：帝諱炎，字世安，崩，謚曰武。禮記曰：天王崩，告喪曰天王登遐。尚書曰：帝乃徂落，三載，四海遏密八音。孔安國尚書傳曰：遏，絕；密，靜也。天子寢於諒闇，百官聽於冢宰。臧榮緒晉書惠紀曰：帝諱衷，字正度，武帝崩，太子即皇帝位。禮記曰：高宗諒闇，三年不言。干寶晉紀曰：楊駿爲太傅，百官摠己以聽於駿。尚書曰：百官摠己以聽於冢宰。彼負荷之殊重，雖伊周其猶殆。伊尹之相太甲，致桐宮之師；周旦之輔成王，有流言之謗。左氏傳曰：子產曰：其父析薪，其子弗克負荷。爾雅曰：殆，危也。窺七貴於漢庭，譸一姓之或在。七姓，謂呂、霍、上官、趙、丁、傅、王也。庚亮表曰：向使西京七族皆非姻黨，從而悉全，決不盡敗。聲類曰：譸，亦疇字也。爾雅曰：疇，誰也。無危明以安位，祇居逼以示專。陷亂逆以受戮，匪禍降之自天。言無見危之明以安其位，祇爲逼主以示已專也。干寶晉紀曰：駿被誅。禮記曰：明於順，然後能守危。鄭玄曰：能守自危之道。周易曰：危者，安其位者也。毛詩曰：亂匪

降自天生
自婦人

孔隨時以行藏蘧與國而舒卷苟蔽微以繆章患過辟之未遠言孔蘧有知微知章之鑒故隨否泰而行藏與治亂而舒卷中庸之流苟蔽繆於斯術故患此過常之辟未遠其身也周易曰隨時之義大矣哉論語子謂顏淵曰用之則行舍之則藏唯我與爾有是夫又曰君子哉蘧伯玉邦有道則仕邦無道可卷而懷之周易注曰君子知微謂幽昧知章謂明顯也爾雅曰辟罪未遠不離其身也辟匹亦切悟山潛之逸士卓長往而不反班固漢書賛曰山林之士往而不能反陋吾人之拘攣飄萍浮而蓬轉言已闕行藏之明而有蔽繆之累故悟山潛之爲是陋拘攣之寔非謝承後漢書鄭玄戒子書曰黃巾爲害萍浮南北東觀漢記太史官曰票駭蓬轉因遇際會寮位儡其隆替名節漼以隤落危素卵之累殼甚玄鷰之巢幕心戰懼以兢悚如臨深而履薄說文曰儡壞敗之貌洛罪切漼亦壞貌七罪切累卵已見魏都賦左氏傳吳公子札曰夫

子在此猶鷰巢幕上也杜預曰夫子孫文子也毛詩曰戰戰兢兢如臨深淵如履薄冰殼苦角切夕獲
歸於都外宵未中而難作王隱晉書曰潘岳爲楊駿府主簿駿被誅日岳取急對人
朱振代夷三族匪擇木以棲集尠林焚而鳥存擇木已見魏都賦爾雅曰尠寡
也遭千載之嘉會皇合德於乾坤聖主得賢臣頌曰上下懽然交欣千載一
會周易曰亨者嘉之會也乾坤天地也張超宣尼頌曰合量乾坤周易曰大人者與天地合其德弛秋霜
之嚴威流春澤之渥恩韋昭漢書注曰弛廢也荀悅申鑒曰人主怒如秋霜漢書孫寶
勑侯文曰令鷹隼始擊當從天氣取姦惡以成嚴霜之威古長歌行曰陽春布德澤萬物生光輝洞簫賦曰
掌聖主之渥恩甄大義以明責反初服於私門宋均尚書緯注曰甄表也楚辭
曰進不入以離尤兮退將復脩吾初服戰國策蘇子說魏王曰破公家而成私門皇鑒揆余之
忠誠俄命余以末班王末班謂長安令也楚辭曰皇鑒揆余於初度何休公羊傳注曰俄者

須臾之間牧疲人於西夏攜老幼而入關周禮曰以嘉石平疲民陳思王述征賦曰恨西夏之不綱戰國策曰薛人攜老幼迎孟嘗君道中丘去魯而顧歎季過沛而涕零伊故鄉之可懷疚聖達之幽情韓詩外傳曰孔子去魯遲遲乎其行也漢書曰上過沛留置酒沛宮乃起舞忼慷傷懷泣下數行謂沛父老曰遊子悲故鄉爾雅曰疚病也舞賦曰幽情形而外揚矧匹夫之安土邈投身於鎬京爾雅曰矧況也漢書元帝詔曰安土重遷黎人之性毛詩序曰王居鎬京猶犬馬之戀主竊託慕於闕庭曹植責躬表曰不勝犬馬戀主之情東都賦曰闕庭神麗眷鞏洛而掩涕思纏緜於墳塋鞏洛二縣名也河南郡圖經曰潘岳父冢鞏縣西南三十五里楚辭曰長太息以掩涕張升與任彥堅書曰纏緜恩好庶蹈高蹤漢書音義如淳曰塋冢田也音營爾乃越平樂過街郵秣馬皐門稅駕西周平樂館名也酈善長水經注曰梓澤西有一原古舊亭處即街郵也

石卷瀆口高三丈謂之皐門橋左氏傳曰秣馬利兵毛萇詩曰秣粟也韓子曰衛靈公至濮水之上稅馬而牧法言曰仲尼之駕稅矣李軌曰稅舍也失銳切西周見下注解遠矣姬德興自高辛思文后稷厥初生民率西水滸化流岐豳祚隆昌發舊邦惟新左氏傳劉子曰美哉禹功明德遠矣史記曰帝嚳高辛者黃帝曾孫也姜嫄爲帝嚳元妃生弃號曰后稷別姓姬氏毛詩曰思文后稷克配彼天又曰厥初生人時維姜嫄又曰古公亶父來朝走馬率西水滸至於岐下史記曰后稷之孫慶節立國於邠後古公爲戎狄攻之遂去邠止於岐下公季卒子昌立曰文王文王崩太子發立是爲武王毛詩曰周雖舊邦其命惟新俈與嚳同邠與豳同旋牧野而歷兹愈守柔以執競尚書曰武王與受戰于牧野兹此也謂此周也北征賦曰駢遲遲兮歷兹老子曰守柔曰強毛詩曰執競武王無競維烈鄭玄曰競強也能持強道者惟有武王爾夜申旦而不寐憂天保之未定楚辭曰獨申旦而不寐史記曰武王望商邑至于周自夜不寐

周公旦曰曷爲不寐王曰我未定天保何暇寐也惟泰山其猶危祀八百而餘慶言武王滅商雖有泰山之固尚以爲危故能載祀八百猶有餘慶也郭璞爾雅注曰惟發語辭也戰國策呂不韋曰周凡三十七王八百六十七年然今言八百舉全數也周易曰積善之家必有餘慶鑒亡王之驕淫竄南巢以投命坐積薪以待然方指日而比盛亡王謂桀也言武王居安而慮危而桀處險而逾泰也尚書曰成湯放桀於南巢范曄後漢書趙壹曰奚異涉海之失柂坐積薪而待然尚書大傳曰伊尹入告於王曰大命之去有日矣王曰天之有日猶吾之有人日有亡哉日亡吾亦亡鄭玄曰自比於天言常在也比於日言去復來也人度量之乖舛何相越之遼迥人謂武王與桀也安危異情故曰乖舛也喻巴蜀檄曰人之度量相越豈不遠哉乖舛不齊也爾雅曰迥遠也今協韻爲呼瞑切考土中于斯邑成建都而營築既定鼎于郟鄏遂鑽龜而啓繇尚書曰成王欲宅洛邑周公曰王來紹上帝自復于

土中毛詩曰考卜惟王鄭玄曰考稽也東都賦曰建都河洛左氏傳曰王孫滿曰成王定鼎於郟鄏卜世三十卜年七百杜預左氏傳注曰繇卜兆辭也**平失道而來遷繄二國而是祐**史記曰平王東遷于雒邑二國晉鄭也左氏傳桓公曰我周之東遷晉鄭焉依杜預左氏傳注曰繄語助也**豈時王之無僻賴先哲以長懋**言周末之王豈無邪僻之行但賴前聖之德所以長茂也左傳韓厥曰三代之令王皆數百年保天之禄夫豈無僻王賴前喆以免也漢書策詔曰大禹能士失德夏以長懋說文曰懋盛也**望圉北之兩門感虢鄭之納惠討子頽之樂禍尤闕西之効戾**言鄭伯以子頽樂及徧舞爲樂禍而討之旣尤之矣及乎享王闕西備樂是乃効其爲戾也左氏傳曰初王姚嬖于莊王生子頽子頽有寵及惠王即位衛師燕師伐周立子頽享五大夫樂及徧舞鄭伯聞之見虢叔曰寡人聞之哀樂失時殃咎必至今王子頽歌舞不倦樂禍也盍納王乎虢公曰寡人之願也同伐王城鄭伯將王自圉門入虢叔自北門入殺子頽鄭伯享王于闕西辟樂備原

伯曰鄭伯効尤其亦將有咎包咸論語注曰尤過也爾雅曰戾罪也重戮帶以定襄引大

順以霸世左氏傳曰太叔帶以狄師伐周襄王出適鄭晉侯迎王王入于城取太叔於溫殺之鄭玄

毛詩箋曰引廣也重晉文侯重耳靈壅川以止鬬晉演義以獻說國語曰靈

王二十二年穀洛二水鬬欲毀王宮王欲壅之太子晉諫曰不可晉聞古之長人不墮山不防川今吾執政實

有所辟而禍夫二川之神賈逵曰鬬者兩會似於鬬小雅曰演廣遠也咨景悼以迄丐政

凌遲而彌季俾庶朝之構逆歷兩王而干位孔安國尚書傳曰咨

嗟也左氏傳曰王子朝有寵於景王王崩子朝因舊官之喪職秩者以作亂單子逆悼王於莊宮以歸子朝奔

京王王子猛卒敬王即位王子朝入于尹劉子以王如劉王子朝入於王城單子如晉告急晉智躒帥師納王子

朝奔楚王人殺子朝于楚杜預曰悼王王子猛也敬王子猛母弟子丐也賈逵國語注曰子朝景王之長庶子也爾

雅曰迄至也呼乞切丐音蓋毛詩序曰禮義凌遲左氏傳晏子曰此季世也毛詩曰我日構禍毛萇曰構成也

左氏傳衛彪傒曰魏子干位以令大事踰十葉以逮赧邦分崩而爲二竟橫噬於虎口輸文武之神器史記曰景王崩子悼王立崩弟敬王立崩子元王立崩子定王立崩子哀王立弟殺哀王自立爲思王弟殺思王自立爲考王崩子威烈王立崩子安王立崩子烈王立崩弟立爲顯王崩子愼靚王立崩子赧王立東西周分治王赧徙都西周初考王封其弟于河南桓公卒威公立卒子惠公立乃封其少子于鞏以奉王號東周惠公秦莊襄王滅東西周爾雅曰逮及也論語子曰邦分崩離析虎口喻秦也漢書曰秦二世拜叔孫通爲博士通出曰我幾不免虎口老子曰天下神器不可爲也爲者敗之

澡孝水而濯纓嘉美名之在茲澡水經注作濟字林曰孝水在河南郡酈元曰在河南城西十餘里楚辭曰滄浪之水清可以濯吾纓毛萇詩傳曰濯滌也夭赤子於新安坎路側而瘞之亭有千秋之號子無七旬之期雖勉勵於延吳實潛慟乎余慈傷弱子序曰三月壬寅弱子生五月之長安壬寅次于新安之千秋亭甲辰而

弱子夭乙巳瘞于亭東廣雅曰夭折也書曰若保赤子字書曰瘞埋也猗例切禮記曰延陵季子適齊於其反也其長子死葬於嬴博之間其坎深不至於泉列子曰魏有東門吴者子死而不憂其相室曰公之愛子也天下無有子死而不憂者何也東門吴曰吾嘗無子之時不憂今子死乃與向無子時同吾奚憂也戰國策以吴爲吾

眄山川以懷古悵攬轡於中塗虐項氏之肆暴坑降卒之無辜激秦人以歸德成劉后之來蘇事回泬而好還卒宗滅而身屠東都賦曰慨長思而懷古楚辭曰攬騑轡而下節杜預左氏傳注曰肆極也史記曰章邯降項王秦吏卒多竊言曰今能入關破秦大善即不能秦必盡誅吾父母妻子諸將聞其計以告項羽羽於是楚軍夜擊坑秦卒二十餘萬新安城南後羽敗垓下至烏江自剄尚書曰后來其蘇韓詩曰謀猷回泬薛君曰回邪僻也老子曰其事好還

經澠池而長想停余車而不進漢書弘農郡有澠池縣舞賦曰遠思長想

秦虎狼之彊國趙侵弱之餘燼超入

險而高會杖命世之英藺戰國策楚王曰秦虎狼之國也左氏傳齊賓媚人曰請收合餘燼背城借一杜預曰燼火餘之木也高會巳見吳都賦孟子曰五百年必有王者興其間必有命世者廣雅曰命名也李陵書曰命世之才恥東瑟之偏鼓提西缶而接刃辱十城之虛壽奄咸陽以取雋史記曰趙王與秦王會於澠池秦王曰寡人聞趙王好音請奏瑟趙王鼓瑟相如前曰趙王竊聞秦王善爲秦聲請奏缶秦王怒不許相如曰請得以頸血濺大王矣左右欲刃相如相如叱之皆靡秦王不懌爲一擊缶秦之羣臣請以趙十五城爲秦王壽藺相如亦曰請以秦咸陽爲趙王壽秦王終不能加勝於趙爾雅曰盎謂之缶呂氏春秋曰兵不接刃而人服化說文曰奄覆也取雋自取雄雋也出申威於河外何猛氣之咆勃入屈節於廉公若四體之無骨河外謂之澠池史記曰秦王使使告趙王爲好會於西河外澠池咆勃怒貌也史記曰廉頗曰我爲趙將有攻城野戰之功而藺相如徒以口舌爲勞而位居我上我見相如必辱之相如出

見廉頗引車避匿荀悅申鑒曰高祖申威於秦項宋玉笛賦曰悲猛氣兮飄疾家語子夏曰今夫子欲屈節以救父母之國論語丈人曰四體不勤尸子曰徐偃王有筋而無骨也處智勇之淵偉方鄙吝之忿悁雖改日而易歲無等級以寄言智勇相如也忿悁廉頗也言以相如之比廉頗雖以一日之促方一歲之永猶未足以寄言言相去遠也史記繆賢曰臣舍人藺相如勇士有智謀太史公曰其處智勇可謂兼之矣范曄後漢書陳蕃曰鄙吝之萌復存乎心戰國策張儀曰秦忿悁含怒之日久也當光武之蒙塵致王誅于赤眉異奉辭以伐罪初垂翅於回谿不尤眚以掩德終奮翼而高揮東觀漢記曰馮異字公孫拜爲征西將軍與赤眉相距上命諸將士屯澠池爲赤眉所乘反走上回谿阪異復合兵追擊大破之殽底璽書勞異曰垂翅回谿奮翼澠池左氏傳臧文仲曰天子蒙塵于外東都賦曰天人致誅東觀漢記曰樊崇欲與王莽戰恐其衆與莽兵亂乃皆朱其眉以相別識由是號曰赤眉尚書曰奉辭伐罪左傳秦穆公曰吾不以一眚掩

大德西京賦曰遊鷸高翬薛綜曰翬飛也揮與翬古字通建佐命之元勳振皇綱而更維佐命已見西都賦苔賔戲曰廓帝紘恢皇綱鄭玄周禮注曰維猶連結也登崤坂之威夷仰崇嶺之嵯峨韓詩曰周道威夷薛君曰威夷險也嵯峨已見上文皐記墳於南陵文違風於北阿蹇哭孟以審敗襄墨縗以授戈曾隻輪之不反縶三帥以濟河左氏傳曰秦穆公召孟明西乞白乙使出師襲鄭蹇叔之子與師哭而送之曰晉人禦師必於殽殽有二陵焉其南陵夏后皋之墓也其北陵文王之所避風雨也必死是間余收爾骨焉秦師還晉文公子墨縗經敗秦師于殽獲百里孟明視西乞術白乙丙以歸文嬴請三帥公許之杜預曰公未葬故襄公稱子公羊傳曰晉人敗秦師于殽匹馬隻輪而無反者值庸主之矜愎殆肆叔於朝市任好綽其餘裕獨引過以歸己明三敗而不黜卒陵晉以雪恥豈虚名之可立良致

霸其有以言若值庸主矜而愎諫殆戮三帥陳之市朝而賴任好綽然寬裕故直引過而歸諸己爾雅曰
庸常也鄭玄禮記注曰矜自尊大也左氏傳曰慶鄭曰愎諫違卜杜預曰愎戾也論語子服景伯曰吾力猶能肆諸市朝鄭玄
曰陳其尸曰肆史記秦繆公曰任好孟子曰吾進退豈不綽然有餘裕哉左氏傳曰秦伯不發孟明曰孤之罪也又曰秦孟明
視伐晉晉侯禦之戰于彭衙秦師敗績又曰晉先且居伐秦取汪彭衙而還以報彭衙之役斯三敗矣又曰秦伯伐晉取王官
及郊晉人不出封殽尸而還遂霸西戎用孟明也然止二敗言三未詳史記秦穆公謂三將曰子其悉雪恥古詩曰虛名復何
益楚辭曰名不可以僞立毛詩曰何其久也必有以也鄭玄曰必以有功德也卒或爲雜非也降曲崤而憐虢
託與國於亡虞貪誘賂以賣鄰不及臘而就拘垂棘反
於故府屈產服于晉輿德不建而民無援仲雍之祀忽
諸劉澄之地理書曰肴有純石或謂石肴如淳漢書注曰相與友善爲與國與黨與也左氏傳曰晉荀息請
以屈產之乘垂棘之璧假道於虞以伐虢虞公許之宮之奇曰虞不臘矣晉滅虢虢公醜奔京師還館於虞遂

襲虞滅之穀梁傳曰後晉舉虞荀息牽馬操璧而前曰璧猶是馬齒加長矣燕丹子夏扶曰馬無服輿之伎則未可與決良左氏傳曰臧文仲聞六與蓼滅曰皐陶庭堅不祀忽諸德之不建人之無援哀哉杜預曰忽然而士也史記曰武王求仲雍之後得虞仲封於周之北故夏墟之地我徂安陽言陟陝郛行乎漫瀆之口憩乎曹陽之墟漢書弘農郡有陝縣酈善長水經注曰槀水出槀山北流出谷謂之漫澗與安陽溪水合又西經陝縣故城南又合一水謂之瀆谷水漫澗水北有逆旅亭謂之漫口客舍弘農郡圖經曰曹陽桃林縣東十二里美哉邈乎茲土之舊也固乃周邵之所分二南之所交麟趾信於關雎騶虞應乎鵲巢公羊傳曰自陝以東周公主之自陝以西召公主之毛詩序曰關雎麟趾之化王者之風也故繫之周公鵲巢騶虞之德諸侯之風也故繫之邵公周南邵南正始之道王化之基愍漢氏之剝亂朝流士以離析卓滔天以大滌劫宮廟而遷迹俾萬乘之

盛尊降遥思於征役顧請旋於傕汜既獲許而中愓追皇駕而驟戰望玉軨而縱鏑魏志曰董卓字仲穎隴西人爲相國卓以山東豪傑並起乃徙天子都長安燔燒洛陽宫室卓至西京呂布誅卓卓將李傕郭汜擅朝政傕質天子於營傕將楊奉叛傕傕衆稍衰天子乃得出至新豐楊奉董承以天子還洛陽傕汜悔遣天子復相與追及天子於弘農之曹陽大戰奉兵敗左氏傳子朝曰單旗劉狄剥亂天下毛詩曰民卒流亡離析已見上注孔安國尚書傳曰滌除也左氏傳晉趙括謂楚曰寡君使羣臣遷大國之迹於鄭淮南子曰雖有盛尊之親萬乘已見上文痛百寮之勤王咸畢力以致死分身首於鋒刃洞胷腋以流矢有褰裳以投岸或攘袂以赴水傷桴檝之褊小撮舟中而掬指華嶠後漢書曰李傕等大戰弘農百官士卒死者不可勝數董承率衆擊傕大破之乗輿乃得進承先具舟船帝以絹挽而下餘人匍匐岸側或自投死范曄後漢書獻帝下登船諸不得渡者皆爭攀

船船上人刃擽其指舟中之指可掬左氏傳狐偃曰求
諸侯莫如勤王東觀漢記太史曰忠臣畢力尉繚子曰
未有不能得其力而致其死北征賦曰首身分而不寤
子虛賦曰洞匈達腋禮記曰流矢在白肉毛詩曰褰裳
涉洧又曰攘袂而興左氏傳曰晉
中軍下軍爭舟舟中之指可掬
升曲沃而惆悵惜兆
亂而兄替枝末大而本披都偶國而禍結
左氏傳曰晉
穆侯之夫人
姜氏以條之役生太子命之曰仇其弟以千畝之戰生
命之曰成師師服曰令君命太子曰仇弟曰成師始兆
亂矣兄其替乎復封桓叔于曲沃師服曰吾聞國家之
立也本大而末小是以能固天子建國諸侯立家今晉
甸侯也本既弱矣其能久乎後曲沃莊伯伐翼殺孝侯
曲沃武公伐翼獲翼侯然孝侯翼侯仇之後也莊伯武公桓
叛成師之後也翼晉都也曲沃在河東聞喜縣鄙善長
水經注曰春秋晉侯使詹嘉守桃林之塞處此以備秦時
以曲沃之官守之故有曲沃之名然此曲沃在西因彼
曲沃而得名今因名而說彼楚辭曰惆悵而私自憐爾
雅曰替廢也左氏傳申無宇曰末大必折漢書曰田蚡
曰枝大於幹脛大於股不折必披或云枝本大而末披

左氏傳辛伯曰大都偶國亂之本也臧札飄其高厲委曹吴而成節何莊武之無恥徒利開而義閉左氏傳曰吴子諸樊將立季札季札辭曰曹宣公之卒也諸侯與曹人不義曹君將立子臧子臧去之遂不爲也以成曹君君子曰能守節矣君義嗣也誰敢奸君有國非吾節也札雖不才願附於子臧以無失節王逸楚辭注曰委弃也范雎後漢書李固奏記梁商曰夫義路閉則利門開利門開則義路閉躡函谷之重阻看天險之衿帶迹諸侯之勇怯筭嬴氏之利害廣雅曰躡履也函谷已見西都賦鸚鵡賦曰崎嶇重阻周易曰天險不可升地險山川丘陵衿帶已見上文孫卿子曰勇怯勢也或開關以延敵競遯逃以奔竄言其利也過秦論曰諸侯以百萬之衆叩關而攻秦秦人開關延敵九國之師遯逃而不敢進也有噤門而莫敢不窺兵於山外言其害也戰國策范雎謂秦王曰秦今反閉關而不敢窺兵於山東者穰侯爲國謀不忠大王計有所失也楚辭曰噤閉而不言然噤亦閉也

噤巨蔭切連雞互而不棲小國合而成大言小國異乎連雞也戰國策秦惠王謂寒泉子曰蘇秦約于諸侯諸侯之不可一猶連雞之不能俱止棲亦明矣豈地勢之安危信人事之否泰言崤函之險未嘗暫改或開關延敵或噤門莫啓明此不徒在地勢亦由在人也湯曰吾欲因其地勢所有而敵之否泰周易二卦名也周易曰泰上下交而其志同也否上下不交而天下無邦漢六葉而拓畿縣弘農而遠關六葉武帝也難蜀父老曰德茂存乎六世應劭漢書注曰拓廣也漢書元鼎三年徙函谷關於新安以故關爲弘農縣也厭紫極之閑敞甘微行以遊盤長傲賓於柏谷妻覩貌而獻餐疇匹婦其已泰胡厥夫之繆官紫極星名王者爲宫以象之曹植上表曰情注于皇居心在乎紫極南都賦曰體爽塏以閑敞蒼頡篇曰敞高顯也漢武帝故事曰帝即位爲微行嘗至柏谷夜投亭長宿亭長不納乃宿逆旅逆旅翁要少年十餘人皆持弓矢刀劒令主人嫗出遇客婦謂其翁曰吾覩此丈夫非常人也且有備不可圖也天寒嫗酌酒

多與其夫夫醉嫗自縛其夫諸少年皆走嫗出謝客殺雞作食平旦上去還宫乃召逆旅夫妻見之賜嫗金千斤擢其夫爲羽林郎嚋猶詶也昔明王之巡幸固清道而後往懼銜橜之或變峻徒御以誅賞東觀漢記曰西巡幸長安司馬相如上䟽曰夫清道而後行猶將有銜橜之變漢書音義張揖曰銜勒也司馬彪莊子注曰橜騑馬口中長銜也橜巨月切淮南子曰哨法刻刑許慎曰哨峻也毛詩曰徒御不驚彼白龍之魚服挂豫且之密網輕帝重于天下奚斯漸之可長白龍已見東京賦帝重帝位之重也言輕帝位之重於天下此乃陵上之漸何可長乎弔戾園於湖邑諒遭世之巫蠱探隱伏於難明委讒賊之趙虜加顯戮於儲貳絶肌膚而不顧作歸來之悲臺徒望思其何補漢書曰戾太子據與江充有隙會巫蠱事起充遂至太子宫掘得桐木人太子無以自明乃斬江充與丞相劉屈氂戰兵敗東至湖邑自縊而死車千秋訟太子寃上憐太子無辜乃作思子宫爲

歸來望思之臺於湖宣帝即位謚曰戾以湖邑閿鄉爲
戾園又太子罵充曰趙虜乃亂吾父子也蒼頡篇曰委
任也尚書王曰弗迪有顯戮漢書疏廣曰太子國儲副
君宋均元命苞注曰儲君副主言設以待之王命論曰
高四皓之名刻肌膚之愛
幽通賦曰雖覆醢其何補**紛吾既邁此全節又繼之以**
盤桓問休牛之故林感徵名於桃園言吾紛然行此全節之野又繼之以
盤桓而不前楚辭曰紛吾乘兮雲北征賦曰紛吾去
此舊都騑遲遲而歷茲爾雅曰邁行也全節即漢書全
鳩里戾太子死處圖經曰全節閿鄉縣東十里鳩澗西
廣雅曰盤桓不進也周易曰初九盤桓尚書武成曰放
牛於桃林之野示天下弗服東征記曰
全節地名其西名桃原古之桃林也**發閿鄉而警策**
愬黄巷以濟潼眺華岳之陰崖覿高掌之遺蹤漢書湖縣名今虢州
閿鄉湖城二縣皆其地也曹子建應詔詩曰僕夫警策鄭玄周礼注曰警勑戒之
也薛綜西京賦注曰愬向也遡愬與遡古字通獻帝春秋
曰興平二年十一月丙寅車駕東行到黄巷亭庚午到
弘農述征記曰河自關北東流水側有坂謂之黄巷坂

雍州圖經曰潼水在華陰縣界水經曰北流注河西京賦曰綴以二華巨靈贔屓高掌遠蹠以流河曲閿音聞

憶江使之反璧告亡期於祖龍史記曰秦始皇帝三十六年鄭使者從關東來至華陰之野有持與使者璧曰爲我遺鎬池君因言曰明年祖龍死置璧而去忽不見始皇使人視璧乃二十八年渡江所沈璧也蘇林曰祖始也龍人君之象謂始皇也

不語怪以徵異我聞之於孔公論語曰子不語怪力亂神

慍韓馬之大憝阻關谷以稱亂何晏論語注曰慍怒也魏志曰建安十六年關中諸將馬超韓遂等反超等屯潼關尚書曰元惡大憝孔安國曰憝惡也杜預左氏傳注曰阻恃也關谷潼關函谷也尚書曰敢行稱亂孔安國曰稱舉也

魏武赫以霆震奉義辭以伐叛彼雖衆其焉用故制勝於廟筭魏志曰曹公西征與超等夾關爲戰大破之尚書曰奉辭伐罪左氏傳隨武子曰伐叛刑也柔服德也又屈完曰雖君之衆無所用之孫子曰水因地而制行兵因敵而制勝又曰夫未戰而廟勝得筭之多者也漢書楊雄即趙充國圖畫而頌之曰料敵制勝

平揚桴

以振塵繣瓦解而冰泮超遂遁而奔狄甲卒化爲京觀字書曰砰大聲也魏志曰韓遂馬超走凉州楚辭曰揚桴兮拊鼓左氏傳曰援枹而鼓說文曰枹鼓椎也東觀漢記馮衍說吳漢曰得道之兵鼓不振塵鄭玄禮記注曰振動也繣破聲也呼麥切春秋運斗樞曰不能宣德天下瓦解漢書曰徐樂上書曰何謂瓦解吳楚齊趙之兵是也當此之時安土樂俗之人衆故諸侯無境外之助此之謂瓦解淮南子曰冰泮而農桑起左氏傳潘黨曰君盍收晉尸以爲京觀杜預曰積尸封土其上謂之京觀砰普耕切倦狹路之迫隘軌踦驅以低仰倦極也司馬相如大人賦曰區中之隘狹廣雅曰踦驅傾側也蹈秦郊而始闢豁爽塏以宏壯黃壤千里沃野彌望華實紛敷桑麻條暢班固高紀述曰粤蹈秦郊尚書曰雍州厥土惟黃壤杜篤論都賦曰沃野千里原隰彌望保植五穀桑麻條暢春秋文耀鉤曰春致其時華實乃榮洞簫賦曰標紛敷以扶踈廣雅曰暢長也邪界褒斜右濱汧隴褒斜汧隴並巳見上文

寶雞前鳴，甘泉後涌。寶雞甘泉並已見上文面終南而背雲陽，跨平原而連嶓冢。漢書武功山有太一古文以爲終南此賦下云太一明與終南別山西京賦曰於前則終南太一二山明矣漢書左馮翊有雲陽縣西京賦曰後則高陵平原又曰連崗乎嶓冢九嵕巀嶭，太一巃嵸。並已見上文吐清風之飂戾，納歸雲之鬱蓊。孔叢子孔子曰夫山者興吐風雲以通乎天地之間四子講德論曰虎嘯而風寥戾思玄賦曰馮歸雲而遐逝楚辭曰望谿谷兮滃鬱南有玄灞素滻，湯井溫谷。玄素水色也灞滻二水名也楚辭曰臨沅湘之玄淵又曰含素水而蒙深湯井溫湯也雍州圖曰溫湯在新豐縣界溫谷即溫泉也雍州圖曰溫泉在藍田縣界北有清渭濁涇，蘭池周曲。毛萇詩傳曰涇渭相入而清濁異三輔黃圖曰蘭池觀在城外長安圖曰周氏曲咸陽縣東南三十里今名周氏陂陂南一里漢有蘭池宮浸決鄭白之渠，漕引淮海之粟。鄭玄周礼注曰浸者可以爲陂灌溉者鄭白已見上文西都賦曰通溝大漕控引淮湖與海通波也林茂有鄠之竹山挺藍田之玉並已見上文班述陸海珍藏張叙神皋隩區此西賓所以言於東主安處所以聽於憑虛也可不謂然乎西都賦曰陸海珍藏西京賦曰寔惟地之奧區神皋勁松彰於歲寒貞臣見於國危論語子曰歲寒然後知松栢之後凋老子曰國家昏亂有貞臣入鄭都而抵掌義桓友之忠規竭股肱於昏主赴塗炭而不移世善職於司徒緇衣敝而改爲史記曰鄭桓公友者周厲王少子也犬戎殺幽王於酈山下并殺桓公鄭人共立其子爲武公抵掌已見蜀都賦左氏傳荀息曰竭其股肱之力尚書帝曰臣作股肱又曰民墜塗炭毛詩序曰緇衣美武公也父子並爲周司徒善於其職詩曰緇衣之宜兮敝予又改爲兮履犬戎之侵地疾幽后之詭惑舉僞烽以沮衆淫嬖褒以縱慝軍敗戲水之上身死驪山之北

赫赫宗周威爲亡國史記宣王崩子幽王宮涅立幽王嬖愛褒姒竒廢申后及太子而以褒姒爲后褒姒不好笑幽王爲烽燧大鼓有寇至舉烽火諸侯悉至至而無寇褒姒乃大笑幽王悅之爲數舉烽火其後不信諸侯益亦不至廢后之父申侯乃與西夷犬戎共攻幽王幽王舉烽火徵兵兵莫至遂殺幽王驪山下毛萇詩傳曰沮止也又曰歷邪也國語里華曰厲流于彘幽滅于戲毛詩曰赫赫宗周褒姒威之毛萇曰威呼滅切又有繼於此者異哉秦始皇之爲君也傾天下以厚葬自開闢而未聞匠人勞而弗圖俾生埋以報勤外罹西楚之禍内受牧豎之焚漢書劉向上䟽曰秦始皇葬驪山之阿石槨爲遊館生埋工匠後項籍燔其宮室營宇其後牧兒亡羊入其鑿中牧者持火照求羊失火燒其藏槨自古至今葬未有盛始皇也數年之間外被項籍之災内離牧豎之禍豈不哀哉尚書考靈耀曰天地開闢勞而不圖言匠人勞苦而不圖謀其賞生埋報勤謂反以生埋之事以報其功勤也語曰行無禮必自

及此非其効與左氏傳君子曰志有之所謂行無禮必自及者也乾坤以有親可久君子以厚德載物周易曰乾以易知坤以簡能易知則有親易從則有功有親則可久有功則可大可久則賢人之德可大則賢人之業又曰君子以厚德載物方論高祖之德故以乾坤爲喻焉觀夫漢高之興也非徒聰明神武豁達大度而已也漢書班固高紀述曰寔天生德聰明神武漢書曰高祖仁愛意豁如也常有大度乃實愼終追舊篤誠款愛澤靡不漸恩無不逮論語曰愼終追遠左氏傳季孫行父曰明允篤誠廣雅曰款誠也說苑晏子謂景公曰今君愛老而恩無不逮也率土且弗遺而況於隣里乎況於卿士乎于斯時也乃摹寫舊豐制造新邑故社易置枌榆遷立街衢如一庭宇相襲渾雞犬而亂放各識家而競入三輔舊事曰太上皇不樂關中思慕鄉里高祖徙豐沛屠兒酤酒煑餅商人立

爲新豐西京雜記曰高祖既作新豐并徙舊社放犬羊雞鴨於通途亦競識其家孟子曰變置社稷趙岐曰更置立之漢書曰高祖禱豐枌榆社張晏曰枌白榆社在豐東北十五里尚書曰欲遷其社孔安國尚書傳曰襲因也渾胡本切

籍含怒於鴻門沛跼蹐而來王范謀害而弗許陰授劒以約莊撛白刃以萬舞危冬葉之待霜履虎尾而不噬寔要伯於子房

漢書曰項羽欲西入關聞沛公已定關中大怒遂至戲於是饗士旦日合戰羽季父項伯素善張良夜馳見良具告事實良與項伯俱見沛公沛公曰吾豈敢反願伯明言不敢背德戒沛公早自來謝沛公旦見羽鴻門因留沛公飲范曾數目羽擊沛公羽不應范曾起出謂項莊曰汝入以劒舞因擊沛公殺之不者女屬且爲所虜莊拔劒起舞項伯亦起舞常翼蔽沛公周書武王曰吾舍怒深矣毛詩曰謂天蓋高不敢不跼謂地蓋厚不敢不蹐尚書曰四夷來王毛詩曰莫敢不來王撛挺也力刃切周易曰履虎尾不咥人亨鄭玄注本爲噬噬齧也音誓

樊抗憤以危酒咀彘肩以

激揚漢書曰樊噲聞事急乃持楯撞入項羽目之問之爲誰張良曰沛公參乘樊噲項羽曰壯士賜之卮酒彘肩噲飲酒拔劍切肉食之項羽曰能復飲乎曰臣死且不辭豈特卮酒乎又谷永上疏曰賛命之臣靡不激揚也忽蛇變而龍攄雄霸上而高驤曾遷怒而横撞碎玉斗其何傷史記曰褚先生曰丈夫龍變傳曰蛇化爲龍不變其文家化爲國不變其姓漢書曰元年十月沛公至霸上鄒陽上書曰蛟龍驤首奮翼漢書曰沛公獻璧羽受之又獻玉斗於范曾曾怒撞其斗曰吾屬今爲沛公虜矣論語曰不遷怒又曰何傷乎嬰罥組於軹塗投素車而肉袒漢書曰秦王子嬰素車白馬係頸以組降軹道傍軹塗已見東京賦左氏傳曰鄭伯肉袒牽羊以逆杜預曰肉袒示服爲臣僕也踈飲餞於東都畏極位之盛滿漢書曰踈廣字仲翁爲太子太傅兄子受爲少傅廣謂受曰吾聞知足不辱知止不殆今官成名立不去懼有後悔遂上疏乞骸骨上皆許之故人邑子爲設祖道供帳東都門外蘇林曰長安東門也毛詩曰飲餞于禰毛萇曰祖而舍軷

飲酒於其側曰餞漢書曰劉德妻死霍光欲以女妻之德不敢取畏盛滿也金墉鬱其萬雉峻𡼏峭以繩直西京賦曰横西洫而絶金墉西都賦曰建金城而萬雉𡼏謂棧𡼏巘貌也繩直已見東京賦戾飲馬之陽橋踐宣平之清闕爾雅曰戾至也長安圖曰漢時七里渠有飲馬橋夏侯嬰冢在橋南三里陽橋之陽也三輔黄圖曰長安東出北頭第一城門名宣平門清謂華而且清也都中雜遝戶千人億華夷士女駢田逼側展名京之初儀即新館而蒞職勵疲鈍以臨朝朂自強而不息長安舊都故曰名京潘子初臨故曰新館蒞職謂釐政也毛萇詩傳曰蒞臨也孔安國尚書傳曰勵勉也又曰朂勉也周易曰君子以自強不息於是孟秋爰謝聽覽餘日楚辭曰青春爰謝王逸曰謝去也上林賦曰聽覽餘閑舞賦曰餘日怡蕩巡省農功周行廬室街里蕭條邑居散逸營宇寺署肆廛管庫蕞芮於城隅者

百不處一言今之寺署蕞芮在於城隅方之昔時雖復百分不能處一也漢書劉向上疏曰項籍燔其宮室營宇風俗通曰今尚書御史謁者所止皆曰寺漢書百官表少府有諸僕射署鄭玄周禮注曰肆市中陳物處鄭司農周禮注曰廛市中空地禮記曰管庫之士鄭玄曰管管鍵也庫物所藏也字林曰蕞聚貌也音在外切說文曰芮小貌而銳切處一或爲一處非也所謂尚冠脩成黃棘宣明建陽昌陰北煥南平皆夷漫滌蕩亡其處而有其名皆里名也漢書曰宣帝舍長安尚冠里又曰武帝同母姊金王孫女號脩成君餘未詳爾乃階長樂登未央汎太液凌建章縈馺娑而款駘盪轥枍詣而轢承光徘徊桂宮惆悵柏梁已上並見西京賦鷩雉雊於臺陂狐兎窟於殿傍何黍苗之離離而余思之芸芸鷩雉已見射雉賦黍苗已見魏都賦尚書曰予思曰孜孜洪鍾頓於毀廟乘風廢而弗縣史遊急就章曰乘風縣鍾

華祠樂禁省鞠爲茂草金狄遷於灞川如淳漢書注曰本名禁中漢儀注孝元皇后父名禁避之故曰省毛詩曰踧踧周道鞠爲茂草毛萇曰鞠窮也潘岳關中記曰秦爲銅人十二董卓壞以爲錢餘二枚魏明帝欲徙詣洛載到霸城重不可致今在霸城次道南銅人即金狄也懷夫蕭曹魏邴之相並已見西都賦辛李衛霍之將漢書曰辛慶忌字子眞爲左將軍匈奴西域親附敬其威信本狄道人又曰李廣隴西人也爲右北平太守匈奴號曰漢飛將軍避之數歲不入界衛霍已見長楊賦銜使則蘇屬國震遠則張博望漢書孫寶銜命奉使職在刺舉又曰蘇武字子卿杜陵人也武以中郎將使持節送匈奴使留在漢者匈奴乃徙武北海上武杖漢節牧羊武留匈奴凡十九歲乃還拜爲典屬國又曰張騫漢中人也以郎應募使月氏去十三年得還騫以校尉從大將軍擊匈奴知水草處軍得以不乏封騫爲博望侯教敷而彝倫敘兵舉而皇威暢敷教蕭曹也舉兵衛霍也尚書曰彝倫攸敘臨危而智勇奮投命而

高節亮臨危張騫也智勇已見上文投命蘇武也吳子曰一人投命足懼千人杜預左氏傳注曰投弃命也史記曰魯連好持高節暨乎秺侯之忠孝淳深小雅曰暨及也漢書曰金日磾字翁叔本匈奴休屠王太子也武帝拜爲侍中駙馬都尉莽何羅矯制發兵明旦上卧未起何羅從外入日磾奏廁心動立入坐內戶下何羅褏白刃從東廂上日磾抱何羅呼曰何羅反得禽縛之繇是著忠孝節封爲秺侯音妬陸賈之優游宴喜漢書曰陸賈楚人也高祖拜賈爲太中大夫有五男分其子子二百金令爲生產賈常乘安車駟馬從歌鼓瑟侍者十人謂其子曰與女約過女女給人馬酒食後陳平乃以奴婢百人車馬五十乘錢五百萬遺賈爲食飲費賈以此游漢庭公卿閒名聲籍甚荅賓戲曰陸子優游新語以興毛詩曰吉甫燕喜既多受祉長卿淵雲之文子長政駿之史司馬長卿王子淵楊子雲也史記曰司馬遷字子長爲太史令修史記歷黃帝以來至太初凡百三十篇漢書曰劉向字子政元帝擢爲宗正著疾讒摘要救危及世頌凡八篇又著五行傳列女傳新序說苑又曰劉歆字子駿爲中

壘校尉為七略趙張三王之尹京定國釋之之聽理漢書曰趙廣漢字子都涿郡人守京兆大尹發姦擿伏如神又曰張敞字子高河東人也守京兆尹枹鼓稀鳴市無偷盜又曰王遵字子貢涿郡人也為諫大夫守京輔都尉行京兆尹事旬月間盜賊清又曰王章字仲卿泰山人也章以選為京兆尹又曰王駿琅邪人也為京兆尹趙廣漢張敞王章至駿皆有能名故京師稱曰前有趙張後有三王又曰于定國字曼倩東海人也為廷尉其決疑平法務在哀鰥寡罪疑惟輕朝廷稱之又曰張釋之字季南陽人也為廷尉周亞夫見釋之持議平乃結為親友繇此天下稱之也汲長孺之正直鄭當時之推士漢書曰汲黯字長孺濮陽人也為主爵都尉數直諫又曰鄭當時字莊陳人也為大司農每朝候上間說未嘗不言天下長者聞人之善進之上唯恐後班固贊曰汲黯之正直鄭當時之推賢終童山東之英妙賈生洛陽之才子漢書曰終軍字子雲濟南人也年十八選為博士弟子上書言事武帝異其文拜為謁者死時年二十餘故世謂之終童又曰賈誼雒陽人也年十八以能誦

詩屬書稱於郡中文帝召以爲博士時年二十餘曹植自試表曰終軍以妙年使越**飛翠緌拖鳴玉以出入禁門者衆矣**鄭玄禮記注曰緌纓之飾也禮記曰君子行則鳴珮玉東觀漢記杜詩上書曰伏湛宜出入禁門補缺拾遺是也**或被髮左衽奮迅泜滓**謂日磾也論語曰吾其被髮左衽矣凡人沈於卑賤故曰泜滓東觀漢記曰趙熹奮迅行伍李陵與蘇武書曰言爲瑕穢動增泜滓說文曰滓澱也**或從容傅會望表知裏**謂陸賈也班固漢書贊曰陸賈從容平勃之閒附會將相尚書大傳孔子謂子夏曰子見表未見其裏**或著顯績而嬰時戮**謂廣漢之屬也**或有大才而無貴仕**謂賈誼之屬也**皆揚清風於上烈垂令聞而不已想珮聲之遺響若鏗鏘之在耳**胡廣曰建鴻德流清風毛詩曰令聞令望左氏傳穆嬴曰今君雖終言猶在耳**當音鳳恭顯之任勢也乃重熙四方震耀都鄙**漢書曰王鳳與元后同母爲大司馬大將軍用

事上遂謙讓無所專鳳薨從弟音代鳳爲司馬車騎將軍又曰弘恭沛人坐法腐刑爲中尚書明習法令故事石顯已見西京賦漢書谷永曰許班之貴熏灼四方范曄後漢書曰鄧騭寵靈顯赫光震都鄙而死之曰曾不得與夫十餘公之徒隸齒才難不其然乎論語曰齊景公死之日民無德而稱焉十餘公之徒謂蕭曹之屬也張湛列子注曰隸猶羣輩也一云徒隸賤人也漢書賈誼曰握重權大官而有徒隸無恥之心乎高誘呂氏春秋注曰齒列也論語子曰才難不其然乎望漸臺而扼腕梟巨猾而餘怒漢書曰更始兵從宣平城門入王莽之漸臺上商人杜吳殺莽取其綬史記曰天下之士莫不扼腕而言西京賦曰巨猾閒釁漢書音義曰懸首於木上曰梟揖不疑於北闕軾樗里於武庫漢書曰雋不疑字曼倩勃海人也爲京兆尹有一男子乘黃犢車詣北闕自謂衛太子公車以聞丞相二千石至者莫敢發言不疑後到叱從吏收縛曰昔蒯聵違命出奔輒距而不納春秋是之衛太子得罪先帝亡不即死今來自詣此罪人也遂送詔獄史記曰樗里子者名疾

秦惠王之弟也卒葬于渭南章臺之東曰後百歲當有天子之宮夾我墓至漢興長樂宮在其東未央宮在其西武庫正直其墓也酒池鑒於商辛追覆車而不寤漢書贊曰武帝設酒池肉林賈逵國語注曰鑒察也六韜太公曰桀紂王天下之時積糟爲阜以酒爲池脯肉爲山林晏子春秋曰諺曰前車覆後車戒賈誼過秦曰三主惑而終身不寤也曲陽僭於白虎化奢淫而無度漢書曰王根爲曲陽侯五侯大脩第室起土山漸臺洞門高廓百姓歌之曰五侯初起曲陽最怒壞決高都連竟外杜土山漸臺象西白虎毛詩序曰遊蕩無度命有始而必終孰長生而久視家語孔子曰命者性之始也死者生之終也有始必有終矣老子曰長生久視之道武雄略其焉在近惑文成而溺五利文成將軍李少翁五利將軍欒大皆方術士說武帝作宮觀以延神仙帝耽溺之其雄才大略亦何在也侔造化以制作窮山海之奥秘淮南子曰大丈夫無爲與造化逍遙靈君翔於神島奔鯨浪而失

水爆鱗骼於漫沙隕明月以雙墜擢仙掌以承露干雲漢而上至西都賦曰抗仙掌以承露擢雙立之金莖西京賦曰干雲霧以上達致邛蒟其奚難惟余欲而是恣縱逸遊於角觝絡甲乙以珠翠忍生民之減半勒東岳以虛美班固漢書西域賛曰孝武之時感蒟醬邛竹杖則開牂柯越巂漢書曰武帝作角抵戲又東方朔曰甲乙之帳臣瓚曰與造甲乙之帳絡以隋珠和璧漢書賛曰孝武奢侈海内虛耗戶口減半漢書曰武帝登封泰山封禪書曰勒功中岳續漢書曰羣臣上言宜封泰山詔曰遠遣吏上壽盛稱虛美餘並巳見上文超長懷以遐念若循環之無賜尚書大傳曰三王之統若循連環周則復始窮則反本方言曰賜盡也較面朝之煥炳次後庭之猗靡言先明面朝次至後庭也廣雅曰較明也周禮曰面朝後市子虛賦曰飛纖垂髾背扶輿猗靡較音校壯當熊之忠勇深辭輦之明智漢書曰孝元馮昭儀上幸虎圈鬬獸熊佚出圈攀檻欲上殿左右貴人傅昭儀皆走馮婕妤直前當熊而立左右格殺熊上問人情驚懼何故當熊婕妤對曰猛獸得人而止妾恐熊至御坐故身當之元帝嗟嘆

以此倍敬重焉傳昭儀等皆慚又曰成帝遊於後庭嘗欲與班婕妤同輦載婕妤辭曰觀古圖畫賢聖之君皆有名臣在側三代末主乃有嬖女今欲同輦得無近似之乎楚辭曰招貞良與明智

衛鬒髮以光鑒趙輕體之纖麗

漢武故事曰衛子夫得幸頭解上見其美髮悅之左傳叔向母曰昔有仍氏生女黰黑而甚美光可以鑑廣雅曰鑑照也荀悅漢紀曰趙氏善舞上悅之事由體輕

咸善立而聲流亦寵極而禍侈

以奇見幸故曰聲流緣廢自裁故曰禍侈

津便門以右轉究吾境之所暨

漢書武帝紀曰三年作便門橋杜預左氏傳注曰暨至也

掩細柳而撫劒快孝文之命帥周受命以忘身明戎政之果毅距華蓋於壘和案乘輿之尊轡肅天威之臨顔率軍禮以長揖輕棘霸之兒戲重條侯之倨貴

方言曰掩止也掩與揜同漢書曰孝文後六年匈奴大入邊遣宗正劉禮軍霸上祝茲侯徐厲軍棘門河內守周亞夫軍細柳帝勞軍至霸上棘門直馳入而之細柳軍軍士吏被甲持滿上至不得入於是上使使詔將軍曰吾欲勞軍亞夫乃傳言開壁壁門士謂車騎

曰將軍約軍中不得驅馳天子乃案轡徐行至中營亞夫持兵揖曰介冑之士不拜請以軍禮見文帝曰嚮者霸上棘門軍如兒戲至於亞夫可得而犯耶左氏傳曰子朱怒撫劒從之六韜曰爲將者受命忘家當敵忘身左氏傳君子曰殺敵爲果致果爲毅華蓋已見上文壘營也和軍營之正門也左氏傳齊侯曰天威不違顔咫尺說文曰撎拜舉手下也因利切漢書曰丞相條侯至貴倨也杜預左傳注曰倨傲也

索杜郵其焉在云孝里之前號惘輟駕而容與哀武安以興悼爭伐趙以徇國定廟筭之勝負扞矢言而不納反推怨以歸咎未十里於遷路尋賜劒以刎首嗟主闇而臣嫉禍於何而不有

杜郵亭名在咸陽西今謂之孝里辛氏三秦記曰畢陌西北有孝里畢陌西有白起墓惘猶罔罔失志之貌也楚辭曰遵赤水而容與史記曰白起者郿人也善用兵事秦昭王爲武安君秦使王陵攻趙邯鄲少利秦王欲使武安君代陵將武安君曰邯鄲未易攻也王自命不行乃使應侯請之終不肯行秦圍邯鄲弗能

拔武安君曰不聽臣言今何如矣秦王聞之怒遣白起不得留咸陽中旣行出咸陽西門十里至杜郵秦王乃使使者賜之劒自殺昭王昭襄王也廟筭已見上文尚書曰率籲衆慼出矢言何休公羊注曰刎割也孫卿子曰主闇於上臣詐於下俱害之道拙篤吊比干文曰闇主之在上豈忠諫之是謀西京賦曰林麓之饒于何不有窺秦墟於渭城冀闕緬其堙盡覓陛殿之餘基裁岥岮以隱嶙聲類曰墟故所居也史記曰秦孝公作爲咸陽築冀闕緬盡貌也亡衍切岥岮頹貌也司馬相如哀二世曰登岥岮之長岅隱嶙絕起貌想趙使之抱璧瀏睨楹以抗憤史記曰秦王得趙璧無意償趙城相如曰璧有瑕請指示王王授璧相如因持璧却立倚柱曰臣觀大王無償趙王城邑故臣復取璧大王必欲急臣臣頭今與璧俱碎於柱矣相如持其璧睨柱欲以擊柱秦王乃辭謝瀏睨目清貌也燕圖窮而荆發紛絕袖而自引史記曰荆軻獻燕督亢之地圖圖窮匕首見因左手把秦王之袖而右手持匕首揕之未至身秦王驚自引而起袖絕以其匕首揕秦王不中揕丁鴆切筑聲厲而

高奮狙潛鈆以脫臏史記曰荆軻之客高漸離變名姓爲人庸保以擊筑聞於秦始皇始皇召見人有識者乃高漸離秦帝矐其目使擊筑稍益近之高漸離乃以鈆置筑中舉筑扑秦皇帝不中遂誅論衡曰高漸離舉筑擊秦王中臏秦王病瘡死蒼頡篇曰狙伺候也七豫切尚書刑德放曰臏者脫去人之臏也郭璞三蒼解詁曰臏膝蓋矐音各一音格字據天位其若茲亦狼狽而可愍尚書曰伊尹曰天位艱哉文字集略曰狼狽猶狼跋也孔叢子曰吾於狼狽見聖人之志荀悅漢紀論曰周勃狼狽失據塊然囚執狽音貝簡良人以自輔謂斯忠而鞅賢寄苛制於捐灰矯扶蘇於朔邊史記曰商君者衛之諸庶孽子也名鞅姓公孫氏商君之法刑弃灰於道者又曰李斯者上蔡人也始皇以斯爲丞相始皇長子扶蘇監兵上郡始皇崩與趙高謀詐爲受始皇詔立子胡亥爲太子爲書賜長子扶蘇曰扶蘇不孝其賜劒以自裁扶蘇爲人仁即自殺賈逵國語注曰苛煩也鄭玄周禮注曰矯稱詐以爲是儒林塡於坑穽詩書煬而爲煙史記曰盧

生爲始皇求仙藥亡去始皇大怒使御史案問諸生諸生犯禁者四百六十四人皆坑之咸陽又曰李斯曰臣請非博士官所職天下敢有藏詩書百家語詣守尉雜燒之廣雅曰穽阬也才性切郭璞方言注曰今江東呼火熾猛爲煬余亮切國滅亡以斷後身刑轘以啓前商法焉得以宿黃犬何可復牽史記曰秦孝公卒太子立公子虔之徒告商君反商君亡至關下欲舍客舍人不知其是商君曰商君之法舍人無驗者坐之商君喟然歎曰嗟乎爲法之獘一至於此哉秦惠王車裂商君鄭玄周禮注曰車裂曰轘史記曰李斯具五刑出獄與其中子俱執顧謂其子曰吾欲與若復牽黃犬俱出上蔡東門逐狡兎可得乎遂夷三族商鞅李斯各有食邑故曰國也刑轘之辟二人爲首故曰啓前野蒲變而成脯苑鹿化以爲馬風俗通曰秦相趙高指鹿爲馬束蒲爲脯二世不覺史記曰趙高欲爲亂恐羣臣不聽乃先驗持鹿於二世曰馬也二世笑曰丞相誤耶謂鹿爲馬也假讒逆以天權鉗衆口而寄坐春秋元命苞曰赤受命持天權莊子曰鉗墨翟之口兵在頸而顧

問何不早而告我願黔黎其誰聽惟請死而獲可國語單襄公曰兵在其頸不可久東征賦曰惕覺寤而顧問史記曰趙高恐二世怒誅及其身與其女壻閻樂謀易置上樂遂斬衛令二世怒召左右皆惶擾不鬭傍有宦者一人侍不敢去二世入內謂曰公何不蚤告我宦者曰臣不敢言故得全使臣蚤言皆巳誅安得至今閻樂前即告二世曰足下其自爲計二世曰吾願得郡爲王弗許又曰願爲萬戶侯弗許願與妻子爲黔首弗許閻樂麾其兵陵二世乃自殺兵在頸巳見東京賦

健子嬰之果決敢討賊以紓禍勢土崩而莫振作降王於路左史記曰趙高立公子嬰爲秦王子嬰與其子二人謀曰今使我齋見廟此欲因廟中殺我我稱病不行丞相必自來來則殺之高果自往子嬰遂刺殺高於齋宮廣雅曰果能也杜預左氏傳注曰紓除也漢書徐樂上書曰臣聞天下之患在於土崩秦之末世是也人困而主不恤下怨而上不知此之謂土崩賈逵國語注曰振救也子嬰降巳見上文

蕭收圖以相劉料險易與衆寡史記沛公至咸陽蕭何獨先入收秦丞相御史圖書藏之漢所以具

知天下阸塞戶口多少者以何具得秦圖書也說文曰料量也孫卿子曰地者遠近險易又曰識衆寡之用者勝也
羽天與而弗取冠沐猴而縱火史記曰客有說張耳曰天與不取反受其咎又曰或說項王關中可都項王見秦皆已燒殘破又心懷思欲東歸說者曰人言楚人沐猴而冠耳果然張晏曰沐猴獼猴也漢書曰羽屠咸陽燒其宮室楚辭曰若縱火於秋蓬
貫三光而洞九泉
曾未足以喻其高下也鄧析子曰賢愚之相覺若九地之下與重天之顛淮南子曰大道舍吐陰陽而章三光許慎曰三光日月星也燕丹子曰死懷恨入於九泉
感市閭之菆井歎
弔韓之舊處丞屬號而守闕人百身以納贖豈生命之易投誠惠愛之洽著許望之以求直亦余心之所惡
思夫人之政術實幹時之良具苟明法以釋憾不愛才以成務引大體以高貴非所望於蕭傳漢書曰韓延壽字長公燕

人也爲東郡太守爲天下最代蕭望之爲左馮翊望之遷御史大夫延壽在東郡時放散官錢千餘萬會御史問事東郡望之因令并問之延壽知即案劾望之在馮翊時廩犧官錢放散百餘萬上令窮竟所考望之卒無事實而延壽竟坐弃市吏民數千人送至渭城百姓莫不流涕說文曰蕞麻蒸也阻留切然蕞井即渭城賣蒸之市也延壽被誅丞屬無守闕者而趙廣漢就戮則有之恐潘誤毛詩曰如可贖兮人百其身論語子貢曰賜也亦有惡乎惡訐以爲直者說文曰訐面相斥罪左氏傳穆叔曰齊人釋憾於弊邑之地又魏犨公欲殺之而愛其材周易曰開物成務莊子曰襄公之應司馬曰夷知大體者也漢書曰蕭望之左遷太子太傅

造長山而慷慨偉龍顔之英主胷中豁其洞開羣善湊而必舉

漢書曰高高祖隆準而龍顔又曰高祖葬長陵三秦記曰秦名天子冢曰長山漢曰陵故通名山陵漢書曰高祖意豁如也王命論曰英雄陳力羣冊畢舉此高祖之大略也潘元茂九錫文曰羣善必舉也

存威格乎天區土墳掘而莫禦臨揜坎而累抃步毀垣以延

佇尚書周公曰時則有若伊尹格于皇天范曄後漢書曰赤眉焚西京宮室發掘園陵又光武詔曰脩復西京園陵爾雅曰揜蓋也郭璞曰謂覆蓋王逸楚辭注曰擊手曰抃楚辭曰結幽蘭而延佇越安陵而無譏諒惠聲之寂寞漢書曰惠帝葬安陵穀梁傳曰公會齊侯于讙無譏乎楚辭曰欲寂漠而絕端薛君韓詩章句曰寂無聲之貌也漠靜也弔爰絲之正義伏梁劍於東郭漢書曰爰盎字絲楚人也爲楚相病免家居梁孝王欲求爲嗣盎進說王以此怨盎使人刺殺盎安陵郭門外盎烏浪切訊景皇於陽丘奚信譖而矜謔隕吳嗣於局下蓋發怒於一博成七國之稱亂飜助逆以誅錯恨過聽而無討茲沮善而勸惡廣雅曰訊問也何休公羊傳注曰如其事曰訊加誣曰譖爾雅曰戲謔也漢書曰景帝葬陽陵又景帝爲太子吳太子侍飲博弈爭道不恭皇太子引博局提吳太子殺之景帝即位鼂錯說上令削吳地及書至吳王起兵誅漢吏二千石以下膠西膠東淄川濟南楚趙亦皆反七國反

書闓爰盎曰吳楚相遺書言賊臣鼂錯擅迫諸侯削奪之地以故反爲名而共誅錯方今計獨斬錯發使赦七國則兵可無血刃上從其議遂斬錯又鄧公謂上曰錯患諸侯強大請削之地計畫始行卒受大戮內杜忠臣之口外爲諸侯報仇帝曰公言善吾亦恨之又曰鼂錯潁川人爲御史大夫錯七故切今恊韻七各切漢書成帝曰過聽將作大匠解萬年言昌陵三年可成無討謂不誅盎也左氏傳子鮮曰賞罰無章何以沮勸沮才與切漢書谷永曰虧德沮善毛萇詩傳曰沮止也

呰孝元於渭塋執奄尹以明貶漢書曰元帝葬渭陵奄尹謂引恭石顯也班固漢書述曰閹尹之呰穢我明德韋昭曰呰病也疾移切鄭玄禮記注曰呰毀也子爾切何休公羊傳注曰貶損也

褒夫君之善行廢園邑以崇儉褒猶贊美也夫君元帝也漢書曰元帝罷衛思園及戾園又詔曰初陵勿置縣邑

過延門而責成忠何辜而爲戮陷社稷之王章俾幽死而莫鞠漢書曰成帝葬延陵爾雅曰辜罪也漢書曰成帝時日有蝕之王章奏封事召見言王鳳不可任用帝謂章曰微京

兆直言吾不聞社稷計後上不忍退鳳章遂爲鳳所陷章罪至大逆死獄中爾雅曰俾使也漢書曰趙王幽死
張晏漢書曰鞫窮也謂窮問囚情也一曰勤毛萇詩傳注曰勤告也忕淫嬖之匈忍勦皇
統之孕育小雅曰狃忕也淫嬖謂趙飛燕也漢書曰司隸解光奏言許美人及宮史曹宮皆御幸孝
成皇帝產子隱不見又掖庭中御幸生子者輒死又飲藥傷墮者無數左氏楚令尹子上曰蜂目而豺聲忍人
也杜預曰忍行不義也尚書曰天用勦絕其命孔安國曰勦截也截絕其命是也張舅氏之姦漸
貽漢宗以傾覆廣雅曰張開也舅氏諸王也爾雅曰貽遺也左氏傳呂相曰傾覆我國家刺
哀主於義域僭天爵於高安欲法堯而承羞永終古而
不刊漢書曰哀帝葬義陵王莽奏曰王者父事天故爵稱天子又曰封董賢爲高安侯已見西京賦論語曰不恒其德或承之羞楚辭曰長無
絶兮終古鄭玄禮記注曰刊削也瞰康園之孤墳悲平后之專絜殃厥
父之篡逆蒙漢恥而不雪激義誠而引决赴丹爓以

明節投宮火而焦糜從灰熛而俱滅漢書曰平帝莽康陵又曰孝平王皇后莽女也及漢兵誅莽燔燒未央宮后曰何面目以見漢家自投火中而死后不合莽故曰孤墳鶩橫橋而旋軫歷敝邑之南垂潘岳關中記曰秦作渭水橫橋橫音光雍州圖曰在長安北二里橫門外也門磁石而梁木蘭兮構阿房之屈奇疏南山以表闕倬樊川以激池役鬼傭其猶否矧人力之所爲工徒斲而未息義兵紛以交馳宗祧汙而爲沼豈斯宇之獨隤三輔黃圖曰阿房前殿以木蘭爲梁磁石爲門懷刃者止之史記曰始皇南山之巔以爲闕毛萇詩傳曰倬大也三秦記曰長安正南秦嶺嶺根水流爲秦川一名樊川漢武上林唯此爲盛史記由余曰役鬼爲之則神怒矣使人爲之則人亦苦矣鄭玄周禮注曰傭與庸通漢書高祖曰吾以義兵誅殘賊禮記曰遠廟爲祧又邾婁定公曰臣弒君殺其人壞其室洿其宮而潴焉汙與洿古字通音烏方言曰隤壞也由僞

新之九廟夸宗虞而祖黃驅吁嗟而妖臨搜佞哀以拜郎漢書王莽下書曰定有天下號曰新又王莽九廟一曰黃帝二曰虞帝三曰陳王四曰齊敬王五曰濟北愍王六曰濟南伯王七曰元城孺王八曰陽平頃王九曰新都顯王又曰鄧曄于匡起兵南鄉莽愈憂不知所出崔發曰周禮國有大災則哭以厭之莽乃率羣臣至南郊搏心大哭諸生甚悲哀及能誦策文除以爲郎也誦六藝以飾姦焚詩書而面牆心不則於德義雖異術而同亡漢書曰王莽立樂經徵天下通一藝皆詣公車焚詩書已見上文尚書曰不學牆面左氏傳富辰曰心不則德義之經爲頑班固漢書王莽贊曰昔秦焚詩書以立私義莽誦六藝以文姦言同歸殊塗俱用滅亡宗孝宣於樂游紹衰緒以中興漢書音義應劭曰宣帝廟曰樂游又宣紀贊曰可謂中興侔德殷宗周宣矣不獲事于敬養盡加隆於園陵兆惟奉明邑號千人訊諸故老造自帝詢隱王母之兆命縱

聲樂以娛神漢書曰孝武衛皇后生戾太子太子納史良娣產子男進號曰史皇孫太子敗皆遇害太子遺孫一人史皇孫子王夫人男是爲孝宣帝即位乃葬衛后追謚曰思后故太子謚曰戾史良娣曰戾夫人史皇孫曰悼母曰悼后悼園稱奉明園潘岳關中記曰宣帝父曰悼皇考母曰悼夫人墓曰奉明園后曰思后以倡優雜伎千人樂思后園今所謂千人鄉者是也兆塋也詢宣帝名也毛詩曰召彼故老訊之占夢毛萇詩傳曰隱痛也王母思后也爾雅曰父之妣爲王母雖靡率於舊典亦觀過而知仁爾雅曰率循也尚書曰舊典時式論語子曰人之過也各於其黨觀過斯知仁矣憑高望之陽隈體川陸之汙隆廣雅曰憑登也長安圖曰高望堆延興門南八里隈厓也鄭玄周礼注曰體分也漢書音義或曰汙下也開襟乎清暑之館游目乎五柞之宮曹植閑居賦曰愬寒風而開襟清暑謂甘泉也西都賦曰九嵕甘泉固陰沍寒日北至而含凍此焉清暑楚辭曰忽反顧而游目五柞在盩厔交渠引漕激湍生風漕渠已見上文乃有昆明池乎其中漢書曰武帝發謫穿昆明池其池則湯湯汗汗滉瀁彌漫浩如河漢西都賦曰集乎豫章之宇臨乎昆明之池左牽牛而右織女似雲漢之無厓古詩曰皎皎河漢女日月麗天出入乎東西旦似湯谷類

虞淵周易曰日月麗乎天西京賦曰日月於乎出象扶桑與濛汜淮南子曰日出湯谷又曰日入虞淵之汜曙於濛谷之浦昔
豫章之名宇披玄流而特起三輔黃圖曰上林有豫章觀西京賦曰神池靈沼黑水玄沚豫章珍館揭焉中峙
儀景星於天漢列牛女以雙峙儀謂法象之也毛萇詩傳曰京大也大戴禮曰漢天漢宮閣疏曰昆明池有二石牽牛織女象也
亘萬載而不傾奄摧落於十紀孔安國尚書傳曰十二年曰紀武帝元狩三年穿昆明池至王莽之敗凡一百一十三年今云十紀言其大數耳
擢百尋之層觀今數仞之餘趾鄭玄周礼注曰八尺曰尋包咸論語注曰七尺曰仞說文曰趾基也
振鷺于飛鳧躍鴻漸毛詩曰振鷺于飛周易曰鴻漸于干
乘雲頡頏隨波澹淡毛萇詩傳曰飛而上曰頡飛而下曰頏上林賦曰浮遙汎濫隨波澹淡
瀺灂驚波唼喋蔆芡瀺灂出沒之皃高唐賦曰巨石溺以瀺灂西京賦曰散似驚波上林賦曰唼喋菁藻
華蓮爛於淥沼青蕃蔚乎翠瀲說文曰蕃草茂也夫袁切瀲波際也力奄切
伊茲池之肇穿肆水戰於茲服志勤遠以極武良無要於後福釋穿池之意也言志在勤於遠略以極武功良無要於巳後之福也福謂

水物之利漢書曰越欲與漢用船戰遂乃脩昆明池賈逵國語注曰肄習也左氏傳周宰孔曰齊侯不務德而勤遠略鍾會檄曰窮武極戰杜預左氏傳注曰要邀也而菜蔬芼實水物惟錯乃有贍乎原陸在皇代而物土故毁之而又復西都賓曰華實之毛尚書曰海物惟錯字書曰贍足也皇代謂晉也言在皇代物其土宜故前毁之而今又復左氏傳賓媚人曰先王疆理天下物土之宜杜預曰播殖之物各從土宜凡厥寮司既富而教咸帥貧惰同整檝櫂收罟課獲引繳舉效鰥夫有室愁民以樂論語冉有曰既富矣又何加焉曰教之廣雅曰課第也謂品第也謂品第其所獲也杜預左氏傳曰效致也謂其舉所致多少也徒觀其鼓枻迴輪灑鉤投網垂餌出入挺义來往言欲迴輪必先鼓枻也郭璞方言曰今江東人呼枻爲軸舊説曰輪鉤輪也謂爲車以收鉤緡也輪或爲綸毛萇詩傳曰緡綸也灑亦投也挺拔也义取魚义也西京賦曰义蔟之所攙捔纖經連白

鳴桹厲響貫鰓罥尾掣三牽兩纖經連白網也連白以白羽連綴網經其上於水中二人對引之說文曰桹高木也以長木叩舷爲聲言曳纖經於前鳴長桹於後所以驚魚令入網也淮南子曰魚者扣舟罥猶擊也音的字書曰掣牽也於是弛青鯤於網鉅解頳鯉於黏徽杜預左氏注曰弛解也鯉鯤二魚名孔安國論語注曰網者爲大網以繳繫鉤羅屬著網鉅鉤也說文曰黏相著也女廉切又曰徽大索也言魚黏於網故曰黏徽也華魴躍鱗素鱮揚鬐鬐已見子虛賦雍人縷切鸞刀若飛應刃落俎靃靃霏霏周禮曰內饔中士鄭玄曰饔者割烹煎和之稱也鸞刀已見東京賦紅鮮紛其初載賓旅竦而遲御既餐服以屬厭泊恬靜以無欲迴小人之腹爲君子之慮傅毅七激曰膾其鯉魴積如委紅張衡七辨曰鞏洛之鱒割以爲鮮薛君韓詩章句曰載設也毛萇詩傳曰南方有魚遲之也然遲思待之也毛詩曰以御賓客左氏傳曰梗陽有獄其大宗賂以

女樂魏子將受閻沒女寬將諫饋入三歎曰始至恐其不足是以歎中置自咎曰豈將軍食之而有不足是以再歎及饋之畢願以小人之腹爲君子之心屬厭而已獻子辭梗陽人賂廣雅曰恬泊靜也老子曰我好靜而民自正我无欲而民自朴**爾乃端策拂茵彈冠振衣**言將還也許慎淮南子注曰策杖也茵車中蓐也毛詩曰文茵暢轂楚辭曰新沐者必彈冠新浴者必振衣**徘徊酆鎬如渴如飢心翹懃以仰止不加敬而自祗**酆鄗周所居也孔叢子子思曰君若飢渴待賢企佇也毛詩曰高山仰止禮記曰宗廟之中未施敬而人敬**豈三聖之敢夢竊十亂之或希**琴操曰崇侯譖文王於紂曰西伯昌聖人也長子發中子旦皆聖三聖合謀將不利於君論語孔子曰吾不復夢見周公尚書曰予有亂臣十人馬融論語注曰周公旦召公奭太公望畢公榮公太顛閎夭散宜生南宮适其一人謂文母也廣雅曰希庶也**經始靈臺成之不日惟酆及鄗仍京其室庶人子來神降之吉積德延祚莫二其一**靈臺

已見上文毛詩曰作邑於酆又曰宅是鎬京左氏傳季梁曰人和而神降之福史記曰古公積德行義國人皆戴之漢書翼奉上書曰永世延祚不亦優乎莫二其一謂周祚延之長唯有其一莫能爲二蔡邕胡黄公頌曰參其二也永惟此邦云誰之識越可略聞而難臻其極言誰之識言難識也馬融廣成頌曰三五以來越可略聞周禮嘉量銘曰允臻其極子贏鋤以借父訓秦法而著色耕讓畔以閑田沾姬化而生棘蘇張喜而詐騁虞芮愧而訟息漢書賈誼曰商君遺禮義秦俗日敗借父耰鋤慮有德色音義曰假與父鋤而德之尚書傳曰虞人與芮人質其成於文王入文王之境則見其人萌讓爲士大夫入其國則見士大夫讓爲公卿二國相謂曰此其君亦讓以天下而不居也讓其所爭以爲閑田毛萇詩傳曰耕者讓畔行者讓路蘇秦張儀已見上文由此觀之土無常俗而教有定式上之遷下均之埏埴漢書董仲舒曰上之化下下之從上猶泥之在鈞唯甄者之所爲如淳曰陶家作器

於鈞上杜預左氏傳注曰均平也老子曰埏埴以爲器河上公曰埏和也埴土也謂和土以爲器也埏失然切埴市力切五方雜會風流溷淆惰農好利不昬作勞蠻邇獫狁戎馬生郊漢書曰秦地五方雜錯風俗不純富人則商賈爲利說文曰溷亂也溷或爲渾尚書曰惰農自安不昬作勞左氏傳曰以魯國之蠻邇仇讎毛詩曰獫狁孔熾老子曰天下無道戎馬生郊而制者必割實存操刀言在於化也漢書賈誼曰黃帝云操刀必割左氏傳子産曰大官大邑而使學者制焉猶未能操刀而使之割人之升降與政隆替杖信則莫不用情無欲則賞之不竊左氏傳子展曰杖德莫如信杖信以待晉不亦可乎論語子曰上好信則人莫敢不用情又曰季康子患盜孔子曰苟子之不欲雖賞之不竊也雖智弗能理明弗能察信此心也庶免夫戾言己雖無才能然任其才信無欲之心庶足以理左氏傳太史克曰庶幾免於戾乎戾下或有劣字非如其禮樂以俟來哲論語冉求曰如其禮

樂以俟君子幽通賦
曰訊來哲以通情

文選卷第十

賜進士出身通奉大夫江南蘇松常鎮太等處承宣布政使司布政使胡克家重校刊

傳古樓景印